www.bbulmedia.com

www.bbulmedia.com

네가
있던
날의
나는

눈
부
셔

강율 장편 소설

DAHYANG ROMANCE STORY

Contents

프롤로그.　⋯7

1.　⋯19

2.　⋯31

3.　⋯45

4.　⋯59

5.　⋯77

6.　⋯91

7.　⋯101

8.　⋯119

9.　⋯153

10.　⋯169

11.　⋯185

12.　⋯203

13.　⋯235

14.　⋯261

15.　⋯283

16.　⋯303

17.　⋯325

에필로그.　⋯339

작가 후기.　⋯350

프롤로그

"아가씨, 이러다 박 이사님과 약속하신 시간에 늦으시겠어요."

"……응, 금방 갈게."

해준은 방문을 열어 빠끔 얼굴을 들이밀고 방 안에서 나올 생각을 않는 지은에게 조심스레 말했다. 그녀의 전용 기사인 해준이 손목시계를 연방 들여다보며 초조해하고 있지만 화장대에 앉아 있는 그녀는 멍하게 시선을 흩트리고 대답할 뿐이었다. 그러고는 화장대 위에 놓인 촌스럽고 낡은 다이어리를 가는 손가락으로 스르륵 펼쳤다.

얼마나 많이 넘겨보았는지 정확히 반으로 갈라지듯 열린 다이어리 사이엔 이젠 제 빛을 잃고 바짝 마른 작은 꽃이 납작하게 짓눌려 있었다.

해준은 그 모습에 약속 시간이 늦어질 거라는 예상에도 안쓰러운 낯빛을 보이며 조용히 방문을 닫아 주었다.

그녀는 자신의 손처럼 메말라 버린 꽃을 손바닥 위로 조심히 올려 두고는 살짝 미소를 지었다. 코로 가까이 가져가 냄새를 맡아 보지만 본래의 향기는 어디로 간 건지 낡은 종이 냄새만 풍겨 왔다. 다시 그 꽃은 다이어리 사이에 끼워 둔 채 꽃과 함께 끼워져 있던 사진 한 장에 미소는 여전히 걷힐 줄 몰랐다.

되게 촌스럽네.

어린 시절 자신과 함께 사진을 찍은 까까머리 소년의 얼굴을 손끝으로 쓸어내리며 지은은 씁쓸한 웃음을 삼켰다.

똑똑. 누군가 두드리는 방문 소리에 놀라 서둘러 사진을 제자리에 끼워 다이어리를 서랍 속에 숨겼다. 그리고 반듯하게 올린 머리카락을 정리하는 척하며 자리에서 일어났다.

"박 이사가 기다릴 텐데 아직도 나가지 않고 뭐하는 거냐?"

"나가려던 참이에요."

그녀의 아버지 신 회장의 등장에 지은은 무거운 두 눈을 천천히 깜빡이며 차갑게 말을 건네고는 작은 가방을 챙겨 그대로 신 회장을 지나쳤다.

"오늘 박 이사가 너에게 꼭 할 말이 있다고 하더구나. 천천히 저녁 식사까지 하고 들어오너라."

"……."

뒤에서 들려오는 목소리에 지은은 뭐라 한마디 할 법한 얼굴을 하고서도 묵묵히 1층으로 내려가 버렸다. 그녀를 기다리고 있던 해준은 서둘러 내려오는 지은을 발견하고는 말을 붙이려 했지만 건드리면 금방이라도 눈물을 떨어뜨릴 것 같은 모습에 입을 꾹 다물었다.

"가자, 해준아."

"아, 네. 아가씨."

한두 번 보는 일도 아니라 새삼 놀랄 것도 없어 그녀의 뒤를 따라 빠르게 집을 나섰다.

해준이 운전하는 까만 세단의 뒷좌석에 앉아 있던 지은은 멍하게 창밖을 바라보았다. 이제 가을이 오려는 모양인지 가로수의 잎들도 노란빛을 띠기 시작했다. 뭉게구름이 떠가는 하늘을 올려다본 지은은 해준에게 물었다.

"그 사람은……?"

답지 않은 그녀의 조심스런 물음에 해준은 룸미러로 흘끗 그녀의 눈치를 살피고는 말했다.

"아가씨랑 박 이사님과의 일로 요새 회장님께서 제 행동까지 감시하시는 모양이에요."

"……."

"일단 지금 그분은 아가씨가 알던 곳에 살지 않는다는 것밖엔……."

"……다른 건? 정말 아무것도 몰라?"

실망하는 지은의 목소리는 어떠한 작은 소식이라도 바라는 듯했지만 해준에게서 돌아온 말은 죄송하다는 말뿐이었다. 역시나 기대에 어긋나지 않는 일에 그녀는 눈썹을 찡그렸다.

"해준이 넌 그러고도 내 기사라고 할 수 있어?"

"아가씨, 기사는 운전하는 사람이지 남 뒤나 캐고 다니는 사람이 아니랍니다. 그보다 회장님께 걸리기라도 하면 제 목이 간당간당하고 말이죠."

"멍청이."

"네, 네. 그나저나 늦은 것 같으니 빨리 가야겠는데요. 안 그랬다간 그 재수 없는 박 이사가 능력 없고 형편없는 기사라고 할 테니까요."

"너도 가만 보면 성질 더럽다니까."

"그 아가씨에 그 기사가 아닐까 하는데……."

"간당간당한다는 그 잘난 목, 내가 잘라 줘?"

평소처럼 까칠하게 태도가 바뀐 그녀에게 해준은 바보 같은 웃음을 지으며 어떻게든 약속 시간에 맞추려 페달을 밟았다.

쌩쌩 달리는 차 안에서 지은은 허탈한 듯 한숨을 내쉬었다. 숨 막히는 생활에 잠깐 숨통이라도 트고 싶어 그를 찾으려 했지만 아버지로 인해 그것마저 쉽지가 않았다. 틀에 끼워 맞춘 삶. 끼워 맞추는 게 안 된다면 잘라 내고 도려내 억지로라도 끼워 맞춰야 하는 삶.

차라리 그딴 추억 만들지 말걸. 차라리…… 널 만나지 말걸. 그렇다면 도망칠 곳도 없어 모두 포기하고 살아 버릴 텐데.

그와 함께했던 희미한 날들을 떠올리며 지은은 두 눈을 감았다. 차창 안으로 들어오는 여름이 꺾일 무렵의 강렬한 태양에 감은 두 눈마저 뜨거워졌다.

✽

　도시의 큰 플라워 숍.
　"사장 형님! 심비다움 주문 들어온 거 언제까지예요?"
　직원인 성하의 물음에도 현태는 가게 안에 설치된 커다란 벽걸이 TV에서 눈을 떼지 못했다.

　— 시나그룹 박재윤 이사의 결혼 소식이 들려오고 있는데요. 다음 달 결혼을 앞두고 국내 3대 호텔 중 하나로 꼽히는 펠리 호텔에서 내일 오후 약혼식을 진행할 거라고 합니다. 박재윤 이사는 이미 알려진 바와 같이 배우로서 최정상의 자리에 있을 때 돌연 은퇴를 선언하고 가업을 물려받은 故 박재호 씨의 장남으로 알려져 있죠. 갑작스런 아버지의 죽음으로 젊은 나이에 회사를 이어받아…….

　"사장 형님!"
　"아, 어…… 왜?"
　"뭐하시기에 불러도 대답이 없어요?"
　"아니, 아무것도 아니야."
　현태는 멋쩍은 웃음을 지으며 작은 테이블에 앉아 주문서를 뒤적였다. 성하는 그의 옆에 앉아 끼고 있던 면장갑을 벗고 그가 보고 있던 주문서를 흘끗 쳐다보았다.

"심비다움, 언제까지 배달해야 되냐고요."

"수요일."

주문서를 넘기던 현태는 한 주문서에서 손을 멈추어 가만히 쳐다보다 다시 TV로 고개를 돌렸다. 화면엔 막 떠들어 대던 약혼식 주인공인 듯 보이는 두 남녀의 모습이 자료화면으로 나오고 있었다.

― 그의 약혼녀는 호성기업의 신호성 회장 외동딸 신지은 양으로 예전 호성기업이 위기의 국면을 맞았을 때 도와준 것을 계기로 두 사람이 인연을 맺었다는데요. 훈훈한 두 사람의 모습이 보는 이들마저 웃음 짓게 합니다.

브라운관에 비치는 그녀의 모습은 10년이 넘게 지난 지금에도 알아볼 수가 있었다. 같은 곳에 살고 있다면 언젠가 마주치겠지 하던 설렘 가득한 그의 기대를 산산이 부순 종합뉴스에 현태는 굳게 입을 닫았다.

"좋겠다. 있는 놈들은 꼭 저렇게 티를 내면서 살아야 되나? 아니, 약혼이 대수야? 연예인도 아니고. 안 그래요, 사장 형님?"

"……그러게."

"누구는 동네방네 떠들면서 그 큰 호텔에서 약혼식이나 하고, 누구는 그 약혼식에 꽃장식이나 하러 가고. 불공평하네."

"그럴 거면 플로리스트는 왜 된 거냐?"

현태는 앉아서 투덜거리는 성하의 머리를 돌돌 말아 쥔 주문서로 통 때리며 자리에서 일어섰다. 머리를 문질이던 성하는 화면 속 지은의 모습에 작게 감탄하며 고개를 내저었다.

"그런데 아무리 봐도 여자 쪽이 아깝다. 그렇죠?"

"알았으니까 일이나 하지? 장례식 화환 끝냈어?"

"내일 가면 실물도 볼 수, 악! 왜 때려요!"

손을 요리조리 살피며 현태는 미안, 이라는 전혀 미안함이 담기지 않은 사과를 남기고 가게 앞으로 나왔다.

이 도시로 온 지도 벌써 6년.

그곳의 하늘만큼은 아니더라도 여기 하늘도 꽤 볼만했는데…….

오늘따라 그 볼만하던 하늘도 꼴 보기 싫은지 그는 고개를 떨어뜨리며 주머니에 손을 꽂아 넣었다.

"하긴……. 그때가 벌써 언젠데."

담담하게 혼잣말을 뱉어 내는 현태의 입가엔 쓸쓸한 미소가 서렸다. 떠올리기만 해도 설레던 그녀를 갑자기 그런 소식으로 접하게 될 줄은 몰랐다. 반갑다 어쩐다 하는 기분을 느낄 겨를도 없이 조금은 충격적인 소식에 현태는 한참이나 멍하게 서 있었다.

당연한 거다. 요새 누가 어릴 적 철없는 약속을 간직하며 살아가기나 할까? 충분히 그녀를 이해하지만 그래도 서운하고 휑한 기분은 떨쳐 낼 수가 없었다.

＊

생각나, 현태야? 우리가 처음 만났던 여름.

"아버지."

예쁜 옷집도, 맛있는 패스트푸드점도 없는 그런 시골 동네에 처음 가게 됐을 때, 정말 부모님이 미워질 정도로 그곳이 싫었어. 주변엔 온통 산이랑 나무들뿐이어서 벌레도 엄청 많았고, 여름마다 매미 소리에 늦잠도 못 자고, 큰 농장에서 풍겨져 오는 가축 냄새는 밖을 나서자마자 코를 틀어막고 돌아다녀야 할 정도였지.

"저⋯⋯."

태어나 자란 도시가 아닌 그렇게 낯설고 하나부터 열까지 싫은 것들뿐인 곳에서 지내야 하는 게 나한텐 너무 끔찍한 일이었어. 전교생이 100명 남짓한 그 작은 학교에서 도대체 내가 뭘 배워야 하고 그런 촌아이들과 어떻게 지내야 할지 눈앞이 막막하더라니까?

그런데 네가 나보고 했던 말 기억나? 네가 도대체 얼마나 잘살고 잘났기에 그렇게 매사에 짜증이나 내고 잘난 척을 해 대는 거냐고. 거기에서 또 지기 싫어서 악다구니 써 대면서 너랑 대판 싸웠다가 선생님께 혼나고.

알잖아, 나. 엄청 자존심 세고 고집불통, 제멋대로에다가 말도 안 듣는 거. 그래서 네가 먼저 사과해 와도 받아 주기 싫었

15

어. 내가 받아 주질 않으니까 네가 하교 때 나한테 뭘 줬는지 알아?

"결혼……할게요."

노란 꽃. 이름도 없고 시골 길바닥에 아무렇게나 널려 있는 꽃을 나한테 내미는데 그때 네 표정이 얼마나 웃기던지. 촌스럽고 장난스럽기만 하던 네가 작은 꽃송이를 들고 까만 얼굴이 빨개졌단 티가 날 만큼 부끄러워하고 있었으니까.

항상 부모님이 그러셨거든. 아무거나 만지지 마라, 아무렇게나 뛰어다니지 마라, 천박한 말과 행동은 하지 마라.

생각해 보니까 부모님 말씀을 어기게 된 이유가 모두 너인 거야. 여기저기 뛰어다니면서 풀독이나 오르고, 옷이 홀딱 젖도록 물가에서 놀고, 동네 작은 구멍가게에서 유통기한도 모르는 불량식품을 사 먹고.

그런 생활이 신기했던 것도 있었겠지만 혼자였더라면 분명 지금까지 이렇게 선명히 기억에 남진 않았을 거야. 모두 너와 함께라서…….

"잘 생각했다."

"……하나 여쭤 보고 싶은 게 있어요."

14살, 우리 헤어질 때 생각나지? 항상 놀던 냇가도 꽁꽁 얼어 버리고 더위를 피해서 쉬었던 커다란 느티나무도 바짝 메말라서 하얀 눈이 소복이 내려앉은, 도시보다 더 추웠던 겨울.

다시 부모님과 함께 살게 되어서 도시로 올라가야 하는 날 보며 넌 아무 말도 하지 않았지. 다른 친구들도 아니고 제일 처음 너에게 말해 줬는데도 바보처럼 서서 날 붙잡지도 않는 네가 너무 괘씸해서 울면서 소릴 질렀더니 그때서야 네가 날 안아 줬어.

"제가 이 결혼을 하면 아버지, 행복하세요? 저는 행복할 수 있을까요?"

"또 바보 같은 소리."

살면서 그렇게 울어 본 적은 없었을 거야. 둘 다 추워서 손이며 얼굴이며 꽁꽁 얼어서는 너도 나도 울었지.

그리고 약속했잖아.

"저요? 아버지요? 누가 바보 같은 소리를 하고 있는 건지 알고 계시기나 하세요?"

"신지은."

"……이제 더 이상 아버지에게 바라는 건 없어요. 지쳤거든요, 저도."

꼭 어른이 되면 다시 만나자고. 내가 돌아간 후에도 전화든 편지든 꼭꼭 연락을 하자고. 절대로 서로 잊지 말고 나중에 꼭 만나자고.

결국엔 얼굴은커녕 연락 한 번 제대로 하지 못하는 사이가 됐지만.

"끝까지…… 아버지가 원하시는 대로 키워 놓으시니 좋으세요? 좋으시길 바랄게요. 후회도 하지 마시고요. 그래야…… 그래야 제가 조금은 덜 불쌍하지 않겠어요?"

현태야, 어떻게 하면 정말로 잊을 수 있을까. 잠깐 잊은 척이 아니라 정말로 그때를 모조리 잊는 방법.

사실 너한텐 야무진 척, 똑 부러지는 척, 아는 척, 별의별 척은 다 했는데 나 알고 보면 세상에서 제일 멍청하고 겁쟁이에다가 바보야. 벌써 10년이나 지난 일을 품에 안고 하루하루를 살고 있어. 정말 어린애들 장난이었을지도 모르는데…….

넌 어떻게 살고 있니? 어디에 살고 있어?

찾아갈 여건도, 찾아볼 용기도 안 되는 주제에 너에 대한 궁금증만 가득해. 내가 그때 그곳을 떠나지 않았더라면 내 인생도 조금은 바뀌지 않았을까? 내 인생도 조금은, 아주 조금은 행복해지지 않았을까?

있지, 현태야. 지금 생각해 보면 말이야.

네가 있던 날의 나는, 지금 상상도 하지 못할 만큼 눈부셨던 것 같아.

너무 눈부시고 눈부셔서 어린 내가 기억하는 너는 이젠 희미해질 만큼, 정말, 숨이 막혀 올 만큼…… 눈부셔.

01

매앰. 매앰.

지나가는 차도, 사람도 없는 시골 버스 정류장에 마을버스가 한 대 들어섰다. 버스가 멈추자 나이 지긋한 할아버지, 허리가 굽은 할머니가 내렸고 그 뒤로 까만 모범택시가 한 대 서더니 조금은 지친 기색을 한 지은이 내렸다.

함께 내린 기사 아저씨는 트렁크에서 꺼낸 캐리어를 쥐여 주고는 떠나 버렸다. 지은은 내리는 사람도, 타는 사람도 없는데 출발하지 않는 버스를 이상한 눈초리로 바라보았고 버스는 지은이 마을 안으로 들어설 때까지 그 자리에서 떠나지 않았다.

새들도 지저귀고 매미들도 목청 터져라 울어 대는 통에 지은은 귀여운 빨간 입술을 앙다물고 발걸음을 재촉했다. 하지만 커다란 캐리어가 울퉁불퉁한 흙길에서 제대로 따라오지 못하고 덜컹거리다 결국 균형을 잃고 바닥에 나뒹굴어 버렸다.

"내 가방!"

지은이 놓쳐 버린 손잡이를 잡기 위해 뒤돌자 엎친 데 덮친 격으로 쓰고 있던 예쁜 리본이 달린 동그란 밀짚모자마저 거센 바람에 날아가 뒤에 툭 떨어졌다.

"내 모자!"

끈으로 된 노랗고 시원한 원피스에 이 시골 마을과는 어울리지 않는 반짝거리고 새하얀 에나멜 구두를 신은 지은은 나뒹구는 캐리어보다 무척이나 아끼는 모자를 향해 몸을 빙글 돌려 얼른 주워 들었다. 마른 흙이 묻지도 않아 보였지만 불쾌한 표정을 지어 보이며 몇 번이나 모자를 털어 내고 입으로 흙을 후후 불어 냈다.

한참이나 모자를 살펴보던 지은은 신경질적으로 모자를 옆구리에 끼고서 캐리어를 일으켰다. 흠집 하나 없던 핑크색의 캐리어는 바닥에 박힌 돌멩이에 긁혀 미세한 흠집이 여기저기 생겼다.

금방이라도 울음을 터뜨릴 것같이 빳빳이 서서 몸을 부르르 떨더니 꼬깃꼬깃 손에 쥔 종이를 한 번 펼쳐 보고는 바닥에 냅다 팽개쳐 버렸다. 그 종이는 주인을 잃고 바람에 날려 바닥에 데굴데굴 굴러갔고 아차 싶은 지은은 후다닥 종이 뒤를 따라 뛰어갔다.

간신히 다시 종이를 집어 든 지은은 처음처럼 손에 아무렇게나 쥐고서 바보처럼 서 있는 캐리어를 향해 걸어가 괜히 캐리어를 발로 뻥 차버렸다.

"비싸기만 하고 쓸모도 없는 가방 주제에!"

애꿎은 캐리어에 화풀이를 하던 지은은 역시나 힘없이 털썩 넘어지는 캐리어를 보며 씩씩거렸다. 예쁜 얼굴이 못나게 구겨져 보는 사람마저 눈이 찌푸려질 만했다. 넘어진 캐리어의 손잡이를 다시 잡고 일으킨 지은은 덜컹덜컹 요란한 소리와 함께 다시 걸음을 옮겼다.

뜨거운 태양에 지쳐 갈 때쯤 앞에 보이는 다리 밑으로 얕은 물이 흐르는 걸 발견했다. 걸음이 빨라질 만큼 반가워하던 지은의 표정은 다리 아래를 확인하자 금세 또 굳어 버렸다.

"현태야! 그쪽으로 가고 있다!"

"몰아, 몰아!"

"에이, 한 마리도 못 잡았잖아."

지은과 비슷한 또래의 사내아이 네댓 명이 더운 날씨 탓인지 웃통은 훌러덩 벗어 던진 채 고기잡이에 여념이 없었다. 팬티만 덜렁 걸치고 온 사방팔방 뛰어다니는 아이들을 보며 지은은 충격을 받은 건지 입이 서서히 벌어지더니 두 볼이 빨갛게 달아올랐다. 그러곤 고개를 휙 돌리고 더위도 잊은 채 무거운 캐리어를 끄는 지은의 발걸음이 유독 급했다.

"천박해, 천박해!"

격양된 목소리로 작게 중얼거리며 커다란 눈을 있는 대로 키우다가 다시 아이들이 놀고 있던 다리 밑으로 눈을 흘기던 지은은 다시 도도하게 고개를 틀고 낮은 구두 소리를 내며 사라졌다.

　태어나서부터 쭉 도시에서 살아온 지은에게 풀냄새 풍기고, 소똥 냄새 풍기고, 자신의 소중한 물건들을 더럽히는 포장도 안 된 길이 있는 이 시골은 1분 1초도 있기 싫은 곳이었다. 이런 곳에서 당분간 살아야 하다니…….

　큰 나무 아래 그늘에서 쉬고 있던 지은은 주위를 빙 둘러보며 고개를 절레절레 저었다. 이곳은 지은의 외할머니가 사는 곳으로 아주 어릴 적 한 번 와 본 적이 있다고 그녀의 엄마가 알려 줬지만 기억이 날 리가 없었다. 그런 지은이 이곳엔 어떻게 혼자 온 것일까?

　'할머니가 데리러 나온다고 했으면서……. 엄마, 거짓말쟁이.'

　사실 아까 지나친 할머니들 중 지은의 외할머니가 있었을지도 모를 일이다. 하지만 지은도, 외할머니도 서로의 얼굴을 모르는 탓에 그냥 지나쳤을 수도 있었다.

　지은은 손에 쥔 종이에 적힌 주소를 빤히 들여다보다 다시 걸음을 옮기려는지 쪼그린 무릎을 펴고 옷을 탁탁 털었다. 지나가는 사람에게 물어봐야 하는 걸까.

　웬만하면 자기 힘으로 찾아가고 싶었지만 모두가 거기에서 거기인 것 같은 집들과 길을 보며 지은은 하는 수 없다는 듯 한숨을 내쉬었다. 누군가에게 물어보려 타박타박 걸음을 옮기는 동안 주위를 둘러보았지만 도시와는 다르게 사람조차 쉽게 구경할 수가 없었다.

"야! 비켜라!"

"이런 곳에 오는 게 아니었어. 차라리 엄마, 아빠 따라서……."

"야! 비키라고!"

자전거 경적이 요란하게 울려 댔지만 지은은 들리지 않는지 신경 쓰지 않고 걸었다. 커다란 캐리어를 옆에 끌고 가는 통에 좁은 길이 꽉 차 자전거를 타고 달리던 현태는 지나갈 수가 없었다.

비킬 줄 알고 종까지 울리며 달려왔지만 전혀 그럴 생각이 없는 지은을 발견한 후 늦었다고 생각하는 순간, 현태의 자전거는 지은의 커다란 캐리어와 쿵 부딪혔다.

그 소리에 화들짝 놀라며 지은은 뒤를 돌아보았고 현태와 현태의 자전거는 바닥에 널브러져 있었다. 지은은 입을 손으로 가리며 얼른 뒤돌아 주저앉았다.

"어떡해!"

"아니, 괜찮……."

"내 가방!"

세게 부딪힌 모양인지 살짝 패인 캐리어를 붙잡고 자신은 안중에도 없이 울상을 짓는 지은을 보며 머쓱한 현태는 콧방귀를 뀌었다. 털털한 시골 아이처럼 넘어진 것쯤은 아무것도 아니란 듯이 자리를 털고 일어난 현태는 자전거를 일으켜 세우며 그녀를 향해 야무진 사투리로 투덜거렸다.

"사람 넘어진 건 안 보이나?"

정말 보이지 않는 모양인지 캐리어만 붙잡고 있는 지은을 보며 현태는 떨떠름한 표정을 지어 보이더니 곧 안장에 올라탔다. 어디서 와가 저래 싸가지가 없노. 웃통은 없고 축축한 바지만 걸친 채 집으로 향하려는 현태가 자전거 페달을 밟으려 하자 쳐다보지도 않던 지은이 벌떡 일어나 앙칼진 목소리로 소리쳤다.

"야! 이게 얼마짜린 줄 알아?"

"……."

"똑바로 보고 다녀야 될 것 아니야! 내가 여기 걸어가고 있는 거 못 봤어?"

"내가 분명 비키라고 했는데 니가 안 비켰다 아이가."

황당한 현태는 눈을 부릅뜨고 바락바락 소리치는 지은을 향해 눈을 내리깔며 말했다.

"네가 언제 비키라고 했어? 난 못 들었거든?"

"했거든? 사람이 목구멍 터지도록 소리쳤는데도 쌩 깐 사람이 누군데."

"쌔, 쌩?"

"그래, 쌩."

저렇게 모습도 말투도 천박하다니! 지은은 기가 막힌 표정으로 현태의 눈을 매섭게 노려보았다. 현태도 함께 노려보다 여차하면 지은이 달려들 것 같기도 해서 한숨을 내쉬며 시선을 돌려 버렸다.

도시에서 왔나? 하얀 피부에 가슴까지 내려오는 찰랑거리는 머리카락, 무엇보다 하루 종일 산이며 물이며 뛰어노는 동네 여자아이들과 다른 옷차림과 얼굴에 현태의 가슴이 호기심에 작은 설렘을 느꼈다.

"재수 없어!"

한참이나 현태를 노려보던 지은은 집으로 돌아가려는 모양인지 캐리어를 질질 끌고 왔던 길을 되돌아가기 시작했다. 그런 지은을 눈으로 좇던 현태는 번뜩 삼돌이네 할머니에게 엄마가 전해 주라는 열무김치를 가져다주며 들은 말이 떠올랐다. 돌잡이 사진을 보여 준 탓에 확실하진 않지만 묻기라도 해야겠다 싶어 자전거에서 내려 멀어지는 지은의 뒤를 좇았다.

"야! 니 할머니 만나러 왔나?"

"따라오지 마!"

"잠깐만 서 봐라."

"왜! 왜!"

현태가 어깨를 잡아 세우려 하기 전에 지은은 눈물을 뚝뚝 흘리며 뒤돌았다. 울고 싶지 않았지만 뭐가 자꾸만 서럽고 짜증이 나는지 저도 모르게 눈물이 흘러나왔다. 그 모습에 현태는 당황한 듯 내밀었던 손을 얼른 거두고 어쩔 줄 몰라 물었다.

"니, 니 왜 우는데?"

"네가 알아서 뭐할 거야! 꺼져! 나 집에 갈 거야. 할머니고 뭐고 난 우리 집에 가서 살 거라고!"

눈물만 쏟던 지은은 말을 하며 감정이 격해졌는지 흑흑거리는 소리와 함께 자리에 주저앉았다. 현태는 여전히 멍하게 서서 주저앉은 그녀를 내려다보고만 있었다.

꽃, 같다고 생각했다. 원피스가 바닥에 퍼져 그것이 꽃잎 같아 마치 정말 큰 꽃을 보고 있는 것 같았다.

그는 저도 모르게 조심스레 손을 뻗어 보았다. 그녀의 정수리에 현태의 손끝이 닿자 몸을 파르르 떨며 위를 올려다보는 지은을 보며 머쓱한 듯 현태는 뒷머리를 긁적였다.

"니, 길은 찾아갈 줄 아나? 여긴 도시랑 달라서 금방 해도 질 건데. 니 삼돌이 할매 손녀 맞제?"

"사, 삼돌이?"

"아무튼 그 할매도 곧 손녀 올 거라면서 내한테 말한 적 있는데. 니 할머니 만나러 여기 온 거가?"

"……."

똘똘한 지은은 혼자서 집으로 돌아가지 못하는 걸 알고 있다. 그렇지만 머쓱하게 서 있는 현태에게 도움을 받기엔 자존심이 상했다. 이런 촌뜨기한테 나의 행선지를 알려야 하다니. 하지만 떨어지던 눈물은 어느새 멎었다.

"맞나, 아니가?"

"시, 신경 꺼! 그…… 할머니 집만 알려 줘. 혼자 찾아갈 수 있으니까."

속눈썹에 맺힌 마지막 눈물방울을 손등으로 훔치며 지은은 자리에서 일어났다. 현태는 모처럼 도와주려 했는데 쌀쌀맞은 지은의 태도에 기분이 좋지 않았다. 그래도 삼돌이 할머니가 손녀가 온다는 말에 기뻐하시던 모습을 떠올리니 얼른 데리고 가야겠다고 생각했다.

"우리 집 옆이 할매 집이다. 어차피 나도 집에 갈라고 했으니까 같이 가자."

"뭐? 너랑?"

"그럼 여기 내 말고 누가 있는데?"

심드렁한 말투로 지은의 캐리어를 뺏어 끌려고 하니 대뜸 경악한 표정으로 지은은 현태의 손을 탁 쳐 버렸다.

"내 거 건드리지 마."

더러운 것이라도 묻은 것처럼 현태가 잡았던 손잡이를 툭툭 털며 노려보는 지은에게 현태도 맘이 단단히 상한 모양인지 붉으락푸르락 낯빛이 변했다. 먼저 앞서 걸어가는 지은은 현태가 따라오지 않자 새침한 표정으로 뒤로 돌아보며 소리쳤다.

"빨리 안내해, 촌뜩아."

"초, 촌뜨……."

"아무튼 하나 맘에 드는 게 없어! 학교에 가서도 저런 애들밖에 없으면 어떡하지."

혀를 내두르는 지은에게 얼빠진 사람처럼 입만 뻐끔거리던 현태는 입을 앙다물더니 성큼성큼 걸어가 자전거에 휙 올라탔다. 지은의 입에선 여전히 불만 섞인 말이 튀어나왔고 현태는 냅다 지은을 지나쳐 먼저 휑하니 가 버렸다.

"야! 할머니 집 알려 준다고 해 놓고 어디가!"

"니 혼자 온나, 가시나야!"

"가시나? 저 촌뜨기가!"

벌써 저만치 달려가는 자전거를 보며 소리를 꽥 지르던 지은은 서둘러 캐리어를 챙겨 작은 보폭으로 뛰기 시작했다. 하지만 자그마한 지은이 그 빠른 자전거를 따라잡기는 무리였다.

골목 어귀에 서서 가쁜 숨을 내뱉던 지은의 도화지 같던 새하얀 얼굴이 구겨졌다. 아무리 골목 안을 눈이 빠져라 노려보아도 이미 사라진 자전거는 돌아오질 않았다.

그런 촌뜨기를 따라가려 했던 내가 바보야.

더운 날에도 치렁치렁 머리카락을 풀어헤친 지은은 옆구리에 끼고 있던 밀짚모자를 물끄러미 쳐다보았다. 얼마 전에 새로 산 모자였는데 그걸 이 시골 길바닥에 굴려 버렸으니 지은의 성격에 그걸 아무렇지도 않게 쓰고 싶은 마음은 없었다.

입을 앙다물고 모자를 푹 눌러쓴 지은은 빠르게 손부채질을 해 더위를 식혀 보았다. 쉽게 더위가 가라앉질 않자 그늘진 담벼락에 가서 앉아 잠시 태양을 피했다. 시간이 지나도 지은은 누군가를 기다리듯 자리에서 움직이지 않았고, 곧 해가 질 듯했다.

02

붉은 노을이 온 마을에 깔렸다.

"전화…… 왜 안 받지?"

엄마도 아빠도 모두 전화를 받지 않아 불안감이 커졌다. 먼저 가 버린 현태는 돌아올 생각도 않고 집집마다 주소도 제대로 표시가 되어 있지 않아 한 걸음 옮겼던 지은은 다시 제자리로 돌아왔다.

낯선 곳에서, 거기다 이제 주위가 온통 붉게 물들어 스산해진 마을에서 지은은 세워져 있던 캐리어의 손잡이를 힘주어 잡았다. 목구멍이 간질간질거리고 눈이 화끈거리는 게 꼴사납게 또 울어 버릴 것 같아 눈물이 차오르기도 전에 두 눈을 손등으로 문질렀다.

쪼그려 앉아 무릎에 얼굴을 묻고서 훌쩍이려 할 때 조용한 발자국이 그녀에게 다가왔다.

"지은이니?"

이런 시골마을과는 전혀 어울리지 않는 나긋하고도 잔잔한 목소리였다. 퍼뜩 고개를 들고 말을 건네 온 그녀에게 지은이 고개를 돌리자 불안한 눈빛을 한 할머니가 서 있었다.

"할머니……?"

"맞구나!"

빛바랜 검은 민소매 옷을 입고 아래는 그것과 어울리지 않는 요란한 무늬의 고무줄 바지였지만 시골 노인이라고는 믿기지 않을 만큼의 깨끗한 손으로 그녀는 지은을 와락 끌어안았다. 얼굴도 기억하지 못했지만 지은은 그녀가 자신의 외할머니라는 것에 의심하지 않았다. 하지만 자신을 안아 주는 그 두 팔에 쉽게 답하지 못하고 멀뚱히 서서 팔을 늘어뜨리고 있었다.

"연락도 없이 이게 무슨 일이냐! 너희 엄마는 무슨 생각으로 너를 혼자서 이런 곳에 보냈다니!"

"어, 엄마는…… 바빠서…… 그래서……."

엄마 이야기가 나오자 지은은 저도 모르게 목이 메여 왔다. 그녀의 외할머니는 품에서 지은을 떼어 내며 몇 번이고 보드라운 지은의 얼굴을 쓰다듬었다.

"언제 이만큼 컸다니……. 젖먹이 때 얼굴이 그대로구나. 할머니가 엄마한테 연락받고 얼마나 애가 탔는지 알아? 무작정 보내겠다고만 하고 전화를 끊어 버려서 이 할머니가 하루하루 지은이 너를 기다렸단다……. 언제부터 여기에 있었어? 엄마가 주소 안 가르쳐 주든?"

지은은 고개를 도리도리 저으며 주머니에 꼬깃꼬깃 구겨진 종이를 꺼내어 보였다. 눈물이 맺힌 그녀의 속눈썹이 파르르 떨렸다.

"찾기가 쉽지 않아서…… 엄마가 분명히 알려 줬는데, 혼자서도 찾아갈 수 있었는데……."

"오냐, 오냐. 집을 찾기가 쉽지 않았지? 오래 기다렸니? 이럴 줄 알았다면 여기까지 할머니가 나와 봤다면 좋았을 텐데……. 울지 마라. 미안하다, 지은아……. 우리 강아지 언제 이렇게……."

얼굴도 기억나지 않는 외할머니가 눈물을 닦아 주며 말을 하자 지은은 무언가 보상받는다는 느낌이 들었다. 여름 땡볕도 저를 버리고 간 촌뜨기도 낡은 대문에 대충 쓰인 번지수들도. 조금은 거칠지만 따뜻한 손길에 경계하고 불안하던 마음이 조금씩 녹아내렸다. 그러다 문득 생각을 했다.

우리 엄마 손은…… 어땠지?

"일단 가자. 밥도 못 먹었지? 아무한테나 물어볼 것이지 어쩌자고 거기에 가만히 앉아 있었어."

반가움과 놀라움, 애가 타던 마음이 그대로 묻어 있는 걱정이었다. 한 손은 외할머니가 잡아끄는 손을 잡고, 한 손은 캐리어를 잡고 지은은 조심스럽게 걸음을 옮겼다.

"아까 남자아이를 만났어요. 할머니를 알고 있다고 해서 데려다 준다더니 혼자 가 버려서……."

"도대체 누가?"

"옆집이라고 했어요."

"현태 고놈이로구나!"

할머니가 버럭 소리를 지르자 지은은 움찔하며 눈을 동그랗게 떴다. 차분하다고 생각했던 지은의 예상이 조금은 빗나간 시점이었다. 지은의 외할머니는 의외로 젊었고, 의외로 정정했으며, 의외로 시골 사람 같았고, 의외로 그녀의 딸과는 전혀 닮지 않았다.

지은은 흘긋 할머니를 훔쳐보며 상상하던 할머니와는 다른 모습에 실망한 낯빛이 보였지만 잡은 손은 놓지 않았다.

멍멍멍!

동네가 울릴 만큼 우렁찬 목소리로 짖는 삼돌이의 소리에 할머니는 작은 철 대문 안으로 들어서더니 지은에게 손짓했다. 삼돌이는 할머니를 발견하고서 커다란 덩치로 서서 점잖게 꼬리를 흔들었다. 대문으로 한 발 들여놓던 지은은 삼돌이를 보고서 멈칫하더니 할머니에게로 눈을 돌렸다.

"삼돌이가 덩치는 저렇게 커도 순해 빠져서 괜찮단다. 삼돌아, 누나야. 예쁘지?"

대문에서 뭉그적거리는 지은을 가리키며 할머니가 삼돌이를 향해 말하자 마치 자신이 사람인 마냥 말을 알아들은 듯 지은을 지그시 바라보았다.

삼돌이는 윤기라곤 하나도 없는 지푸라기 같은 색의 짧은 털을 가지고 있는 퉁퉁한 레트리버였다. 실제로 그렇게 큰 개는 본 적이 없어 놀란 지은이었지만 보고 있자니 멍청해 보이는 표정하며 어쩌면 다정스러운 눈에 대문 안으로 들어왔다.

"삼돌이 잘생겼지? 하지만 이제 삼돌이도 할아버지야. 벌써 11년이나 되었으니까."

"왜 나랑 같은 나이인데 할아버지예요? 나도 열한 살인데."

천진난만한 지은의 물음에 할머니는 살며시 웃어 보였다.

"그러게 말이다. 왜 11년밖에 안 살아 놓고 벌써 늙어 버렸는지……."

넓적한 머리를 쓰다듬으면 삼돌이는 기분이 좋아 게슴츠레 눈을 뜨고서 할머니를 똑바로 바라보았다. 까맣던 코도 색이 빠지고 말라 지은의 눈엔 그다지 예쁘지도 않은 개처럼 보였다.

"어서 들어가자."

여닫이의 문을 열며 손짓하는 할머니에게 천천히 걸어가 집 안을 살폈다. 휑한 집 안엔 여기저기 자질구레한 물건들이 오랫동안 그 자릴 지키고 있었던 모양인지 익숙해 보였다.

"이건 옷이니?"

지은의 분홍색 캐리어를 집 안으로 들여놓으려 할머니가 손을 뻗자 지은은 무언가 말하고 싶었지만 결국 그녀의 손에서 캐리어는 떠나 버렸다.

"밥부터 우선 먹자. 배고프지? 나 혼자 살아서 반찬은 없지만, 지은이 넌 좋아하는……."

낯선 집, 익숙하지 않은 냄새들, 더운 날씨, 에어컨 없는 찜통 같은 안, 당분간 이런 곳에서 살아야 하는 자신. 오랜만의 손님에 들뜬 할머니는 지은에게 쉴 새 없이 질문을 쏟아 냈지만 지은은 뿌옇게 변한 에나멜 구두만 내려다볼 뿐 아무런 대답도 하지 않았다. 온몸이 찝찝하고 이마 너머로 희미한 열꽃이 피어 오름을 느꼈다.

저녁도 시원찮게 먹던 지은은 그날 밤 결국 몸뿐만 아니라 마음도 피곤에 지쳐 앓아눕고 말았다. 할머니가 딸에게 몇 번이나 전화를 걸어 보았지만 모두 다 받지 않았고 지은은 그렇게 꼬박 나흘을 앓았다.

"할매! 엄마가 이거 드시래요."

현태는 엊그제 엄마를 통해 지은이 할머니네 집으로 왔다는 걸 들었다. 나이도 같고 친하게 지내라는 엄마의 말에 콧방귀를 뀌었다가 혼만 났다. 그 후 현태는 놀러 나갈 때마다 슬쩍슬쩍 옆집 담장 너머를 훔쳐보았지만 지은의 모습은 어디에서도 찾아볼 수가 없었다. 현태의 목소리에 할머니는 문을 조용히 열며 그를 맞이했다.

"이건 또 뭐니?"

"복숭아. 엄마가 할매 손녀 왔다고 과수원에서 따 왔어요."

"매번 미안하다고 전해 드려라."

"아, 괜찮아요."

개구쟁이처럼 웃던 현태는 열린 문 안으로 무언가 찾듯이 얼쩡거렸다. 할머니가 받아 든 복숭아를 주방으로 가져가자 현태는 문을 활짝 열고 그 앞에 앉아 물었다.

"할매, 손녀 왔다면서 안 보이네요?"

"우리 지은이 지금 아파서 하루 종일 누워 있단다. 오자마자 열이 나더니 아직 아픈지 통 움직일 생각을 안 하지 뭐야. 어휴, 엄마란 사람은 연락도 안 되고……."

"그렇구나."

이름이 지은이었구나. 그렇게 성질을 부리던 지은이 아파 누워 있다니 쌤통이기도 했지만 생각 없이 웃을 수만도 없었다.

"할매, 갈게요!"

"아 참, 지은이도 여름방학 끝나면 여기서 학교 다닐 거니까 잘 부탁한다."

"엑, 진짜요?"

"또 골목길에 혼자 놔두고 가면 안 돼, 알았니?"

"그, 그건……."

말문이 막힌 현태는 쌩하니 그 집을 벗어났다. 고새 할머니에게 일러다 바친 지은을 향해 귀여운 심술을 부리며 말이다.

그날 밤, 지은은 할머니가 쒀 준 흰 죽을 먹고 기운을 차렸는지 현태가 가져다준 복숭아를 먹으며 낡은 선풍기 바람을 쐬고 있었다. 이제 제법 나아 보이지만 지은의 얼굴은 여전히 어둡고 창백했다. 할머니는 괜히 이런 시골에 와서 고생을 하는 지은이 안쓰럽기만 했다.

"엄마는 어디 있니?"

조그마한 목소리로 할머니는 물었다. 지은은 고개만 저을 뿐 묵묵히 복숭아만 아삭아삭 먹었다. 집으로 돌아가고 싶었지만 엄마도 연락이 되질 않고, 잘 도착했냐는 안부 전화 한 통 없었다. 외국으로 아빠와 함께 갈 거라고는 했지만 사실인지 아닌지도 몰랐다.

자신이 아끼던 바이올린, 엄마가 아끼던 프랑스산 여러 찻잔, 항상 등만 보인 채 신문을 읽고 계시던 아빠의 소파. 온 집 안에 어느 하나 빼놓지 않고 빨간 딱지들이 붙어 있었다. 말 한마디 없던 집 안은 그날 이후로 부모님의 싸움에 날로 시끄러워졌고, 매일 밤 빨간 딱지가 붙은 침대에서 지은은 눈물로 잠들어야 했다.

아침에 일어나면 시리얼과 우유로 배를 채웠고 저녁에도 항상 똑같았다. 밤이면 밤마다 넓은 집을 시끄럽게 울리는 목소리에 그녀는 차라리 조용히 제대로 말도 섞지 않던 그때가 낫다고 생각했다.

"아, 엄마가 이거 할머니 드리라고 했는데……."

지은은 구석에 놓인 캐리어를 열었다. 할머니는 열지 못했던 건지 그 안엔 구겨진 옷이 그대로였다. 그리고 제일 아래에서 도장과 통장을 꺼내더니 할머니에게 건넸다.

"여기서 학교 다녀야 된다고 엄마가 줬어요."

천만 원이 들어 있는 통장을 펼쳐 보던 할머니는 기뻐하기보다는 파르르 떨리는 한숨을 내뱉더니 고개를 끄덕이고 그것을 작은 문갑 서랍에 넣어 두었다.

지은이 시골로 떠나던 날, 그녀의 아빠는 여전히 모습을 보이지 않았고 엄마도 그저 급하게 통장을 쥐여 주었다.

'너도 지금까지 봤으니 무슨 일인지는 알겠지? 아빠랑 엄마는 아빠 회사 찾으러 외국으로 갈 거야. 아마 바쁠 것 같으니까 너 챙겨 줄 시간은 없을 거야. 외할머니 댁에 가 있으렴. 다 해결되면 다시 데리러 갈 테니까 얌전히 지내야 한다. 어서 가.'

자신의 등을 미는 엄마의 손길이 마치 자신을 짐 덩어리 밀어내듯 밀어내 눈물만 흘릴 뿐 매달리지 못했다. 여태 제대로 칭찬받아 본 적 없이 강요만 당하던 지은은 결국 그때도 엄마의 뜻대로 원하지 않은 결정을 해 버렸다.

'어, 엄마! 나 5학년 되기 전에 다시 오는 거죠?'
'……어서 가.'

택시 안으로 기어코 지은을 밀어 넣고 무슨 말이든 해 주길 바라는 지은을 끝끝내 무시하고 그녀의 엄마는 돌아섰다. 호수같이 맑은 지은의 눈은 택시가 떠나도 돌아봐 주지 않는 엄마를 한참이나 바라보고 있었다.

"어린 걸 떼어 놓고 걱정도 안 된다니, 너희 엄마는?"

허공을 응시하던 할머니의 말에 지은은 한 입 정도 남은 복숭아를 입안에 쏙 넣고는 자리에서 일어났다.

"어디 가려고?"

"삼돌이 보려고요."

"모기 조심해."

문은 열어 두고 닫아 둔 방충망엔 자그마한 벌레들이 빛을 따라 다닥다닥 붙어 있었다. 방충망을 열기에 망설여진 것도 잠시 지은은 후다닥 열고 얼른 아무 신발이나 신고서 밖으로 나섰다.

삼돌이는 사람 기척에 바닥에 눕혔던 얼굴을 슬쩍 들고 지은의 얼굴을 확인하자 다시 자던 잠을 청하려는지 일어나지 않았다. 멀찍이 앉아 삼돌이를 쳐다보던 지은은 터덜터덜 걸어 닫힌 대문을 열었다. 주황색 가로등만이 밝히고 있는 길목은 을씨년스러웠다. 풀벌레 소리, 귀뚜라미 소리가 낯설었지만 왠지 맘이 편해져 담장에 기대어 앉았다.

"와, 별 엄청 많다."

까만 하늘엔 도시에서 쉽게 볼 수 없던 무수한 별들이 쏟아져 내릴 듯 그녀의 위를 비추고 있었다. 엥엥거리는 모기들을 쫓아 손을 내저으며 지은은 하늘을 향해 들고 있던 고개를 숙였다. 그리고 참고 있던 눈물을 조용히 쏟아 냈다.

"이현태. 가서 아빠 좀 불러온나."

"놔둬라. 오겠지."

"이놈의 새끼는 아빠가 술 먹고 도랑에 빠져 죽어도 좋다는 소리가?"

"아, 왜 아빠가 도랑에 빠져 죽는데! 걱정되면 엄마가 가서 데려오든가."

"퍼뜩 안 갈래?"

현태의 엄마가 방구석에 서 있던 청소기를 집어 들자 현태는 투덜대며 집을 나섰다. 매일 밭일을 마치면 최 씨네 집에서 막걸리 한잔으로 하루를 마치는 아빠의 마중은 현태의 몫이었다. 그도 그럴 것이, 지난겨울 약주를 하고 돌아오던 현태의 아빠가 빙판길에서 넘어져 도랑에 빠진 일이 있어서 엄마가 걱정을 하지 않으려 해도 그럴 수가 없었다.

마당에 세워 둔 자전거를 끌고 대문을 나서는 현태의 귓가에 작은 흐느낌이 들려왔다. 등골이 오싹해져 다시 집 안으로 들어가려 했지만 귀신이 있다는 말은 엄마에게 씨알도 먹히지 않을 것 같았다. 망설이던 현태는 침을 꼴깍 삼키고 용감하게 밖으로 나갔다. 그리고 옆집 담장에 쪼그려 앉아 있는 지은을 발견했다. 조용히 가슴을 쓸어내린 현태는 매가리가 풀려 고개가 푹 숙여졌다.

말을 걸어 볼까라는 생각은 추호도 없었던 그였다. 하지만 발자국 소리에 화들짝 놀라 고개를 들어 바라보는 지은의 눈이 눈물로 물들어 있었다. 그는 저도 모르게 입이 열렸다.

"니 거기 왜 그러고 있는데?"

"……."

"식겁했다 아니가."

그는 엄마에게 귀신 얘기를 하지 않았다는 것을 조금은 다행으로 여겼다. 아무 말 없이 다시 고개를 홱 틀고 서둘러 눈물을 닦아 내는 지은에 대한 조금의 배려도 없이 현태가 물었다.

"니 울었……."

"안 울었어! 그리고 너 나한테 말 걸지 마."

"누, 누구는 말 걸고 싶어서 걸었나?"

"그럼 빨리 네 갈 길이나 가시지."

나이에 맞지 않게 매서운 눈을 뜨며 노려보는 지은을 보며 현태는 질색을 했다. 그리고 조용한 길목을 현태는 자전거에 올라타 지은을 내버려 둔 채 천천히 달렸다. 지은은 그런 현태의 뒷모습을 흘끔 쳐다보다 다시 입을 삐죽 내밀고 무릎에 얼굴을 묻었다. 그때 희미하게 들리던 자전거 바퀴 소리가 멈추었다.

"복숭아 맛있더나!"

복숭아? 지은은 아직 입안에 맴돌던 복숭아 향기를 되새기며 입맛을 다셨다.

"먹고 싶으면 또 갖다 줄게! 울지 말고 빨리 할매랑 자라!"

뚱딴지같은 현태의 말에 어안이 벙벙한 지은은 얼른 자리에서 일어나 집 안으로 쏙 들어가 버렸다. 역시나 대답을 바랐던 건 아니었지만 자신도 스스로 한 말에 머쓱함을 느끼고 현태는 다시 페달을 밟고 길을 나섰다.

질색이라고 했던 것도 아주 잠시, 현태는 지은이 왜 울고 있었는지 무척이나 궁금해졌다.

03

그녀가 학교 앞에 서서 제일 먼저 내뱉은 말은.

"구려."

그것도 엄청! 지은 지 꽤 되었는지 하나밖에 없는 건물의 외관은 그것이야말로 우울했다. 도시에서 나고 자란 지은은 2층 높이의 분교를 넋 놓고 바라보며 기가 막힌다는 듯 콧방귀를 꼈다. 1학년부터 6학년까지 모두 있을 텐데 저 작은 학교에 어떻게 다 들어가 공부를 한다는 건지 이해하지 못했다.

"아! 그럴지도 몰라."

정면으로 바라보고 있던 분교를 왼쪽으로 달려가 혹시나 그 건물이 보이지 않는 뒤쪽으로 긴 것은 아닐까 하는 헛된 상상도 해 버렸다. 하지만 목을 쭉 빼고 아무리 보아도 그녀의 상상을 충족해 줄 만한 놀라운 것은 없었다.

잔뜩 심통이 난 지은은 가방끈을 꽉 움켜쥐고 건물 안으로 발길을 돌렸다. 전학 수속은 그녀의 엄마가 챙겨 준 서류들로 할머니와 함께 이미 마친 상태로 이제 와서 무를 수도 없는 일이었다. 교무실이라는 촌스러운 팻말이 걸려 있는 곳의 문을 열고 들어서자 나이를 꽤 먹은 여선생이 유행이 지난 하얀 투피스를 입고 웃으며 지은을 반겼다.

"시간 맞춰서 왔구나? 나랑 같이 교실로 올라가자."

저학년은 1층에, 고학년은 2층에 교실이 있어 여선생과 지은은 나란히 계단을 올랐다. 9시가 조금 덜 된 시간, 시끌벅적할 줄 알았던 복도는 쥐 죽은 듯 조용했다. 고개를 갸웃거리며 여선생 뒤를 따라 걷는데 4-2라고 적힌 교실에서 후다닥 사내아이 셋이 튀어나왔다.

"야! 쌤 왔다!"

그 셋 중엔 현태도 함께였다. 여선생은 혼내지 않고 앞문을 열며 먼저 교실로 들어가 버려 지은은 복도에 멀뚱히 혼자서 서 있었다.

세 아이가 지은을 흘끗거리며 쳐다보다 얼른 교실 안으로 뛰어 들어갔다. 교실 안은 이미 전학생의 존재를 확인하고, 시끄러워진 상태였다. 곧 여선생의 손짓에 그녀는 못마땅한 표정으로 교실로 들어섰다.

"와! 전학생!"

"선생님, 쟤는 이름 뭔데요?"

"어디에서 왔는데요?"

못 기다리겠다는 듯 여선생에게 질문들이 쏟아졌다. 시끄럽기만 한 사투리에 지은의 표정이 찡그려졌다.

"새 친구가 대답할 테니까 조용히 하고 들어 보자."

"네!"

그리고 모두의 눈이 지은에게로 쏠렸다. 한 번에 많은 시선을 받았음에도 지은은 불쾌한 기색만 있을 뿐 아무렇지 않아 보였다. 새로운 학교의 새로운 친구들에 대한 설렘은 처음부터 없었고 말이다.

"난 신지은이야."

인사를 건네지 않기도 뭐하고 길게 주저리주저리 떠들기도 뭐한 간단명료한 소개였다. 청아하고 새침한 그녀의 표준어에 아이들은 모두 호기심 가득한 눈으로 지은을 바라보았다. 하지만 어려도 여자이기에 곳곳에 예쁘장한 지은을 향한 시기의 눈초리도 번뜩이고 있었다.

시끄럽던 교실이 조금씩 안정을 되찾아 비로소 수업이 시작되고, 수업과 쉬는 시간이 반복되어 점심시간이 될 때까지 지은이에게 누군가 말을 건네는 사람은 없었다. 그것은 분명 지은이 창가의 새 자리에 앉아 누구에게도 눈길 한 번 주지 않아서일 것이다.

창 넘어 보이는 것은 산이요, 나무요. 도시처럼 시끄러운 소음도 공해도 없는 조용하고 청량한 이곳. 구름 한 점 없는 하늘을 올려다보면 머리가 아득해져 올 만큼 아름다웠다. 가끔 길가에서 마주치는 백과사전에서나 볼 법한 청설모, 시간도 까맣게 잊게 할 만큼 초록색의 오묘한 빛깔을 가진 작은 새, 지름길에 놓인 냇가 위의 돌다리.

시골에선 그다지 놀랄 만한 일도 아니었지만 지은의 눈에는 마치 또 다른 세계가 있는 듯한 착각을 들게 했다. 하지만 그것도 잠시, 교실을 곁눈질로 돌아보던 지은은 나지막이 한숨을 내뱉으며 고개를 저었다.

"촌스러워……."

오늘 하루가 길게 느껴지는 건 기분 탓만은 아니었다.

현태가 처음 지은을 보았을 땐 문득 꽃이라고 생각해 건드리면 시들시들 금방 톡 부러질 것 같았다.

"와, 억수로 예쁘네. 여기로 와 전학 왔는데?"

친구들의 관심에도 고고하기 짝이 없을 정도로 콧대가 높았다. 남자아이들은 지은에게 다가가지 못해 안달이 났고, 여자아이들은 은근한 경계와 텃세를 부렸다. 현태도 안면이 있을 뿐이지 다가가 알은척할 정도로 친하진 않았기에 한동안 인사조차 하지 않고 지냈다. 물론 그녀는 인사를 해도 받아 주지 않았을 것이다.

어울려 놀 친구들도 없던 지은은 시골로 내려올 때 가져온 예쁜 다이어리에 잡다한 수다와 일기를 적는 것으로 하루를 보냈다. 그리고 따분한 학교생활도 점차 익숙해져 갈 때쯤, 일이 터졌다.

바깥에서 하던 미술시간이 끝날 무렵 같은 반 여자아이가 지은의 서랍을 뒤져 다이어리를 꺼냈다. 시골에선 볼 수 없는 아기자기하고 귀여운 다이어리에 호기심이 생겼던 것이다. 그녀가 항상 가지고 다니던 것이기에 눈여겨보고 있었지만 먼저 다가갈 용기가 없었을뿐더러 괜히 얄미운 지은에게 친한 척하기 싫었던 이유였다.

주위를 살피며 몰래 다이어리를 배 속에다 감추고 교실을 빠져나가려 할 때 마침 미술 물통을 들고 들어오던 지은과 마주쳤다. 감추고 있던 다이어리가 툭 떨어졌고 그것을 발견한 지은이 무시무시한 눈빛으로 여자아이를 몰아붙였다.

"너 내 다이어리 훔치려고 했어?"

"아, 아니다!"

"아니긴 뭐가 아니야! 그럼 지금 떨어진 건 어떻게 설명할래?"

"자, 잠깐만 구, 구경하고 줄라고……."

"이 도둑년."

종이 울리는 동시에 계단이 시끌벅적해졌다. 지은은 여러 가지 물감이 섞여 탁해진 물이 들어 있는 물통을 사정없이 여자아이에게로 던져 버렸다. 비명 소리에 여러 발자국 소리가 한꺼번에 교실 쪽으로 쏟아져 왔다.

화가 나 씩씩거리는 지은과 주저앉아 더러운 물을 뒤집어쓰고 울고 있는 여자아이. 누가 봐도 오해할 만한 상황이었다.

"순정아! 왜 그러는데?"

같은 반이던 여자아이들이 물을 뒤집어쓴 순정이에게 몰려갔다. 수군수군거리는 소리와 함께 모두들 지은을 향해 좋지 않은 시선을 쏘아 댔지만 그녀는 눈 하나 깜짝하지 않았다. 아니 그보다 더러운 물에 흠뻑 젖은 다이어리가 더 신경이 쓰였을 것이다.

"야, 너 어떡할 거야? 책임져. 이딴 시골에는 팔지도 않는 거라고!"

"신지은. 니 뭔데 순정이한테 그라는데?"

"지금 친구라고 편들어 주는 거니? 걔가 내 다이어리 훔치려다가 들켰어."

그 말에 순정이는 절대 아니라며 억울한 듯 호소했다. 기가 막힌 건 지은이뿐이었고 모두들 친구인 순정이가 그럴 리 없다고 생각하는 듯 보였다.

현태는 수돗가에서 손을 씻고 늦게 돌아와 북적북적 아수라장인 교실에 들어서며 친구에게 사정을 들었다. 그때 큰 소리가 오고 가더니 곧 지은은 순정이의 머리카락을 잡아챘다.

"물어내! 이 도둑년아!"

"꺄아악!"

지은이 달려들자 순정이는 그대로 당해 버렸고 주위에 있던 여자아이들은 지은에게 달려들기도 둘을 떼어 놓기도 했다. 악이 있는 대로 받친 지은은 재고 볼 것 없이 발길질이며 손이며 써 보았지만 얼굴에 생채기는 늘어 갔다.

지켜보던 현태가 안 되겠다 싶어 몇몇 남자아이들과 여자아이들의 싸움을 말렸다. 현태는 지은을 떼어 놓으며 팔뚝이 여기저기 긁혔지만 다행히 싸움은 진정되었다. 여럿이서 달려들었는데도 눈물은커녕 앓는 소리 하나 내지 않는 지은을 보며 현태는 속으로 혀를 찼다.

"너, 내가 선생님한테 다 말할 거야. 너희 집 돈 없어? 다이어리가 얼마나 한다고 훔쳐? 순진하게 생겨서 도둑질하는 것도 모자라서 사과도 안 하니? 너 학교 다니면서 배운 게 뭐야? 아님, 그 정도도 못할 만큼 멍청한 거니?"

"야, 니 말이 좀 심하다."

"넌 끼어들지 마. 촌뜨기."

지은은 현태를 요란하게 노려보며 말했다. 현태도 욱하는 바람에 눈을 부리부리하게 뜨고는 그녀를 쳐다보았다.

"니가 뭐가 그래 잘났는데? 뭔데 사람을 도둑 취급하고 멍청이 취급하는데? 니는 다른 사람한테 그런 말 안 들을 만큼 잘났나? 니 부자라매? 부자들은 다 니처럼 남 생각 안 하고 막 말하나? 부자면 말 그렇게 해도 되나? 좋겠네, 부자라서. 부자면 계속 거기에서 살지 왜 살기도 싫은 시골에 와서 엄한 애를……."

현태는 갑자기 눈물을 쏟는 지은을 보며 말끝을 흐렸다. 눈 하나 깜짝하지 않던 지은이 눈물을 보이자 현태가 당황해하며 어쩔 줄 몰라 했다. 다 참을 만했지만 집안 얘기가 나오자 지은은 저도 모르게 눈물이 났다. 아무것도 모르면서 잘난 듯 떠들어 대는 현태도 꼴 보기 싫었다.

"누군 좋아서 이딴 시골에 처박혀 있는 줄 알아! 너야말로 멋대로 말하지 마!"

"아, 아니⋯⋯."

소리를 지르니 그녀의 하얗던 얼굴이 금세 달아올라 금방이라도 터질 것 같았다. 결국 선생님이 올라와 상황을 보고 경악을 했고 지은과 순정은 교무실로 불려 갔다. 절대 아니라고 하던 순정은 선생님이 무서운지 이실직고했고 지은에게도 사과를 했다. 하지만 지은은 쉽게 받아 주지 않았다.

집으로 돌아가는 길에 지은은 우울한 표정으로 쓸쓸한 길을 걸었다.

'아끼던 거였는데⋯⋯.'

교실로 돌아가자마자 화가 난 마음에 젖어 버린 다이어리를 쓰레기통에 처박아 버린 게 후회되는 모양이었다. 날씨도 덥기는 왜 그리 더운지 몸에 힘이 빠져 쓰러질 것 같았다.

터덜터덜 걸어가는 지은의 곁으로 자전거가 한 대 빠르게 지나쳤지만 그것마저 볼 기력이 없었다. 상처가 아프다는 생각, 다이어리 생각, 덥다는 생각, 짜증난다는 생각, 온 생각이 뒤죽박죽 섞여 있던 지은의 앞에 지나갔던 자전거가 다시 와 멈춰섰다.

"⋯⋯."

"⋯⋯태워 줄⋯⋯."

"꺼져, 촌뜨기 주제에."

마주했던 현태에게 눈을 치켜뜨며 말하곤 지은은 빠른 걸음으로 앞질렀다. 현태는 머리를 긁적이며 자전거에서 폴짝 내려와 자전거를 끌고서 지은을 쫓았다. 이미 학교에서 어떻게 된 일이었는지 모두 전해 들은 현태로서는 지은에게 내뱉은 말들을 어떻게 주워 담아야 할지 막막했다. 그냥 무시할 수도 있었을 텐데, 현태의 성격상 일단 무조건 사과를 해야겠다 생각하고 따라왔는데 역시나 지은의 반응은 냉랭했다.

'아니, 그러게 평소에 좀 착하게 지내지. 성격이 그따구니까 내가 오해한다 아니가.'

입 밖으로 내지 못하는 현태의 푸념이 머릿속에 맴돌았다. 살짝 떨어져 따라가는데도 별말 않고 땅만 보며 걷는 지은을 훔쳐본 현태는 표정이 찡그려졌다. 손톱에 긁힌 자국이 발갛게 부어오르기도, 피가 맺히기도 한 그녀의 얼굴이 안쓰러웠다.

'가시나들 무식하게 힘만 세가.'

괜히 여자아이들을 욕하고 현태는 헛기침을 하며 그녀의 시선을 끌어 보려 하지만 헛수고였다. 결국 입만 오물오물거리다 조심히 한마디 내뱉었다.

"저기, 있제……."

"말 걸지 마. 너랑 말 섞을 기분 따위 아니니까."

"……어."

까칠한 지은의 말에 현태는 힘없이 알았다고 대답할 수밖에 없었다. 비포장 길은 끝나지 않고 현태의 이마에도 땀이 맺혔다. 그러다 문득 발아래를 내려다보며 걷는 현태의 눈에 길가에 옹기종기 피어난 꽃들이 띄었다.

작지만 꼿꼿이 꿋꿋하게 피어 노란 꽃잎을 펼치고 있는 걸 보자니 처음 지은을 보았을 때가 떠올랐다. 노란 원피스가 바닥에 퍼지도록 주저앉은 지은이 무척이나 인상에 남았던 모양이었다. 저도 모르게 걸음을 멈추고 한 손 가득 꽃을 쥐고 꺾은 현태는 다시 걸음을 옮겼다.

"야……."

답지 않게 소심한 목소리로 그녀를 불러 보지만 역시나 쳐다보지도 않았다. 하는 수 없이 자전거는 세워 두고 걸어가 지은의 손을 잡아채니 눈썹을 잔뜩 찡그린 채 지은이 쳐다보았다. 한 소리 하려는 분위기였지만 현태가 내민 노란 꽃을 보고는 입을 꾹 다물었다.

"꽃 좋아하나?"

"……뭐니, 이 천박한 꽃은."

"천박……?"

"몰라? 무식하기는."

콧방귀를 뀌는 그녀를 보며 꽃을 쥔 손에 가득 힘이 들어갔지만 현태는 참았다. 어리지만 '여자는 약한 존재'라는 걸 그는 잘 알고 있었다. 지은의 손에 꽃을 억지로 쥐여 주며 현태는 말했다.

"니 잘못 아니라는 거 다 들었다. 근데 니도 최순정한테 좀 심한 말 했다 아이가."

"꽃 주면서 할 말이라는 게 트집이니? 진짜 보자보자 하니까……!"

자고로 한국말은 끝까지 들어 봐야 안다고 했지만 지은은 불같은 성격을 참지 못하고 현태가 건네준 꽃을 바닥에 던져 버리

55

려 손을 들었다. 하지만 지은의 행동보다 현태의 말이 조금 더 빨랐다.

"아까는 미안했다. 자세히 알지도 못하면서 나도 멋대로 말한 거……. 나도 심한 말해서 미안하다."

"……."

"용서해 주고 말고는 니 맘이겠지만, 그냥 사과하고 싶었다. 앞으로 계속 얼굴 볼 거고 옆집이기도 하고……. 아니다. 다른 이유보다 내가 미안해서. 그때 상황만 보고 내가 생각 없이 말한 거 같아서. 암튼 미안……."

햇볕에 그을린 얼굴이 빨개질 정도로 현태는 부끄러웠지만 확실히 사과를 했다. 살벌하던 지은의 표정도 서서히 풀리더니 번쩍 들었던 손은 천천히 아래로 내려왔다. 그리고 왠지 현태의 진심 어린 사과에 가슴이 꿈틀꿈틀거리더니 어느새 코끝을 건드려 왔다.

"어, 왜, 왜 또 우는데? 내가 또 뭐 잘못했나? 혹시 아까 가시나들이 할퀸 데 아프나? 아프겠제? 그런 거가?"

지은의 눈물에 약해 보이는 현태는 그녀가 또 울어 버리자 안절부절못하며 손을 움직였다. 꽃을 든 채 손으로 얼굴을 가리고 흑흑거리던 지은은 여태 울었던 것과 다른 감정에 혼란스러웠다. 그토록 밉던 현태가 너무나 고마웠던 것이다.

"야, 미안……. 니가 왜 우는지 모르겠다……. 왜 우는데? 어?"

"모르면 조용히 하고 있어, 이 멍청아."

"알았다, 알았다. 말 안 할게."

떨리는 지은의 목소리에 현태는 열심히 고개를 끄덕이며 정말 입을 닫아 버렸다. 순진한 건지, 자신의 말처럼 멍청한 건지 모를 그의 행동에 지은의 눈물이 점차 잦아들 때.

"아, 맞다. 내 말해도 되나? 줄 거 있는데."

"······."

부스럭거리는 소리에 눈물을 닦아 내며 고개를 드니 현태는 가방 안에서 다이어리를 꺼내 그녀에게 건네주었다. 지은은 반가운 맘에 덥석 다이어리를 뺏어 들고 현태를 바라보았다.

"중요한 거 아니가? 말려도 쓸 수 있을지는 모르겠지만. 그거 때문에 그렇게 싸워 놓고 학교에 아무렇게 버려 놓고 가면 안 되잖아."

"······."

"그, 그거 주워 오면 안 되는 거였나?"

다이어리를 품에 꼭 안고 고개를 숙인 지은의 몸이 파르르 떨렸다. 길가에서 아무렇게나 꺾어 온 꽃이며, 쓰레기통에서 찾아온 소중한 다이어리며 그가 건네준 것들에 무척이나 기분이 좋아졌다. 이상했다. 꼴 보기 싫고, 촌뜨기에 밉기까지 했던 현태가 지은의 맘속에서 변해 갔다.

"너 바보야?"

숙였던 고개를 들며 한 번도 보지 못한 웃음을 짓는 지은을 보고서 현태는 눈이 동그래졌다. 매일 인상만 쓰고 무표정인 평소 얼굴과는 비교도 할 수 없었다. 내리쬐는 태양도 보이지 않을 만큼 현태에겐 눈이 부셨다.

그때서야 현태의 얼굴에도 그녀를 따라 개구진 함박웃음이 피어났다. 현태의 얼굴에 지은은 가슴이 콩닥콩닥 뛰어 댔다. 누군가 그랬다. 여자의 마음은 갈대라고. 지은은 후딱 몸을 틀어 걸음을 걸었다.

"이, 이 다이어리를 어떻게 쓰라고 가지고 온 거야? 바보."

지은의 웃음에 한껏 기분이 좋아진 현태는 아랑곳하지 않고 세워 둔 자전거를 끌고서 그녀의 옆에서 걸었다.

"혹시나 몰라서 주워 왔다."

"웃지 마, 멍청아."

"니도 아까 웃었잖아."

"아니거든?"

"맞잖아."

"아니라…… 꺄악! 버, 벌레!"

"어디? 어디?"

현태가 건네준 꽃을 바닥에 냅다 던지며 지은은 다이어리도 떨어뜨린 채 발을 동동 굴렀다.

"줄려면 제대로 줘!"

"미, 미안. 근데 니 이런 작은 거도 무서워하나?"

"꺄악! 치워! 촌뜨기 주제에!"

기겁을 하는 지은을 보며 현태는 개구진 얼굴로 웃었다. 그날을 시작으로 조용하던 그 길은 두 사람의 목소리로 시끄러워졌다.

04

꽤 유명한 플라워 숍을 운영하고 있는 현태가 처음 플라워 숍을 하게 된 이유도 어쩌면 그녀 때문이었다.

어릴 적, 노란 꽃을 건네주고 그는 처음으로 그녀가 그렇게 환히 웃는 걸 보았다. 매번 도도하고 새침한 그녀는 간간이 현태가 건네주는 꽃을 받으며 이름도 없는 꽃이라고 싫은 척했지만 돌아서서 뺨에 물을 들이며 향기를 맡아 보는 지은이 그는 아직도 기억이 난다.

그래서 어릴 때 순수한 마음으로 그녀가 항상 기뻐할 수 있도록 나중에 커서 꼭 꽃집 사장님이 되겠노라고 혼자서 귀여운 다짐을 하곤 했었다. 어쩌다 다짐한 것이 실제 지금의 일이 되었지만 한편으론 뿌듯했다. 그때의 그녀를 향한 그 마음, 그 다짐이 거짓이 아니라는 걸 스스로 증명해 보인 것 같아서 말이다.

처음엔 꽃들 돌보기가 쉽진 않았지만 시간이 지나니 나름 노하우도 생기고 성하와 만난 후론 틈틈이 꽃 개발도 해 이젠 자신만의 방식으로 온라인에서도 인기가 좋다.

"다 챙겼어요? 빨리 가요. 늦겠어요!"

성하는 뒷좌석을 모두 뜯어낸 승합차에 오늘 그 시끄럽게 떠들어 대던 약혼식에 장식할 꽃들과 장식품들을 싣고 가게 안을 향해 소리쳤다. 현태는 말끔히 차려입고서 호들갑 떠는 성하를 노려보고는 승합차에 올라탔다.

생화로 부탁을 받았기 때문에 식이 시작하기 바로 전에 장식을 끝내야 한다. 그렇기 때문에 어쩌면 현태는 지은을 마주칠 수도 있었다. 미리 대비해서 머릿속으로 시뮬레이션까지 모두 마쳤다.

웃으면서 반갑다고 악수를 청하는 거야. 어제 TV에서 봤다면서 축하한다고. 그런데 날 못 알아보면? 그래, 그 계집애는 싸가지가 없어서 '누구?'라고 충분히 물어볼 만해. 그랬다간 봐라. 어릴 때 네가 어땠는지 그 상대 남자한테 나불나불 떠들어 대 주지.

"지금 형님 상당히 기분 나쁘거든요? 뭐하는 거예요, 혼자서 중얼중얼."

"상황 대비 훈련."

"네?"

창문이 활짝 열린 차 문에 팔을 얹고 턱을 괴며 의미심장한 표정으로 말하는 그를 성하는 고개를 갸웃거리며 쳐다보았다.

바빠 보이는 사람들 틈에서 지은은 홀로 앉아 거울 속 자신의 모습을 가만히 들여다보았다. 약혼식, 행복에 겨워 들떠 있어도 모자랄 판에 곧 죽을 사람처럼 좋지 않은 안색이 안쓰러웠다. 핑크색의 사랑스러운 드레스가 묻힐 만큼 그녀는 아름다웠지만 또한 서글펐다.

뭐였더라.

멍하니 머릿속에 떠오르지 않는 노래 한 소절을 어렵사리 꺼내어 되새기던 그녀는 살포시 눈을 감았다.

스물여섯, 결혼을 생각해도 좋을 나이. 모두 다 주어도 아깝지 않은 그런 남자와 미래를 꿈꾸어도 좋을 법한. 결혼식은 어디에서, 신혼여행은 어디로, 아이는 몇이나, 보금자리는 어디로…….

지은은 고개를 절레절레 흔들었다. 얼른 이 불편한 드레스나 벗었으면.

문밖을 지키고 서 있는 경호원 사이로 해준이 바쁜 걸음으로 대기실에 들어섰다.

"아가씨, 약혼식 축하드려요."

"내가 이 호텔을 나서면 제일 먼저 널 자를 거야."

"에이, 그렇게 예쁘게 하시고 무서운 말씀하시면 안 돼요."

"미안하지만 농담 아니야."

노려보며 말하는 지은을 향해 해준은 울상을 짓자 그녀는 그때서야 작게 웃었다.

"아가씨, 식까지는 1시간 정도 남았어요. 지금 플로리스트가 와서 식장 꾸미고 있는데 예쁘더라고요. 가서 살짝 보시겠어요?"

"됐어. 여기저기 돌아다닐 기분이 아냐."

"남자 둘이서 하는데 저라면 그렇게 못할걸요? 딱 아가씨가 좋아하실 것 같은 분위기로 하고 있어서 놀랐어요. 아, 그리고 저 연예인도 봤어요. 박 이사님 쪽에서 온 것 같던데. 그런데 약혼식은 가족끼리만 하는 거 아닌가? 아무튼 깜짝 놀랐다니까요? 그러고 보니 그 플로리스트도 굉장히 잘생겼었어요. 꽃만 들고 있지 않았다면 연예인이라고 착각할 뻔했지 뭐예요. 왠지 꽃 다루는 남자는 멋있다고나 할까, 저도 아가씨한테 잘리면 가서 꽃집이나 차려 볼까 봐요. 잘 어울릴 것 같아요? 대신 잘리는 입장이지만 아가씨께서 퇴직금은 넉넉히……."

"오늘따라 말이 더 많은 것 같네."

"……"

"……괜찮아, 난."

평소에 말이 없는 편은 아니었지만 오늘따라 앞뒤 맞지 않게 주절주절 떠들어 대는 해준에게 지은이 나지막이 말했다. 너무 축 처져 있는 그녀가 불쌍하고 안타까워 조금이라도 기운을 주려 했던 거지만 역시나 뜻대로 되지 않았다.

그녀의 옆에서 함께한 지 6년. 전혀 거침없고 당돌하던 아가씨였지만 정작 제일 중요한 순간엔 스스로 결정하지 못했다. 자신의 뜻은 조금도 내보이지 못한 채 이미 터놓은 길을 홀로 쓸쓸히 걸어가는 걸 해준은 항상 뒤에서 지켜보았다. 매일 성질부리고, 고약한 소리만 하는 지은이었지만 모두 그녀의 나약함을 숨기기 위함이란 걸 알고 있었다.

"아가씨의 사랑의 도피 정도는 도와줄 거라고 항상 생각했는데……. 쓸모없고 형편없는 기사라서 죄송합니다."

"도피는 무슨. 왜 이래, 갑자기. 네가 그런 말을 지금 할 만큼 내 꼴이 못 봐주겠어?"

"아뇨! 무슨 그런 섭섭한 말씀을 하세요. 여태 봐 온 아가씨 모습 중에 제일 예쁘세요. 그냥…… 저는 아가씨가 그분을 어떻게라도 찾으셔서 행복했으면……."

신경질적인 구두 소리가 대기실 안으로 들어섰다. 해준은 급히 말을 끊고 입구로 뒤돌아보았다. 그녀의 약혼자인 재윤이 얇은 입술을 끌어 올려 웃고 있었다.

"내가 방해한 건가?"

"……아니에요. 해준아, 그만 나가 봐."

"네, 그럼……."

해준은 재윤에게 가볍게 목례를 한 후 대기실을 빠져나갔다. 둘만 남은 그곳은 숨이 막힐 정도로 무거운 공기가 가라앉았다. 지은은 침을 꼴깍 삼킨 후 엷은 미소를 지으며 재윤을 올려다보았다.

"아직 시작하려면 시간이 있다고 하던데 무슨 일이에요?"

"혹시나 저 형편없는 기사가 널 빼돌리지는 않을까 해서 말이야."

그의 얼굴과 모습은 언제나 흐트러짐 없었다. 상대가 어떻게 받아들이든 전혀 신경 쓰지 않고 말을 하는 건 이젠 그녀가 신물이 날 만큼 익숙했다. 역겨우리만큼 진한 향수 냄새가 느껴지는 손을 뻗어 지은의 하얀 목덜미를 쓸어내렸다. 웃고 있는 그와는 달리 지은은 아래로 내리깔았던 눈을 질끈 감았다.

"표정 관리 정도는 스스로 할 줄 알아야지. 그것도 아버지께 맡길 건가?"

그가 뒤에 서서 그녀의 얼굴을 감싸자 감겼던 지은의 두 눈이 천천히 떠졌다. 허리를 숙여 거울을 통해 자길 바라보고 있는 재윤에게 그녀는 조소를 흘렸다.

"할 줄 몰라 이러는 거라고 생각해요?"

지은의 말에 그는 표정을 굳히고 힘주어 그녀의 어깨를 누르며 허리를 폈다.

"웃어야지. 좋은 날이잖아?"

"물론이에요. 잘 만난 부모 덕분에 좋은 집으로 팔려 가는데 웃어야죠, 그럼."

어깨에 있는 그의 손을 떼어 내던 그녀는 아무렇게나 그 손을 놓았다. 진한 향수 냄새와 화장품 냄새가 뒤섞여 텅 빈 속이 매슥거렸다.

"……뭐해요? 더 할 말 남았어요?"

그가 봐 온 그녀는 언제나 주위에 온통 날을 세우고 있었다. 분명 그의 눈밖에 나 봤자 불리한 건 그녀 자신이라는 것도 알고 있었다.

너는 뭐가 그렇게 항상 당당하지? 만에 하나 네가 믿는 구석이 당신의 아버지라면 그 또한 내 손안에 있는데 말이지. 예전부터 변함없이 왜 도망치려 하다가도 결국 중요한 순간엔 그가 밀어내는 길 위로 걸어가는지 궁금했어. 모든 걸 포기해 버린 것 같다고. 그런 주제에 날카롭게 세운 날들은 거두질 않아. 네 주위의 서슬 퍼런 날들은 누굴 위한 것이지? 널 위해서?

재윤은 이를 꽉 깨물고 몸을 돌려 휘적휘적 걸어갔다.

"비켜!"

문 앞을 지키고 있던 경호원의 어깨를 치며 그는 사라졌다. 지은은 그의 모습이 사라지자 숨이 트인 듯 심호흡을 하고 화장대에 허리를 숙여 엎드렸다.

대단치도 않은 일이라고 생각하면 편할 줄 알았다. 이게 정말 잘하는 일일까 하는 생각은 수도 없이 했다. 그때마다 돌아오는 대답은 아무것도 없었다.

정신 차리고 나니 이미 무엇도 스스로 할 수도 없고, 해서도 안 되는 명청이가 되어 있었다. 돌아가기엔 너무 멀리 왔다는 흔해 빠진 변명. 돌아갈 수도 없는 것이 현실. 그럼에도 한 번쯤은 돌아가 보고 싶은 모순.

그 동화 속의 자신만이 여태까지 버티게 해 준 버팀목이었다. 현실마저 망각하게 만드는 너무나 아름다웠던 그와의 동화. 하지만 이제 그녀는 그 동화의 마침표를 찍어야겠다고 생각했다.

"재수 없는 박 이사."

해준은 대기실을 흘끗 노려보며 중얼거렸다. 홀에는 그들의 약혼식을 축하하기 위한 사람들이 가득했다. 약혼식이 열릴 큰 연회장 입구에선 현태가 성하와 바삐 움직이며 꽃을 장식하고 있었다. 해준은 현태를 멀찍이서 보며 무언가를 생각해 내듯 눈을 찌푸렸다.

'어디서 봤던가?'

그녀의 기사로 여기저기 다니며 많은 사람들을 만난 탓이라 생각했다. 현태는 장식용 보드라운 깃털을 들고서 느껴지는 시선에 해준에게로 고개를 돌렸다. 그러자 해준은 살짝 웃으며 말을 건네왔다.

"수고 많으십니다. 저희 아가씨 약혼식에 딱 어울릴 꽃들이네요."

저희 아가씨? 해준의 말에 현태는 머쓱하게 웃으며 분홍 장미들 주변에 하얀 깃털을 꽂아 넣었다.

"이 호텔에서 부탁받고 신지은 씨 분위기를 미리 좀 파악했거든요. ……예쁘시더라고요."

"그렇죠? 저희 아가씨가 어디 가서 빠지는 인물은 아니시죠. 방해 안 되시면 안으로 들어가서 좀 봐도 될까요?"

"아. 아직 끝내진 못했지만 그러세요. 고성하! 그거 하고 이것도 끝내고 안으로 들어와."

"예이, 예이."

성하는 연회장 입구의 세움대에 걸어 둔 철사로 된 조형물 안에 꽃을 장식하며 손을 흔들었다. 현태는 먼저 들어간 해준의 뒤를 커다란 가방을 들고서 따랐다. 대충 바닥에 가방을 내려놓고 미리 장식해 둔 꽃들을 살피고 룸 안을 쭉 훑어보았다. 샹들리에와 고급스러운 구조, 디자인. 그녀와 어울리는 장소였지만 또 어울리지 않는 장소였다.

"아가씨가 보시면 굉장히 좋아하시겠어요. 저희 아가씨가 보기보다 꽃들을 좋아하셔서."

그곳엔 두 사람 외에도 약혼식 준비에 한창인 플래너들과 호텔 관계자들이 테이블 정리에 정신이 없었다.

"꽃 안 좋아하는 여자도 있나요?"

"그런데 아가씨는 비싸고 이름 있는 꽃보단 길가에 핀 꽃을 좋아하시더라고요. 생각보다 취향이 소박해서 얼마나 웃었는지 모릅니다."

"……그런데 누구시죠? 신지은 씨의……."

"아, 기사입니다. 사실 이름만 기사지 웬만한 대기업 신입사원보다 잡일을 더 많이 하죠."

개의치 않고 스스로를 그렇게 칭하는 해준을 보며 현태는 재미있다는 듯 웃었다. 테이블 사이사이에 세워진 세움대에 장식되어 있는 보라색 장미꽃에 펄을 뿌리기 위해 현태는 슈트 재킷을 벗었다. 셔츠의 소매를 걷고 일에 열중한 그를 보며 해준은 고개를 갸웃거리며 물었다.

"혹시 성함이……."

움직이던 그의 손이 멈추었다. 고개를 틀어 해준을 바라보니 그는 눈을 깜빡이며 대답을 기다리는 듯했다. 곤란해 보이는 그의 표정에 해준은 멋쩍은 표정으로 뒷머리를 만졌다.

"아니, 왠지 낯이 익은 거 같아서요."

"……여기저기 일을 하러 다니니 그러실 수도 있겠습니다. 몇 번 큰 행사에 부탁받은 적이 있어서 갔던 적이 있거든요."

"그렇습니까……."

더 물어보고 싶은 표정이었지만 밖에서 자신을 찾는 이 덕분에 해준은 급히 연회장을 뛰어나갔다. 현태는 그가 나가자 무거운 한숨을 내쉬며 허리를 폈다.

"형님! 이 꽃은 왜 챙겨 오셨데요?"

대부분 안스룸과 장미로 꾸며진 연회장 안으로 성하는 라넌큘러스가 꽂힌 화병을 들고 왔다. 분홍색의 라넌큘러스들과 단 한 송이의 노란 라넌큘러스. 수십 겹의 꽃잎이 서로를 감싸고 피어난 듯 사랑스러운 꽃이었다.

지은은 상상이나 할까. 그토록 그리워하던 현태가 그녀의 약혼식을 위해 꽃 장식을 하고 있단 걸 말이다. 그의 심술이었다. 지은이 기억하는 노란 꽃은 아니었지만 어쩌면 이렇게 해서라도 어쩌면 그를 잠깐이라도 되새겨 주길 바라는 그의 조심스런 욕심.

"그거 줄기 좀 잘라."

"이거 신랑 신부 테이블에 올릴 거죠?"

"……뭔 랑 뭔 부?"

"신랑 신부요. 어차피 약혼하고 나면 결혼은 후딱이니까."

낭창하게 바닥에 앉아 꽃가위로 꽃의 줄기를 바짝 자르는 성하를 현태는 노려보았다. 알고는 있지만 누군가에게서 그녀가 그런 식으로 불리니 담담하던 현태의 맘도 다시 동요했다. 결국엔 왜 이곳의 꽃 장식을 맡아서 하고 있을까, 하는 후회도 해 버렸다.

"이거 제가 올려 두고 올게요. 이거만 하면 끝이죠?"

"잠깐만! 그거 내가 할 테니까 넌 여기 마무리하고 담당자한테 끝냈다고 말하고 와."

"귀찮은 건 꼭 날 시킨다니까."

"빨리 이리 내."

줄기가 바짝 잘린 라넌큘러스를 현태는 조심히 손 위에 올려놓고 그녀가 앉게 될 테이블로 걸어갔다. 분홍빛이 도는 하얀 천이 덮인 테이블 위로 꽃들을 내려 두었다. 분홍의 꽃들이 테이블 곳곳에 피어난 듯이 놓아졌다. 그리고 마지막 남은 한 송이. 현태는 망설임 없이 샴페인 잔 옆에다 꽃을 조심히 내려놓았다.

이 꽃을 보고 넌 무슨 생각을 할까. 너에게 가장 잘 어울리는 꽃이야. 한편으론 내 맘을 대신해 주고 있지만.

사랑스런 라넌큘러스의 꽃말은 화사한 매력, 매력 있는 부자. 그의 맘을 대신하는 숨겨진 꽃말은 질투.

그녀는 잊어도 벌써 잊었을 거라 생각했다. 그토록 싫어하던 촌구석에서 벗어나 이름만 대면 알 만한 사람과 약혼을 하는 지은은 절대 기억할 리 없다고. 기억하고 있더라도 그건 그거대로 잊힐 만한 기억밖에 되지 않는 아주 작은 일들이었을 거라고, 현태는 그렇게 생각했다.

"행복해라……."

노란 꽃에 맘을 담아 손을 뗀 그는 뭔지 모를 긴장에 입이 바짝 말랐다.

지은이 대기실에서 마지막 머리손질을 받고서 재윤의 손을 잡았다. 힘주어 잡으면 부러질 것 같은 그녀의 손을 그는 꽉 잡았다.

"웃어."

올려다본 그의 표정은 익숙한 듯 거짓 웃음으로 포장되어 있었다. 지은은 허망한 눈을 내리깔고 천천히 대기실을 나섰다. 웅성거리는 홀은 두 사람의 등장으로 연회장에 들어서기 전부터 들썩거렸다.

그녀도 맘을 가다듬고 함께 웃으며 그의 팔짱을 꼈다. 웃으며 걸어가던 그녀의 눈에 두 남자가 들어왔다. 한 남자는 단정한 슈트 차림과는 어울리지 않는 꽃 손질용 장갑을 끼고 있었다. 그리고 그 옆의 남자는 그 남자와 실랑이하듯 말을 주고받았다.

그녀의 걸음이 느려졌다. 이윽고 현태의 작은 미소에 걸음도, 가슴도 모두 멈추었다.

"이봐."

재윤이 끼고 있던 그녀의 팔을 슬쩍 끌어당기자 그때서야 정신이 돌아오는 듯 그에게 향했던 시선을 거두었다. 왜 그러냐는 듯 재윤이 쳐다보자 지은은 그저 고개만 저을 뿐이었다.

엘리베이터 앞에서 성하의 고집에 현태는 듣기 싫다는 표정으로 서 있었다.

"아, 형님. 나 가불해 줘요. 진짜 급하게 쓸 일이 있다니까요?"

"너 도대체 월급을 언제 받았다고 생각하는 거냐?"

"정말 다음 달부터는 안 그럴 테니까! 네? 네?"

24살의 성인 남자라고는 안 보일 만큼 동안인 성하는 곧잘 애교를 부리기도 했다. 하지만 현태의 눈엔 여우 새끼가 눈웃음 치는 것으로밖에 보이지 않았다.

"한 번만이다?"

"아싸! 고맙습니다. 오늘 일찍 문 닫고 술이나 한잔할까요? 어차피 이제 곧 저녁이고."

"됐다. 집에 갈 거야."

성하는 씀씀이가 헤프진 않지만 항상 돈에 쪼들렸다. 타지에 있는 아버지 때문이라는 것을 아는 현태는 굳이 캐묻지 않았다. 엘리베이터가 아래층에서 멈춰 꼼짝할 생각을 하지 않아 웃음도 지워지려 할 때 성하가 현태의 팔을 잡아끌었다.

"야."

"저기 오늘 약혼식 주인공들 맞죠? 완전 대박이다. 귀티가 있어 보이다 못해 줄줄 흐르네요."

성하가 말쑥한 얼굴로 눈을 빛내고 있는 곳으로 그도 재빠르게 고개를 돌렸다. 그녀다. 브라운관의 모습 따윈 우스울 만큼 아름다웠다. 옆에서 뭐가 신나는지 떠들어 대는 성하의 목소리는 안 들린 지 오래였다. 참고 감추고 가라앉았던 감정이 서서히 꿈틀거리며 움직이기 시작했다.

돌아봐. 한 번만, 딱 한 번만 돌아봐.

마음속으로 되새기는 그의 부름에도 불구하고 역시나 그녀는 연회장 안으로 모습을 감추었다. 금세 뛰기 시작한 그의 두근거림은 호텔을 나서고 나서도 멈추지 않았다.

"아가씨, 부르셨어요?"

이제 곧 그와 함께 살게 될 지은은 방의 물건들을 미리 정리했다. 서랍 속의 다이어리는 당연히 제일 먼저 챙겼다. 약혼식이 끝난 며칠 후에도 너무나 똑같은 일상이었다. 전혀 설렐 것 없는 평소의 생활들에 지은은 허무하기까지 했다.

방으로 들어온 해준에게 문을 닫으라는 손짓을 하고 지은은 화장대 앞에 앉았다. 다이어리에서 빠져나온 사진 한 장이 그녀의 손에 쥐어졌다. 해준은 조심스레 문을 닫고서 그녀의 곁으로 다가왔다.

"해준아."

"네, 말씀하세요."

"너 약혼식 때 플라워 디자인 했던 사람들…… 알아?"

"아뇨. 호텔 제휴라 제가 알 리가 없죠."

당연하다는 듯 지은은 힘없이 고개를 끄덕였다. 잘못 봤다고 나중에서야 의심도 들었다. 하지만 분명했다. 사진이 닳도록 보고 또 보았는데 자신이 틀렸을 리 없다고 생각했다. 닮은 사람이야 있겠지만 분명 그라고 믿고 싶었다. 샴페인 잔 옆에 너무나 조심히 놓여 있는 노란 꽃을 보고서 말이다.

거짓말처럼 그에게서 옛날에 받았던 노란 꽃이 떠올라 자신도 놀랐었다. 전혀 촌스럽지도 않은 라넌큘러스를 보며 그녀는 그때 본 사람이 분명히 현태일 거라고 믿었다.

며칠 동안 많이도 고민했다. 왜 그가 그 자리에 있었던 것인지, 알고서 온 것인지, 그렇다면 왜 찾아와 주지 않았는지, 그 일들을 잊은 건지, 그 말들을 잊은 건지.

찍으려 했던 마침표는 결국에 찍지 못했다. 하루하루 지날수록 그에 대한 생각이 온몸에 스며들고 떠올라서 혼란스럽기까지 했었다. 그리고 놀라운 속도로 커져 가는 마음.

보고 싶다.

그 마음이 자꾸만 메아리쳐 해준을 불러들인 것이다.

"해준아. 그 플로리스트……."

"왜 그러세요? 설마 며칠이나 지나서 맘에 안 드셨다고 따지러 가시려는 건 아니죠?"

지은은 맞더라도 혹시나 틀리더라도 눈으로 직접 확인하고 싶었다. 해준은 어딘가 이상한 그녀를 살피듯 허리를 숙여 바라보았다. 마치 소녀처럼 두 뺨이 붉게 상기되어 있었다. 눈이 반짝거릴 만큼 촉촉하게 젖어 있었고 보지 못한 미소가 보일 듯 말 듯 그녀의 입에 지어졌다.

속으로 무척이나 놀라 버린 해준이었지만 티 내지 않고 그녀
가 들고 있는 사진으로 시선을 옮겼다. 그리고 눈을 찌푸리며
그 익숙한 사진 속 얼굴에 스스로 "아!"라고 깨닫기 전에 그녀
의 입이 열렸다.

"그 사람, 찾아줘."

05

재윤은 한참이나 지은과 연락이 닿지 않자 짜증스럽게 휴대폰을 책상 위로 던졌다. 눈썹을 구긴 채 담배를 하나 문 그는 인터폰을 들고 들려오는 중년의 목소리에 가시 돋친 말투로 말했다.

"차 대기해. 신 회장 집으로 간다."

인터폰을 끊자마자 입에 물었던 담배는 바닥에 떨어뜨려 비벼 밟고 재킷을 챙겨 사무실을 나섰다. 로비로 내려와 수많은 사람들의 인사는 거들떠보지도 않고 대기 중인 차에 올라탄 그는 재킷을 던져 뒷좌석 구석에 처박고 다리를 꼬았다.

그의 심기가 불편해 보인 탓인지 기사는 두말 않고 얼른 차를 출발시켰다. 적막한 차 안에 울리는 벨소리에 재윤의 눈썹이 더욱 구겨졌다.

"예, 이 회장님."

하지만 어쩐 일인지 전화를 받자 표정과 대조적인 밝은 목소리가 그의 입에서 나왔다.

— 박 이사, 바쁜가? 신해 주식 매입 건으로 할 말이 있는데.

"아……."

— 곤란한가?

다 늙어서 밉보일 짓만 하는군. 재윤은 기사에게 차를 돌리라는 듯 손을 저어 보였다.

"그럴 리가요. 그렇지 않아도 마침 회장님께 가는 길입니다. 그쪽으로 가겠습니다."

— 그래? 그럼 기다리겠네.

전화가 끊기자 재윤은 담배를 물더니 좌석 아래 시트에 재를 신경질적으로 털어 냈다.

"……이 회장님 댁으로 모실까요?"

"들었으면서 뭘 물어?"

히스테릭한 그의 목소리에 기사는 묵묵히 페달을 밟았다. 재윤은 그녀가 어디서 무얼 하고 다닐지 신경이 쓰였지만 그녀에게 갈 수 없어진 상황에 화가 났다.

처음 만난 건 그녀가 스무 살, 앳된 티를 벗고 막 피어나기 시작했을 때였다. 그의 아버지가 투자를 해 준 뒤 점점 다시 기반을 세우던 신 회장은 자신의 딸과 그를 이어 주고 싶어 했다.

그녀도 그도 서로에겐 관심도 없었지만 점점 자라는 신 회장 기업의 주식에 관심이 가던 재윤은 결국 그의 결혼 제의를 허락

했다. 투자하고 키우고, 그것을 반복해 나중엔 자신의 사업에 분명 이익이 있을 거란 생각에서였다.

필요할 때 옆에 잡아 두고 필요 없어지면 버리는 건 어려운 일이 아니었다. 분명 신 회장도 그에게 원하는 것이 있어 지은을 내세웠을 것이라고 그는 믿어 의심치 않았다.

얌전할 줄만 알았던 그녀는 의외로 당돌했다. 강자인 그에게 약자였던 그녀는 쉽게 고개 숙이지 않았다. 부모에겐 제 할 말도 못하는 주제에 말이다.

참 마음에 들지 않는 그 모습에 오기가 생겼을 것이다. 자신에게 고개를 쳐들고 또랑또랑 말하는 그녀의 목을 꺾어 주고 싶었다. 과연 자신의 앞에서 고개를 숙이며 우는 그녀의 모습은 어떨지 상상만으로도 짜릿했다. 복종하고 굴복하고 순종하는 그녀의 모습에 웃고 있는 자신을 떠올리니 온몸에 전율이 일었다.

그리고 그 감정은 언제부터인가 저 깊은 어느 곳에서부터 들 끓어 재윤을 흥분케 했다. 비리한 표정으로 그는 쥐고 있던 휴대폰으로 신 회장에게 전화를 걸었다.

"네. 박 이삽니다. 오늘 지은이와 결혼 문제로 좀 뵙고 싶은데 시간 괜찮으십니까?"

흔쾌히 승낙하는 그의 대답에 재윤은 야릇한 미소를 지었다.

"정했던 날짜보다 앞당기고 싶네요."

하루라도 빨리 그녀의 아름다운 목을 꺾고 싶었다. 가두어 두고 평생 꺾인 목으로 자신을 바라보는 그녀가 보고 싶었다. 뜻을 잃고 까맣게 물든 감정을 그는 어느 순간부터 사랑이라 생각했다.

"감사합니다. 수고하세요."

호텔에서 명함을 받아 낸 해준은 상냥하게 웃으며 호텔을 빠져나왔다. 지은은 따라나서고 싶어 했지만 아버지 때문에 해준에게만 몰래 다녀오라는 말을 전했다. 재윤과의 결혼으로 신 회장이 지은의 행동을 예의주시하게 된 탓이었다.

"가깝잖아?"

명함 뒤에 그려져 있던 약도를 보며 해준은 차에 올라탔다. 이렇게 가까이 있었다는 사실에 놀라워하며 빠르게 차를 출발시켰다. 사이드미러와 룸미러를 번갈아 보며 이상하게 따라붙는 차는 없는지 확인한 해준은 바쁜 도심을 가로질렀다.

30분가량을 달려 플라워 숍에서 멀리 떨어진 유료 주차장에 차를 세워 두고 그는 도보를 택했다. 약도를 보며 따라간 길모퉁이에 커다란 플라워 숍을 발견한 해준은 긴장한 듯 침을 삼켰다. 차분히 마음을 가다듬고 그녀가 애타게 찾던 그를 찾아 가게 앞에 섰다.

문 앞에 쪼르르 늘어선 작은 화분들이 남자의 손길이라고는 믿기지 않을 만큼 아기자기 잘 정돈되어 있었다. 그러다 문득 결혼을 해 버린 건 아닐까 하는 불안함에 목을 쭉 빼고 가게 안을 살피는 해준의 뒤에서 앳된 목소리가 들려왔다.

"꽃 사시려고요?"

흠칫 놀라 뒤를 돌아보니 브라운 계열의 오렌지색으로 머리를 물들인 젊은 성하가 스쿠터 키를 쥐고서 서 있었다. 해준이 당황해 아무 말도 하지 못하자 성하는 싱긋 웃으며 들어오란 말을 하고 숍 안으로 걸어갔다.

"사장 형님! 밖에 손님 서 계시는데 뭐하고 있어요?"

귀여운 외모의 앳됐던 목소리는 쩌렁쩌렁하게 숍을 울렸고 그 소리에 익숙한 현태는 꽃 저장고에서 걸어 나오다 해준을 보고 멈칫거렸다.

"아……."

"저기. 저 기억나시는지……."

"네. 그런데 무슨 일로?"

해준을 발견하고 반사적으로 지은이 떠올랐다. 혹시나 그녀가 보낸 것이 아닐까 하는 생각도 아주 잠깐 했지만 곧 접었다. 그날 마주치지도 않았고 그녀는 자신을 보지 못했을 거란 생각에 말이다. 현태는 자신이 뱉은 말이 이상했던지 머쓱하게 웃으며 머리를 긁적였다.

"꽃집에 오신 손님께 무슨 일로 왔냐는 건 이상하네요. 꽃 사러 오셨죠? 무슨 꽃 필요하세요?"

뒤돌아서 앞치마를 입는 현태를 따라 해준도 조심스레 걸음을 옮겼다. 현태의 인상은 굉장히 좋았다. 항상 재수 없던 재윤만 보다 상냥하고 다정한 현태를 봤으니 당연한 일이었다.

넓은 실내엔 온갖 종류의 꽃들이 넘쳐났고 하얗고 밝은 가게 인테리어는 자질구레한 소품들 없이 전반적으로 깔끔했다. 가게를 구경하는 척하던 해준은 재빠르게 흘끗 그의 왼손을 살폈지만 우려하던 결혼한 여성은 없는 듯했다.

"실례지만 사귀는 분이 계신가요?"

"네?"

앞치마 끈을 묶던 현태는 뒤로 한 걸음 물러나며 경계 어린 목소리로 말했다. 근처에서 오늘 들어온 꽃들을 정리하던 성하도 이상한 얼굴로 해준을 바라보았다. 해준은 당황한 얼굴로 손을 저으며 말을 더듬었다.

"아, 아, 아니, 제 말은 그게 아니라……!"

"혹시."

현태는 아닐 거라고 계속 생각했지만 뭔지 모를 확신이 들었다. 성하에겐 꽃 창고로 잠시 일을 시키러 보낸 뒤 그는 조심히 입을 열었다.

"그때 호텔에서 뵌 것 말고 따로 저를 알고 계신가요?"

"……네."

약혼식을 다녀와 그녈 본 후 현태는 멍하게 있는 날이 잦았다. 머릿속에서 맴돌던 그녀가 쉽게 지워지지 않았기 때문이다. 이상했고 비현실적이다. 이젠 다른 남자의 여자가 되었지만 그래도 혹시나 하는 맘에 가게 입구만 쳐다보던 날이 비일비재했다.

현태는 꽉 막혀 버린 듯한 목으로 어렵사리 그녀의 이름을 꺼내었다.

"지은이가…… 부탁한 겁니까?"

"아가씨가 이현태 씨를 만나고 싶어 하십니다."

망설임 없는 해준의 대답에 현태의 심장이 뛰어 댔다. 여태 떠올리며 느꼈던 설렘과는 전혀 다른 것이었다.

"지, 지은이가 왜 저를……."

"이유를 모르신다면 곤란해요."

"……."

건장한 체격의 현태가 동요하듯 떨리는 눈으로 해준을 바라보았다. 해준은 남들보다 눈치가 좋았다. 그동안 그리워하던 지은의 순정이 헛되지는 않을 것 같았다.

"제가 여기까지 찾아온 것도, 아가씨가 당신을 보고 싶다고 하셨던 이유 모두, 다른 누구보다 당신이 더 잘 알 것이고, 더 잘 알아야 합니다."

"……이제 결혼도 하지 않습니까, 지은이."

"음, 그건 제가 뭐라고 답할 수가 없는 부분이긴 합니다. 하지만, 지금 아가씨 상황은 이현태 씨가 생각하시는 것과 달라요. 제가 장담합니다. 아가씨는 변하지 않았어요. 그런데도 이현태 씨가 거절하신다면 그냥 돌아가겠습니다."

쐐기를 박는 그의 말에 현태는 한동안 말을 잇지 못했다. 그녀의 입에서 직접 듣고 싶었다.

그때 함께했던 그 시간, 그 추억, 그 기억, 그때의 우리.

함께하진 못했지만 함께 했던 모든 것들 잊지 않았다고.

"어디 있습니까? 지은이……."

다른 남자의 여자가 되었다는 사실은 잘 알고 있었다. 하지만 그 사실조차 지워 내고 가슴 깊이 파고든 그녀의 메시지에 그는 기필코 만나야겠다는 생각이 간절했다.

 늦은 밤. 숍 안의 작은 불빛을 비춘 현태는 초조해 보였다.
그녀를 만나기까지 불과 1시간이 채 남지 않은 시간이었다. 해
준은 그에게 몇 번이나 감사하다는 인사를 했다. 하지만 오히려
현태가 그에게 인사를 해도 모자랄 판이었다.

 '사실 주위의 눈도 있고 쉽게 아무 데서나 아가씨와 만나는
건 무리가 있을 듯합니다. 밤에 제가 따로 연락을 드려도 되겠
습니까? 아가씨와 함께 오도록 하겠습니다. 자세한 건 아가씨를
만나시면 물어보세요.'

 불륜이라는 건 이런 걸 말하는 걸까? 아냐, 지은이와 나 사이
에 그런 불결한 단어는 안 어울려.
 "정략결혼, 뭐 이런 흔해 빠진 이야기는 아니겠지."
 하란 대로 할 지은이 아니라고 믿는 현태는 고개를 저었다.
하지만 어쩌면, 만에 하나 그렇다면 좋겠다고 생각하는 자신이
놀라웠다. 기다리고 기다리던 그녀를 만날 수 있다는 생각 하나
로 어린 시절로 돌아간 듯 머릿속엔 옛 추억이 가득 찼다.

 "놔! 내가 알아서 나갈 테니까!"
 "아가씨, 뭐가 쑥스러우세요? 이제 만나시기만 하면 되는데.
어서 나오세요. 저기서 이현태 씨가 발까지 구르면서 기다리실

거라니까요?"

조용한 그곳에 나지막이 퍼지는 해준의 목소리에 지은의 얼굴이 붉어졌다. 어서 내려 그 앞에 서기만 하면 되는데 그간의 공백에 많이 어색한 건 당연했다. 찾게 된다면 당장이라도 달려갈 것이라 생각했지만 막상 눈앞에 두고 보니 입안이 바짝 마르고 머리가 돌 만큼 심장이 뛰었다. 거짓말처럼 그때로 돌아간 것 같았다.

플라워 숍에서 떨어진 곳에서 벌이던 두 사람의 실랑이는 결국 해준의 승리로 끝이 났다. 해준의 응원을 받으며 그가 가리키는 불 꺼진 가게를 향해 천천히 걸었다.

생생하진 않지만 또렷하게 기억하는 추억에 현태는 입가에 미소가 끊임없었다. 그러다 일어서 잠긴 가게 문을 열고 가로등만 비추는 어두운 거리에 서서 주변을 둘러보았다. 앉아서 기다리기엔 그녀에 대한 그리움이 컸던지 한참이나 가게 앞을 어슬렁거리던 현태는 가게 앞에 앉아 그녀를 기다리기 시작했다.

언제 올지 모를 사람을 기다리는 건 설레기도 하지만 조금은 겁이 나는 것이었다. 이대로 오지 않는다면?

현태는 눈을 천천히 깜빡였다. 만날 수 있다고 생각하니 더욱 간절해졌다. 어떤 이유에서 그녀가 보고 싶다고 한 건지 정확히 듣고 싶었다.

조용한 길에 또각또각 구두 소리가 울렸다. 희미하던 소리는 점점 그에게 가까워졌다. 가까워질수록 현태의 가슴도 지은의 가슴도 요동쳤다.

핸드백을 든 그녀의 손은 좀처럼 진정하지 못하고 차오르는 땀을 식히기 위해 움직였다. 멀리서 그가 보였다. 역시나 어두워도, 어떻게 있어도, 어디에 있어도 그녀는 현태를 단박에 알아볼 수 있었다.

들려오던 구두 소리가 멈추자 거칠게 뛰어 대던 현태의 가슴도 순간 멈추었다. 그리고 벌떡 일어나 고개를 돌렸을 땐 다시 천천히, 빠르고 세게 가슴이 뛰었다. 그것은 그녀도 마찬가지였다.

변하지 않은 모습, 하지만 변해 버린, 그래도 알아볼 수 있는.

지은과 현태의 두 눈이 마주쳤다.

"……."

"……."

많은 일들이 서로의 머릿속에 스쳐 갔다. 싸울 일도 많았지만 서로 내버려 둘 수 없었던 날들, 누구의 것인지 모를 열기로 가득했던 처음 맞잡은 손, 어른이 되어서도 함께하자던 약속, 추위도 느끼지 못하고 부둥켜안고 뜨거운 눈물을 흘리던 그날, 그 모든 것을 간직한 설레던 첫 입맞춤.

지은의 발이 이끌리듯 움직였다. 다가오는 그녀의 모습에 현태도 눈을 바라보며 떨리는 발걸음을 뗐다. 그것은 점점 빨라져 그들은 보이지 않는 이끌림에 서로의 앞에 섰다. 숨이 차지도 않는데 쉴 새 없이 뛰어 대는 가슴 덕분에 두 사람은 떨리는 숨을 내뱉었다.

그리고 아무런 말도 하지 않았다. 그저 서로의 눈만 바라보며 서 있었다.

거짓말 같아……. 지은은 가슴 깊은 곳에서 터져 오르듯 솟아오르는 감정에 눈물이 맺혔다. 여전히 그녀의 눈물엔 당해 낼 길 없는 현태는 두 눈을 꼭 감고 지은을 한껏 품에 안아 버렸다. 기다렸다는 듯 지은도 그의 등을 가득 껴안았다.

"미안해……."

이렇게 안아도 되는 건지 그녀에게 미안해하는 현태지만 놓아줄 생각은 없어 보였다. 그런 그에게 나지막이 이름을 불러 주자 그녀의 귓가에 심장 소리가 들려왔다.

이런 날이 오는구나. 거짓말 같아. 보고 싶었어. 네가 많이.

내뱉지 못한 말은 이미 서로의 가슴에 차곡차곡 쌓여 갔다. 지은은 더욱 꼭 그를 안았다. 하고 싶었던 말을 대신해 준, 아직 이렇게 기억해 주고 있다는 게 너무 고마워 지은은 몸이 떨릴 만큼 울었다.

현태는 한참이나 그녀의 머리를 조심스레 쓰다듬어 주었다. 조금씩 울음이 잦아들고 그녀는 대뜸 그를 밀치고 가슴팍을 툭 쳤다.

"너 왜 그랬어!"

"뭐, 뭐가?"

쓰다듬어 주는 손을 뿌리치고 지은은 다짜고짜 소리쳤다. 이젠 눈높이가 맞지 않아 월등히 커 버린 자신을 올려다보는 그녀가 현태는 왜 그렇게 사랑스러운지 모른다.

눈물이 그렁그렁 맺힌 눈으로 바라보니 안쓰럽기도 했고, 또다시 안아 주고도 싶었던 그는 아무것도 하지 못하고 가만히 바라보고만 있었다.

"그날…… 약혼식이라는 거 알고도 온 거지? 내가 거기 있다는 거 알면서도 온 거지!"

이런 말을 하려고 온 게 아닌데. 그런 표정을 짓게 하려고 온 게 아닌데. 저도 모르게 화가 난 말투로 소리쳐 버린 후에 지은은 후회했다.

하지만 그는 그녀의 입에서 약혼식이란 말을 듣고서 뒤늦게야 다시 깨달았다. 그녀를 안고 있을 땐 하얗게 변해 버렸던 머릿속이 다시 그날의 기억을 떠올렸다. 울컥, 벅찬 가슴에 짓눌렸던 감정이 스며들었다.

"……일이니까."

웃고 있는 얼굴이 이상하게 변해 버릴 것 같았다. 눈을 피하는 그를 향해 지은은 허무하게 말을 뱉었다.

"일이니까?"

"예쁘더라. 내가 본 네 모습 중에서 최고로 예뻤어. 부탁받은 건 훨씬 전이라 무르기도 쉽지 않았고, 네 약혼식 바로 전날…… 부탁받은 곳이 네가 있을 곳이라는 걸 알았거든. 그게 너인 줄 미리 알았다면 난 가지 않았을지도 몰라."

상처받은 그의 눈빛에 그녀의 한쪽 가슴이 사각사각 갉혀 깎아지다, 투두둑 무너졌다.

06

그녀의 생일이었다. 타들어 가던 날씨는 주위를 꽁꽁 얼려 버리는 겨울로 변한 지 오래였다. 그들은 이 겨울이 지나면 12살이 된다.

"조심해라. 넘어진다."

"응."

기말고사를 치던 날보다 더 심각한 얼굴로 조심히 길을 골라 걸어가는 지은을 향해 현태가 말했다. 빙판길이 익숙한 현태는 씩씩하게 걸어가는데 자꾸만 뒤에서 늦장을 부리는 지은이 신경 쓰여 손이라도 잡아 주려 몸을 틀었을 때는 이미 늦은 뒤였다.

"까악!"

여름의 산중의 새들보다 더 높다란 고음을 내며 엉덩방아를 찧는 지은을 보며 현태는 얼른 일으켜 주고 싶었다. 하지만 자꾸만 입 밖으로 새어 나오는 웃음을 참느라 고개를 숙이고 느릿느릿 걸었다. 지은은 세모눈으로 그를 노려보았다.

"너 계속 웃으면 죽을 줄 알아!"

"안 웃었는데?"

능청스럽게 웃음기는 싹 가신 얼굴로 말하는 현태를 보며 분해하던 지은이 자리에서 영차 일어났다. 빙판길은 그녀의 생각보다 만만찮은 놈이었다. 또다시 쿵, 엉덩이를 바닥에 찧자 이번엔 그녀의 눈이 세모눈이 아니었다.

"이현태, 나 일으켜 줘……."

삼돌이만큼 순한 눈빛으로 애원하는 지은에게로 현태는 단박에 튀어갔다.

친해진 이후 가끔이지만 지은은 그렇게 보호본능을 일으켰다. 무의식적인지, 여자의 본능인지 현태는 항상 헷갈렸다. 하나 확실한 건 지은의 그런 모습이 전혀 싫다거나 귀찮지 않다는 것이다. 오히려 자신을 찾을 때마다 온몸이 찌르르 울렸다. 그녀에게서 특별대우라도 받는 양 말이다.

"그러게 조심하라 안 했나."

"……너 왠지 기뻐 보이네?"

"아, 아닌데? 그보다 안 다쳤나? 웃은?"

지은을 일으켜 준 후 쪼그려 앉아 그녀의 바지를 야무진 손으로 탈탈 털어 주는 현태의 행동을 지은은 자연스럽게 받아들이고 있었다. 누군가 본다면 부끄러울 만한 일을 현태는 아무렇지도 않게 했다.

"어제 너희 집에 할머니 심부름 갔었는데 너 없더라?"

깨끗한 빙판길이라 다행이었지 아끼던 옷에 흙이라도 묻었다면 그녀는 이런 질문 따위 하지 않았을 것이다. 쪼그려 있던 현태는 놔두고 평소처럼 먼저 걸어가니 뒤에서 입을 삐죽이며 현태가 쫓아왔다.

"몇 시에?"

"3시."

"3시? 아……. 근데 왜?"

흘끗 쳐다본 현태는 얼굴을 들이밀고 초롱초롱 빛나는 눈으로 똑바로 쳐다보았다. 지은은 추운 날씨가 다행이라 여기며 얼굴을 홱 돌렸다.

"벼, 별로."

"잠깐 뭐 사러 나갔다가 왔는데……."

고민하듯 미간을 찌푸리던 현태는 덥석 지은의 손을 잡고서 걸음을 옮겼다. 미끄덩거리며 짜증을 내지만 지은의 손은 그의 손을 놓을 생각은 없어 보였다.

빙판길이 끝나고 하얀 눈이 소복소복 쌓인 풀밭을 함께 걸었다. 주위를 두리번거리던 현태는 아무도 밟은 흔적이 없는 깨끗한 눈이 쌓인 느티나무 아래로 그녀를 이끌었다. 꽁꽁 얼어 버린 손을 놓고 현태는 아랑곳 않고 쪼그려 앉아 차디찬 눈을 끌어 모았다.

"너 뭐해?"

"잠만 기다려 봐라."

훌쩍훌쩍 코를 들이켜고 빨갛게 언 얼굴과 손을 보면 추울 법도 한데 그의 얼굴엔 즐거운 듯 미소가 번져 있었다.

지은은 하얀 벙어리장갑을 낀 손을 호호 불며 뒤에서 어서 그가 생뚱맞은 짓을 멈추기만을 기다렸다. 손을 비비기를 몇 번, 불러 볼까 고민하길 몇 번, 먼저 돌아가 버릴까 발을 구르길 몇 번.

"됐다! 가자!"

"어? 야! 기다리라고 해 놓고 먼저 가면 어떡해!"

"빨리 온나!"

두 손 가득 무언가를 받쳐 들고 뛰어가던 현태는 열심히 뛰었다. 낙오된 지은은 표정이 요란하게 구겨지다 입을 앙다물고 그를 전속력으로 뒤쫓았다.

뒤도 한 번 돌아보지 않고 뛰어가기에 어디 대단한 곳이라도 가는 줄 알았던 지은은 도착한 곳이 집 앞이라는 걸 알고는 맥 빠진 듯 걸음을 늦추며 숨을 몰아쉬었다.

"이현태, 너어!"

두 주먹을 꼭 쥐고 현태의 뒷모습을 노려보았지만 뒤를 돈 그의 손에 들린 하얀 눈덩이를 보자 그녀의 주먹은 스르륵 풀렸다.

"그렇게 비싼 거 살 만큼은 내, 돈 없다."

그가 말하는 '비싼 거'란 서로 콕 집어 말하지 않아도 아는 눈치였다. 지은은 그가 내미는 하얀 눈 케이크보다 그가 어떻게 자신의 생일인 걸 알고 있었는지가 더 궁금했다. 함께 살 적에도 마주 앉아 초를 끈 적도 없었지만 시골에 덩그러니 던져두고 전화 한 통 없는 부모님과, 나이가 들어서인지 생일에 신경 써주지 않는 할머니에게 서운해하던 참이었다. 그렇다고 딱히 함께 어울려 생일 파티를 할 세련된 친구들이 있었던 것도 아니었다. 현태가 자신의 생일을 알고 있으리라고는 상상조차 하지 못했다.

먹지도 못하고 모양도 예쁘지 않은 눈 케이크를 맘껏 비웃어 줘야 하지만 그녀는 눈만 동그랗게 뜬 채 굳어 있었다.

"내 생일인 거 어떻게 알았어?"

"어? 아, 그게 내가 볼라고 본 건 아니고……. 그때 다이어리에 보여 가지고……. 혹시 내 잘못 알고 있었나?"

어찌 보면 소심한 구석도 있었다. 하지만 그것은 지은의 표정과 행동, 말투에만 국한되어 있는 것이었다.

"멍청이. 촛불도 없는 케이크가 무슨 케이크야?"

"글체? 기다려 봐라."

"또 기다려?"

눈 케이크는 바닥에 살며시 내려놓고 집 안으로 후다닥 뛰어 들어가는 현태를 이젠 상관하지 않겠다는 눈치였다.

물끄러미 발아래 놓인 눈 케이크를 보고 있자니 요상하게도 그것이 달콤하고 부드러운 생크림이 잔뜩 발린 케이크처럼 보였다. 저도 모르게 순간 입에 침이 돌고, 주저앉아 손가락을 쭉 내미는 순간 현태가 나타났다. 생일 초라고는 보이지 않는 굵고

투박한 하얀 초를 들고서.

"자, 초."

"……장난해?"

"우리 아빠가 남자는 이가 없으면 잇몸, 잇몸도 안 되면 그냥 처먹지 말라고 했다."

"그게 무슨 뜻이야?"

"싫으면 말고."

킥킥거리며 웃던 현태는 굵은 초를 눈 케이크 중앙에 떡하니 꽂았다. 그리고 몰래 가져온 아빠의 라이터로 심지에 불을 붙였다. 전혀 그럴싸해 보이지 않았다. 불은 어색한 둘 사이를 가르며 작은 몸짓으로 아롱아롱 잘도 타올랐다.

"눈 감고 소원 빌어라."

"애니? 그런 걸 믿게. 유치해."

"하나, 둘, 셋!"

콧방귀를 뀌는 지은을 무시하고 현태는 시린 두 손을 꼭 마주 잡고서 눈을 감았다. 멍청한 짓이라 생각하던 지은은 그를 한참이나 쳐다보다 조심스레 두 손을 포개고 눈을 감았다.

이 소원을 누가 듣게 되실진 모르겠지만 암튼 저 멍청이가 어서 하루 빨리 이런 건 부질없는 짓이라는 걸 깨닫게 해 주세요. 그리고…… 내년 생일엔 맛있는 케이크를 먹게 해 주시고, 엄마, 아빠와도 연락이 되게 해 주세요. 또, 요새 삼돌이가 겨울이라 그런지 안 그래도 못생긴 얼굴이 더 못생겨졌어요. 내년 봄엔 예쁜 털이 꼭 다시 나도록 해 주시면 좋겠습니다. 할머니도 걱정하고 계시니까요. 그리고 또…….

현태가 조심히 감았던 눈을 떠 보니 지은은 말과 다르게 진지한 얼굴로 소원을 빌고 있었다. 현태는 만족스럽게 웃더니 뒤에 숨겨 두었던 선물을 꺼내었다.

"다 빌었나?"

"……."

조금 뒤 눈을 뜬 지은은 그와 쉽게 눈을 마주하지 못하고 얼쯤하게 고개만 끄덕였다. 그리고 앞에 내밀어지는 현태의 선물에 다시 한 번 놀라 버렸다.

"이거…….'

"선물."

'love you' 라는 상투적이고 촌스럽고 훤한 문구가 적힌 갈색의 다이어리였다. 아기자기하던 그녀의 다이어리와는 상당히 비교가 되었다.

"맘에 안 들어도 할 수 없다. 시골엔 그딴 거밖에 없으니까."

내민 손을 더욱 쭉 내밀며 어서 받으라는 듯 현태는 말했다. 한 손은 입에 대고 연방 호호 불어 대며 고개를 돌렸다. 이쯤 되면 받을 만도 한데 여전히 자신의 손에 들린 다이어리에 현태는 쳇, 내민 손을 거두려고 했다.

"받기 싫으면…….'

"촌스러워!"

물러나려는 다이어리를 휙 낚아챈 지은은 품에 그것을 꼭 안았다. 예상했던 반응에 현태는 입을 삐죽이며 그녀를 바라보았다. 하지만 그 표정은 금세 환한 웃음으로 바뀌었다.

"정말 촌스러워, 이현태! 하지만 주니까 받는 거야."

똑바로 눈을 뜨고 촌스럽단 말과는 다르게 굉장히 벅찬 표정으로 얼떨떨하게 자신을 바라보는 지은을 발견했기 때문이다. 날씨가 추운 탓인지 눈엔 눈물이 반짝반짝 고였고, 앙증맞은 코와 볼은 빨갛게 물들었다. 현태는 자리에서 일어나 촛불을 가리켰다.

"빨리 끄고 일어나라. 춥다."

"흥."

그를 따라 치켜떴던 눈은 아래로 깔렸고 피어오르던 촛불은 뿌연 입바람에 곧 힘없이 꺼져 버렸다.

"근데 니 무슨 소원 빌었는데? 유치하다 캤으면서."

"사, 상관 마. 갈게!"

"생일 축하한대이."

대문으로 쏙 들어와 쾅 닫고 나서 지은은 방으로 후다닥 뛰어 들어갔다. 끼고 있던 벙어리장갑은 벗어 던지고 다이어리를 펼쳐 보았지만 역시나 귀여운 캐릭터 따위는 없었다. 하지만 다이어리는 차가운 기운이 빠져나갈 때까지 그녀의 품에 안겨 있었다.

'그리고 또……. 현태는 절 좋아하는 거 같으니까 내년에도 같은 반이 되게 해 주세요. 졸업할 때까지, 아니, 앞으로 쭉……. 그렇지 않으면 절 좋아하는 멍청이가 불쌍하잖아요.'

07

얘기가 길어질 수도 있었다. 지은은 막무가내로 그의 가게 안으로 들어가 테이블 의자에 앉았다. 입을 앙다물고 있는 그녀를 보고 있으니 예전과 변하지 않은 듯해 현태는 살며시 웃었다. 뭔가 맘에 들지 않는다는 지은만의 귀여운 경고였다.

멋대로 까불었다가는 또 멍청이란 소리를 들을 거야.

현태는 한쪽에 놓인 커피포트에 물을 끓여 향긋한 재스민 차를 그녀에게 내주며 옆에 앉았다.

"이렇게 늦은 시간에 다니면…… 뭐라고 안 해?"

"네가 신경 쓸 일이 아니야."

항상 저런 식인 그녀를 왜 미워할 수가 없는지 현태는 진지하게 다시 생각해 보게 되었다.

지은은 그가 준 차를 한 모금 마시고서 소리가 나지 않도록 찻잔을 내려놓았다.

"보고 싶었다면서."

"어?"

갑작스런 그녀의 말에 그는 아까 전 자신이 한 말이 떠올라 얼굴이 붉어진 채 놀란 눈으로 바라보았다.

"보고 싶었다면서…… 왜 그날 안 보러 왔어? 보고 싶었다면서."

그 한마디는 서로에게 상처가 되었다. 가라앉지도 못하고 가슴 한 구석에 떠돌며 서로는 서로를 가만히 쳐다보기만 할 뿐이었다. 먼저 눈을 피한 건 현태였다.

"바, 바빴어. 인사라도 할까 하다가 바빠서……. 봤지? 그 넓은 연회장에 나랑 다른 플로리스트 한 명, 이렇게 둘이서 꽃 장식을 했다니까?"

현태는 성하가 왜 담배를 피우는지 납득이 갔다. 피우지 않는 담배지만 딱 하나만 피웠으면 좋겠다고 느끼게 하는 순간이었다.

"벌써 나이가 이렇게 됐구나……. 그 사람은 너한테 잘해……."

달그락.

신경질적으로 들리는 찻잔 소리에 현태는 움찔거리며 몸을 뺐다. 지은이 벌게진 얼굴로 당장이라도 찻잔의 뜨거운 차를 끼얹을 태세였다.

"뜨겁지만 않았으면 네 얼굴에 당장 퍼부었을 거야!"

"왜, 왜? 내가 뭐 잘못했어?"

전혀 변하지 않은 주제에 왜 아무렇지도 않다는 듯 행동하는 거니.

"다 잊었어……? 그래서 너는 아무렇지도 않게 말을 하는 거야? 기억하고 있는 건 나쁜이야? 내가 누구에게 가든…… 이제 너는 상관없어?"

그는 아무 말도 할 수가 없었다. 잊지 않았다고, 기다리던 말을 그녀는 하고 있었지만 말이다. 놀라웠다. 입 밖으로 나오진 않지만 끊임없이 그녀에게 소리 없는 말을 내던지고 있었다.

그 사람은 누구야? 그동안 무슨 일이 있었어? 왜 울려고 해? 널 누가 그렇게 약해지게 만들었니? 그날 그렇게 예쁘던 너는 어디로 가고 왜 그렇게 힘들어 보여. 말해 줘. 우리 헤어진 순간부터…… 내가 알지 못하는 너의 시간들.

지은은 그토록 그리워하던 그를 앞에 두고도 말을 하기를 망설였다. 하지만 그것도 잠시, 그동안 간절하게 찾아 헤매고 가슴속에 품고 살던 그를 드디어 만나게 되었는데 참는다는 건 말이 되지 않았다. 스스로도 제멋대로인 성격을 잘 알고 있었다. 우연처럼, 운명처럼 드디어 만났는데 다시 헤어질 수는 없었다. 여전히 이렇게 가슴이 뛰어 대는데.

"네가 어떻게 생각할지는 모르겠지만 말할게. 난 그 사람, 사랑하지 않아. 예전부터 지금까지 전부 너였어. 그 사람과는 정략…… 같은 거야. 왜, 드라마 같은 데서 보지 않았어? 흔하지? 진부하지? 시시하지?"

"……."

"너랑 헤어지고 난 쭉 그런 생활을 했어. 흔하고, 진부하고, 시시한……."

현태의 표정이 일그러졌다. 시간이 너무 흘렀던 탓일까. 항상 당차고 자신이 넘치던 그녀였다. 하지만 어느새 그의 눈에 비치는 그녀는 생기 넘치던 눈빛도 빛을 잃고 시들어 가고 있었다. 지은은 작은 백에서 낡은 다이어리를 꺼내어 테이블에 올려 두었다. 그리고 쿡쿡 웃으며 머리카락을 넘겼다.

"기억나?"

"……아직 갖고 있었어?"

"대단하지?"

놀라운 표정으로 현태는 다이어리를 집어 들었다. 조심해, 찢어지면 안 돼. 그녀의 말에 첫 장을 넘기는 그의 손길이 조심스러워졌다. 그리고 끼워진 사진에 당황한 듯 얼른 꺼내어 테이블에 엎어 두었다.

"이런 걸 왜 아직 가지고 있는 거야? 부끄럽게……."

"너도 네가 촌스러웠다는 건 알고 있구나?"

"미안하네, 촌뜨기라."

사진 한 장으로 분위기가 조금은 누그러졌다. 현태가 다시 종이를 넘기니 다이어리가 반으로 갈라지며 말라 버린 꽃이 보였다. 그것을 조심히 들어 그녀를 향해 살짝 웃으니 그녀의 얼굴이 붉게 물들었다.

꽃도 사진 옆에 얌전히 올려 두고 한 장, 한 장 넘기자 **빼곡**

한 글씨들이 적혀 있었다. 일기 형식으로 누군가에게 말을 하듯 말이다. 지은은 찻잔을 들었다.

"얼마나 널 찾았는지 모를 거야. 아버지가 나 몰래 너한테 오는 연락을 모조리 끊었을 때, 난 그것도 모르고 네 욕 얼마나 했는데. 그런데 아버지가 그런 걸 알고 난 후에 갑자기 네가 너무 보고 싶은 거야. 이미 연락은 끊어져 버려서 나로선 도저히 찾을 길이 없더라……. 누가 들으면 웃을 거야, 그렇지? 어릴 때 한 철없는 약속에 난리냐고. ……너는 어땠을지 모르겠지만 나는 하나도 안 잊고 기억해. 그래서 너를 만날 수 있다는 생각에 기뻐서 가슴이 터질 뻔했어. 나는…… 그랬어."

찻잔은 들었지만 마시지 못하고 다시 제자리에 내려놓았다. 마시게 된다면 눈으로 모두 쏟아져 나올 것 같았다.

"사실, 네가 약혼한다는 소식에 엄청 열 받았었어. 배신당한 기분? 아, 내가 멍청했던 거구나, 하는 생각이 들더라."

다이어리를 덮으며 그는 등받이에 몸을 기대었다. 지은은 서둘러 변명이라도 하듯 목소리를 높였다.

"그러니까 그건 내가 하고 싶어서 한 게 아니야!"

"……응. 알았어."

"내가 왜 온 건지 모르겠어? 내가 너한테 왜 이런 말들을 하는지 몰라? 아직 좋아한다고 말하잖아! 네가 보고 싶었다고! 만나고 싶다고 했을 때 내가 얼마나 기뻤는데……. 이런 뜻이 아니었니? 난 너 때문에 지금까지 살 수 있었는데! 매일, 매일 너를 만날 수 있다는 희망을 가지고 살았다고!"

자신은 들떠서 주절주절 떠들어 대고 가슴이 터질 것 같은데 그는 왠지 그렇지 않아 보여 그녀는 화가 났다. 이 순간이 찰나의 꿈처럼 사라져 버릴 것 같았다.

현태는 자그마한 몸으로 불안해하는 지은의 손을 조심스레 잡았다. 역시나 떨고 있는 그녀가 그대로 전해졌다.

"그냥, 실감이 안 나……. 분명 다른 사람 옆에 있는 걸 봤는데도 지금은 이렇게 내 앞에 있다는 게 너무 실감이……."

그녀가 벌떡 일어나자 앉아 있던 의자가 뒤로 힘없이 쓰러졌다. 그가 잡고 있던 그녀의 손이 그의 뺨에 닿았다. 지은은 그의 뺨을 감싸고 큰 눈을 파르르 떨었다.

"기억해!"

놀란 현태의 앞에서 그녀의 향기가 느껴졌다. 가게 안엔 향기가 나는 꽃들도 엄청났지만 그의 몸속으론 모든 걸 마비시키는 그녀의 향기뿐이었다.

두 번째 그들의 입맞춤이었다.

현태가 미처 무엇을 생각하기도 전에 조심스럽게 다가왔던 지은은 떨어졌다.

"기억해 내! 다른 건 말고 우리만 기억해 내! 다 잊고 나만 기억해 내란 말이야!"

애원하듯 말하는 지은을 보며 현태는 기억 하나를 떠올려 냈다.

'너 나 잊어버리면 죽어! 나도 너 절대 안 잊어버릴 거니까!*

10년, 20년 뒤에도, 아니, 언제가 되든 상관없이 우리 다시 만나면…… 그때는 우리 꼭 함께하는 거다? 알았지!'

어쩜 하나도 변하지 않고 자랐는지……. 그녀의 말에 정말로 그는 머릿속을 가득 오직 두 사람만으로 채웠다. 앞으로 일어날 일에 대한 걱정도 모두 잊고 오직 그녀만을 되새겼다.

그러고 나니 애틋한 그녀가 보인다. 눈앞에 있고, 보고 있다는 게 꿈만 같을 정도로 아름다운 그녀가.

손 위로 겹쳐 오는 손에도 지은은 뚫어져라 현태를 바라보고 있었다. 이윽고 그가 입을 맞췄다. 그녀를 향한 그의 모든 것이 조심스러웠고, 소중했다.

하고 싶은 이야기는 많았지만 정해진 짧은 시간 안에 다 하기엔 무리였다. 가게를 나서는 지은의 손을 현태가 꼭 붙잡고 있었다. 떨어지기 싫다는 듯 두 사람은 해준이 기다리는 차 앞에서 한참을 서 있었다.

"다음에 만나면, 자세히 말해 줘."

"응……. 그렇게. 하나도 남김없이 다 얘기할게."

서로 잡은 손을 만지작거리다 아쉬운 표정으로 손을 놓았다. 그녀는 어색하지만 귀엽게 손을 흔들며 멀어졌다. 현태도 자그맣게 웃으며 손을 들었다. 그리고 차에 올라타기 직전인 지은에게 큰 소리로 말했다.

"아무 때나 전화해! 아침이고 밤이고 괜찮으니까, 응?"

걱정스러운 표정으로 손을 흔드는 그를 보며 그녀에게 문을 열어 주던 해준이 몰래 웃었다. 하지만 지은의 눈초리에 금방 웃음을 삼켰다.

"오늘 만나러 와 줘서 고마워. 무슨 일 생기면 꼭 와. 아님, 나 불러. 꼭 갈 테니까."

결국 차에 타려던 지은은 다시 걸어가 현태를 꼭 끌어안았다. 멈칫하던 현태도 살포시 안아 주었다.

"……갈게."

더 지체했다간 그렇지 않아도 떨어지지 않는 발이 땅에 붙어 버릴까 봐 지은은 씁쓸히 돌아섰다. 차에 올라타고 그곳을 벗어날 때까지 뒤에서 묵묵히 지켜봐 주는 현태가 눈에 밟혔다.

"아가씨, 그러다 입 찢어지시겠네요?"

"까불지 마."

"저도 좋아서 그래요, 좋아서."

룸미러를 흘끗거릴 때마다 한시도 미소를 입에서 떠나보내지 않는 그녀. 해준도 덩달아 웃었지만 아까 받은 전화 한 통에 마냥 웃을 수는 없었다.

부드러운 실크 이불의 감촉이 좋아 조금 더 눈을 감고 있고 싶었다. 하지만 지은은 번쩍 눈을 뜨더니 창으로 들어오는 햇볕에 웃으며 베개에 얼굴을 묻었다.

재윤도 출장이라고 외국으로 떠나 버렸고, 아버지도 부부동반 사교 골프 때문에 집에 돌아오지 않는다고 했다. 그리고 오늘은 현태와의 약속이 있는 날.

덕분에 지은의 기분은 요 근래 하늘에 둥둥 떠다니는 것처럼 좋았다. 가사도 생각나지 않는 노래를 흥얼거리며 그녀는 욕실로 향했다.

무슨 옷을 입고 갈까? 조금 일찍 가도 될까? 그나저나 점심은 뭘 먹지?

샤워를 하는 내내 지은은 그와 만날 생각에 웃음이 떠나질 않았다. 미용실도 들를 생각으로 빨리 샤워를 마치고 방으로 돌아온 그녀는 화장품을 바르는 손길도 빨랐다. 약속 시간인 12시가 되려면 3시간이나 남았는데도 말이다. 그 때 해준이 방문 너머로 노크를 했다.

"아가씨, 일어나셨어요?"

"응, 들어와."

왠지 기분이 좋아 보이는 그녀의 목소리에 해준은 방문 사이로 빠끔 얼굴을 내밀고는 들어왔다.

"벌써 씻으셨어요?"

"해준아, 나 미용실 예약 좀 해 줄래? 한 시간 뒤로. 그리고 아침은 간단하게……."

"뭐가 그렇게 바쁘세요?"

짐작이 간다는 듯 웃는 해준은 화장대 거울에 비치는 그녀를 보며 물었다. 며칠 사이 몰라보게 예뻐진 그녀였다.

"오, 오늘 현태랑 만나기로 했다고 말했잖아."

그렇게 티를 내며 들떠 있단 걸 숨기지 않았던 그녀였지만 현태와의 만남을 이야기하는 건 조금 쑥스러운 모양이다.

"뭘 빤히 보고 있어? 할 말 있어?"

"아……. 아니에요. 그럼 옷 갈아입고 내려오세요."

굳이 기분 좋아 보이는 지은의 기분을 망치고 싶지는 않았다. 멈칫 멈춰서 그녀의 방을 다시 한 번 돌아보고 해준은 작게 미소 지으며 아래층으로 빠르게 내려갔다.

"아주머니! 아가씨 식사는 토스트 정도로 해 주세요."

"네, 이 기사님은 안 드세요?"

"괜찮습니다."

정원이나 둘러볼까 싶어 주방을 지나치던 해준은 다시 가정 도우미에게 고개를 삐죽 내밀었다.

"혹시 집에 아가씨 찾는 전화 오면……."

"박 이사님이요?"

"아, 그 사람도 그렇고 회장님도 그렇고요. 아가씨는 오늘 저랑, 웨딩드레스 보러 갔다고 전해 주세요."

"어머! 아가씨 결혼식 날짜가 잡혔어요?"

상기된 도우미의 얼굴과는 상반되게 해준의 표정은 살짝 떨떠름해 보였다.

"음, 아가씨한테는 아직 비밀이에요."

"네?"

그녀도 모르는 결혼식 날짜.

해준의 곤란한 표정에 도우미도 얼떨결에 고개를 끄덕였다.

✱

현태는 플라워 숍 앞을 어슬렁거리며 이미 다 정리해 놓은 화분들을 손댔다. 화분 한 번 만지고 뒤 한 번 돌아보고. 그것이 어느 정도 반복되자 지켜보던 성하가 어슬렁거리며 다가왔다. 그것도 눈치채지 못할 만큼 현태는 이제 곧 도착할 누군가를 기다리고 있었다.

"사장 형님."

"어!"

가까이 다가가 음침한 목소리로 성하가 속삭였더니 현태는 놀란 토끼처럼 팔짝 뛰며 가슴을 부여잡았다.

"간 떨어진다!"

"뭐예요?"

"뭐, 뭐가?"

"아침부터 뭐냐고요. 누구 기다려요?"

"흐, 흠. 신경 끄고 일이나 해."

손을 탁탁 털며 현태는 성하를 지나쳐 가게 안으로 들어가려고 했다. 그런 그를 게슴츠레한 눈으로 훑던 성하는 다짜고짜 아무도 없는 가게 앞에다 대고 소리쳤다.

"어? 사장님 만나러 오셨어요?"

역시나 현태는 가던 걸음을 멈추고 퍼뜩 몸을 틀었다. 그리고 성하와 눈이 마주치더니 아차, 하는 표정으로 눈을 찌푸렸다.

"너 지금 나 놀리냐?"

"맞네, 내 말이. 누군데요? 누구 기다리는 건데요?"

"아무도 안 기다려!"

"에이, 거짓말. 내가 눈치가 몇 단인데. 아침부터 누굴 만나기로 해서 그렇게 애타게 기다려요? 눈에 다 보여. 완전 티 나."

"일 안 할래!"

"아하, 데이트구나? 맞죠, 데이트?"

"이게!"

성하의 한마디에 현태는 저도 모르게 얼굴이 달아올랐다. 예상외의 반응에 신이 난 성하는 그를 요리조리 피하며 계속해 놀려 댔다.

그 때 문 밖에서 조심히 얼굴을 내밀던 지은이 구두 소리를 죽이며 나타났다. 시끄러운 두 사람은 그녀가 온 줄도 모른 채 가게를 누비고 다니다 작은 헛기침 소리에 번뜩 뒤로 돌았다.

"어? ······어어! 사, 사장 형님! 저, 저기······!"

TV로도 충분히 듣고 보았던 그녀를 마주한 성하가 두 눈이 튀어나올 듯 현태의 팔뚝을 잡고 늘어졌다. 하지만 현태에게 그녀가 눈앞에 있는데 그런 성하가 눈에 들어올 리 만무했다. 아무것도 모르는 성하는 안절부절못하다 얼른 지은에게로 쪼르르 달려갔다.

"아, 안녕하세요! TV에 나오시던 분 맞죠? 요번에 약혼하신!

저희가 이번에 그 약혼식 플라워 디자인 했거든요! 우와, 실물이 더 아름다우세요, 어떻게? 꽃 사러 오셨어요? 무슨 꽃? 선물 하시게요?"

조잘조잘 말이 많은 성하가 조금 거북했던 지은은 결국 약혼식이란 단어에 눈썹이 구겨졌다. 뒤에 우두커니 서 있는 현태에게 살짝 고개를 돌려 보니 그도 어색한 웃음을 지으며 다가왔다. 그리고 막 꽃을 고르는 성하의 목덜미를 쭉 끌어당겼다.

"오늘 들어온 꽃인데 향기도 좋고⋯⋯! 아, 형님!"

"내 손님이야, 나와."

"네?"

뒷걸음질 치며 옷을 가다듬던 성하는 눈을 찡그리며 둘을 번갈아 보았다. 그러거나 말거나 현태는 지은에게 몸을 돌렸다.

"나와도 괜찮은 거야?"

지은은 성하가 신경 쓰이는지 힐끗거리며 고개를 끄덕였다. 그 때 또다시 성하가 현태의 뒤에 찰싹 달라붙었다.

"어, 어떻게 둘이 알아요? 알던 사이예요?"

어쩌면 날카로운 질문에 그들은 서로 눈빛만 주고받았다. 그녀를 곤란하게 만들고 싶지 않았다.

"⋯⋯동창이야. 초등학교."

"정말? 그럼 그때 왜 알은척 안 했어요? TV에 나와도 시큰둥하시더니."

"별로 안 친했거든요."

왠지 가벼워 보이는 성하에게 지은은 냉랭하게 답했다. 현태는 못 말린다는 듯 그녀를 보며 고개를 저었고, 성하는 이 상황이 이해가 되지 않았다.

친하지도 않았으면서 일부러 만나러 오기도 하는 건가? 그것도 초등학교 동창을? 거기다 이제 곧 결혼할 사람이?

스스로 말했듯 성하의 눈치는 보통이 아니었다. 하지만 둘 다 곤란한 표정을 짓자 일단은 모른 척 넘어가려 했다.

"아하하, 그렇구나! 난 또 우연찮게 맡게 된 행사장에서 만난 어릴 적 첫사랑, 뭐 이런 드라마틱……한…….."

뜨끔한 표정을 보이는 두 사람을 순간적으로 읽어 낸 성하가 급히 말을 얼버무렸다.

"나, 난 꽃들 물 주러 가야겠다. 사장 형님, 그럼 일 보세요! 가게든 밖이든, 장사는 걱정 마시고. 아, 날씨 좋네!"

둘을 힐끗거리며 성하는 어색한 몸짓으로 사라졌다.

곧 주위가 조용해지고 그들 사이엔 기묘한 분위기가 흘렀다. 부둥켜안고 반가워했던 때가 벌써 일주일 전이었다. 충분히 서로 어색해질 수 있을 기간이었다.

"앞치마, 잘 어울리네."

먼저 입을 연 건 지은이었다. 검은 앞치마를 메고서 여기에 있는 수많은 꽃들을 손질하는 그를 상상하니 저절로 웃음이 나왔다.

처음 다시 만나게 됐을 때엔 그런 생각을 할 정신도 없었지만 이렇게 그를 앞에 두고 보니 어릴 적 그녀가 기억하고 있던 그의 모습은 어디에서도 찾아볼 수가 없었다.

정말 내가 알던 현태가 맞는 걸까? 유심히 자신을 뜯어보는 지은의 눈빛에 현태는 쑥스러움을 느끼는지 얼른 앞치마를 벗어 던졌다.

"아, 아침은?"

"……."

"먹었어?"

"……."

"안 먹었어?"

자신의 질문에도 뭔가 떨떠름한 표정으로 일관하는 지은을 보며 현태는 열심히 머리를 굴렸다. 하지만 아무리 생각해 봐도 지은이 기분 나빠 할 일은 없었다. 성하라면 모를까.

"이현태."

현태야, 라고 애틋하게 부르던 소리가 일주일 내내 귓가에 메아리쳤던 현태였다. 지금 그녀가 "이현태."라며 어릴 적과 똑같이 새침하게 부르기 전까지.

"너 말투 이상해."

"마, 말투……?"

무슨 말이 날아올까 궁금했던 현태는 생뚱맞은 그녀의 말에 고개를 갸웃거렸다.

"매일 이상한 사투리만 썼잖아."

"아……. 사투리……."

그러고 보니 서울로 갓 올라와 1년 동안은 사투리를 열심히 썼던 기억이 있었다. 그러다 주위는 온통 서울 사람들뿐이고 그 사람들 틈에 섞여 있으니 자연스레 사투리는 쓰지 않게 되었다.

설마 사투리 해 보라고 하지는 않겠지?

현태는 괜한 긴장감이 일었다.

"지은아, 내가 서울에 올라온 지 몇 년인데 아직까지 사투리를……."

"써 봐. 서울말 하니까 네가 아닌 것 같아."

불과 몇 시간 전까지 현태를 만날 생각에 설레어 하던 지은이 맞을까 할 정도로 어릴 적과 똑같은 모습이었다. 도도하고 자신만만하고 새침하고 귀여움이란 찾아볼 수 없는 말투까지.

"야, 갑자기 해 보라고 하면……."

"해 봐."

"……가끔 나도 모르게 사투리가 나올 때가 있으니까 그냥 그때……."

"지금 당장."

자신의 품에 안겨 눈물을 흘리던 지은이 왠지 그리워지는 현태였다. 완강히 고집을 꺾지 않는 그녀를 보며 현태는 곤란한 표정을 지었다.

"어떻게 하나도 안 변했냐……."

"해 봐. 나는 지금 네가 동명이인이 아닐까 하는 의심까지 들고 있으니까."

"그냥 다음에 하면 안 돼? 갑자기 만나자마자 사투리를 써 보라니, 웃기잖아. 안 웃겨?"

"전혀."

여유로운 표정으로 어깨를 으쓱이는 지은은 이제 팔짱까지 끼고 그를 바라보고 있었다.

보면 볼수록, 생각하면 할수록 그때와 변하지 않은 지은을 보는 그의 맘이 이상했다. 곤란하던 입장은 이미 잊은 후였고 그녀를 다시 마주하며 대화할 수 있다는 지금이 새삼 감격에 겨울 정도였다.

"니 진짜 하나도 안 변했네."

웃으며 말하니 어린 현태의 모습이 그대로 비쳐지는 것 같았다. 현태의 말을 듣자 지은은 이제야 모든 것이 갖춰진 듯한 느낌이었다. 도도하게 꼈던 팔짱도 빼 버리고 그녀도 그를 따라 웃으며 말했다.

"시끄러워, 촌뜩아."

"야, 몇 년이 지났는데 그런 별명은 좀……."

"조용히 해, 촌뜨기."

촌뜨기라 부르는 것도 그저 좋은지 현태는 눈을 흘기면서도 웃었다. 그런 그를 보며 따라 미소 짓게 되는 건 그녀에게 당연한 일이었다.

08

신 회장도 재윤도 자리를 비운 5일 동안 지은은 하루도 쉬지 않고 현태를 만났다. 둘의 만남에 가슴을 졸인 건 해준뿐이었다.

　　"아가씨, 회장님 오셨어요."

　　"응. 나갈게."

　　"그리고……."

　　저녁 시간에 맞춰 돌아온 신 회장이었지만 지은은 인사만 건네고 다시 방으로 올라올 참이었다. 방문 앞에서 머뭇거리는 해준을 향해 "왜?"라고 묻는 순간 그의 등 뒤로 재윤이 나타났다.

　　"방해되니까 비키지 그래?"

　　"……죄송합니다."

문을 떡하니 가리고 있던 해준을 향해 거만하게 말을 하는 재윤의 갑작스런 방문은 누구도 달갑지 않았다. 그녀가 얼핏 쳐 다본 해준은 예상치 못한 상황에 대한 당황스러움이 가득했다. 해준이 아래층으로 내려가고 재윤이 지은의 방으로 침범했다.

"연락도 없이 웬일이에요."

"난 분명히 연락했어. 저 덜떨어진 기사가 아무 말 안 해?"

"아무리 당신이라도 해준이에게 그런 식으로……."

"우리 결혼이 앞당겨졌다는 거."

어이가 하늘을 찌르는 순간이었다. 결혼이 앞당겨져? 나도 모르게? 여유 만만한 그의 표정에 지은은 몸서리쳤다.

"웨딩드레스는 잘 봤나?"

하나부터 열까지 알아듣지 못할 말들만 늘어놓는 재윤을 그 녀가 표독스럽게 바라보았다. 하지만 이를 전혀 신경 쓰지 않는 그는 방을 둘러보며 다가갔다. 그리고 그녀 앞에 당도했을 때, 천천히 눈꺼풀이 움직였다.

"봤을 리 없겠지. 그나저나 기사 좀 바꿔야겠어. 기사가 하라 는 운전은 안 하고 말이야."

"결혼이 앞당겨져요? 무슨 말이에요?"

"말 그대로. 앞당겨졌어. 어차피 할 거 언제 하든 무슨 상관 이야?"

"……아버지께 물어봐야겠어요."

"물어봐야 무슨 소용이겠느냐만, 그래서 맘이 편하다면 그렇 게 해."

멈칫, 입술을 꽉 깨물며 지은은 다시 발을 뗐다. 거칠게 방문을 나서는 그녀가 사라지자 재윤도 얼굴을 굳히고 뒤따랐다.

아무리 멋대로라지만 이건 해도 너무한 일이었다. 1층으로 내려오자 신 회장과 오 여사가 다과를 펼쳐 놓고 그들을 기다리고 있었다. 요란스러운 소리에 오 여사는 눈을 흘기며 찌푸렸다.

"교양 없이 누가 발소리를 그렇게 내고 다녀?"

혀를 차는 오 여사도 무시한 채 그녀는 신문을 펼쳐 들고 있는 신 회장 곁으로 다가갔다. 멀찍이 서 있던 해준은 무슨 일이 날까 조마조마했지만 그의 표정만은 의외로 침착해 보였다.

"아버지."

"……."

"제 결혼이 앞당겨졌다는 게 사실이에요?"

"내년은 박 이사와 일 문제로 바빠질 것 같다. 시간 있을 때 하는 게 뭐가 문제야?"

"제 결혼이잖아요! 제 문제고, 제가 할 일을 왜 멋대로 결정하시는 거예요!"

"뭐?"

"한 마디 상의도 없이 어떻게……. 제가 두 분 딸 맞아요? 여태 얌전히 따랐으니 앞으로도 계속 그래야 되는 거예요? 그런 거예요? 다 했잖아요. 하란 대로 저 다 했어요! 저 사람이랑 하는 결혼도 끔찍한데……!"

넓은 거실을 울릴 만큼 날카로운 소리가 멎었다. 지은은 뺨을 감싸며 부르르 떨고 있었고, 오 여사가 차가운 표정으로 서 있었다.

"우리가 널 위해서 이만큼 노력했는데 넌 고작 그런 말밖에 못 해? 고생 없이 여태 살았으면 감사한 줄 알아야지 아버지께 소리나 치고. 좋은 곳으로 시집가면 너도 좋을 거 아니니."

지은의 뺨이 빨갛게 부어올랐는데도 전혀 동요하지 않고 오 여사는 차분하게 말했다. 눈물이 고일 듯, 지은은 애꿎은 입술만 깨물었다. 아니야. 이건 정말……. 이 순간 간절하게 현태가 보고 싶었다.

"알고 계세요……?"

조이는 목으로 겨우 침을 한 번 삼키고 입을 열었다.

"노력, 고생, 희생! 이건 엄마, 아버지가 하신 게 아니라……."

"지은이가 결혼 문제로 예민해져 있나 보네요."

내려오는 계단의 사각지대에서 훔쳐듣던 재윤이 느긋하게 모습을 드러냈다. 그때서야 오 여사는 이게 무슨 못 보일 꼴이냐며 머쓱해했고, 신 회장도 보던 신문을 덮었다.

결국 목구멍에 맺혔던 말은 하지 못하고, 단 몇 분 사이 지쳐버린 지은은 그런 그들을 무시한 채 집을 나섰다. 해준은 당연히 곧장 그녀의 뒤를 따랐다.

미안한 기색이 역력한 오 여사에게 재윤은 괜찮다며 웃으며 소파에 먼저 자리를 했다.

"지은이가 저런 애가 아닌데……. 알죠?"

혹여나 재윤의 심기가 불편할까 오 여사는 안절부절못했다. 이 결혼이 이루어진다면 호성그룹은 눈에 띄게 성장할 것이다.

최고의 기업인 시나그룹 덕택에 가지고 있는 주식은 토끼 뜀뛰듯 뛰어오를 것이고, 앞으로도 승승장구해 몸집을 불려 갈 것이 훤했다.

"여자는 예민하고, 섬세하지 않습니까. 신경 쓰지 마십시오."

그들이 하고 있는 생각을 재윤이 모를 리 없었다. 자식을 팔아 가며 권위와 권력을 높이고 싶어 하는 동물.

재윤은 작게 콧방귀를 뀌었다. 이들은 진정 그런 미래를 생각하고 있는가? 그런 불분명한 미래를? 겨우 이 결혼 하나로?

"저도 일어나겠습니다. 지은이는 제가 따로 만나서 얘기하도록 하죠."

"술이라도 한잔하고 가지 왜……."

"지은이도 없는데 있어 봤자 뭐하겠습니까? 주말에 식사 자리 마련하겠습니다. 그럼."

그녀가 없으면 이들에게도 볼일이 없는 재윤은 고개를 까딱거리고 걸어갔다.

그녀는 어디로 갔을까. 눈물을 머금고 돌아선 지은이 그의 머릿속에 맴돌았다. 재윤의 입은 자연스럽게 미소를 지었다. 오늘은 여태 봐 오던 지은의 모습과 좀 달랐다.

하지만 결국엔 힘없이 눈물짓는 나약함, 이 얼마나 가지고 싶은 사람인가. 평생 곁에 두고 눈물짓는 그녀를 보고 싶다. 앞에서 고개 숙인 그녀를 보고 싶다. 평생, 가두어져 저만 바라보는 그녀를 보고 싶다.

무작정 지은을 따라나선 해준이었지만 행선지도 정하지 못한 채 도로만 느긋하게 달리고 있었다. 룸미러로 훔쳐본 그녀는 아무 표정 없이 창밖만 쳐다보고 있는 터라 말 한 번 걸어 보려던 그는 몇 번이나 집어삼켰다.

미리 말할 걸 잘못했어. 아니, 분명히 말했어야 했는데. 숨긴다고 없던 일이 되는 것도 아니었는데.

"아가씨……. 죄송합니다……."

"됐어. 운전이나 해."

기운이 쑥 빠져나간 것처럼 말을 뱉는 지은은 쳐다보지도 않고 말했다. 해준은 그녀가 화가 단단히 났다고 생각했지만 사실 지은은 그가 말을 안 해 준 것에 큰 감정은 없었다. 딴엔 위한답시고 자신에게 어떻게 말을 꺼낼지 고민했을 해준을 그녀도 알고 있었다.

말을 미리 전해 듣든, 듣지 못하든 결과는 똑같았다. 자신의 의사는 전혀 중요하지 않다는 것.

"저기, 아가씨. 전화 울리는데……."

그가 말해 주지 않아도 울리는 전화를 받고 싶은 기분이 아니었다. 하지만 혹시나 하는 마음에 들어 본 휴대폰은 역시 현태에게서 걸려온 전화는 아니었다.

휴대폰은 옆에 툭 던져 놓았고 몇 초간 더 울리던 전화는 곧 끊겨졌다. 배터리라도 빼 버리고 싶은 마음이 굴뚝같았지만 그러면 피곤해질 해준을 생각하며 참았다.

"그래서. 결혼식은 언제니."

"네? 아…… 결혼식 말씀이시죠?"

"……"

"어……. 올겨울이에요……."

"……겨울."

코가 시린 겨울을 상상해 본다. 흰 눈이 잔뜩 쌓인 그곳에서, 현태와의 마지막 날을.

✳

지은이 외할머니 댁으로 내려온 지도 3년이 지나고 있었다. 6학년이 되어서 엄마에게 연락이 왔었지만 아직 얼굴은 보지 못했다. 가끔 걸려오는 전화에 엄마는 조금만 기다리란 기약 없는 약속을 했지만 이제 지은은 담담해졌다. 기다려도 오지 않는다면, 기다리지 않는 게 편했다.

삼돌이가 죽었다. 겨울 내내 겨울잠을 자는 곰처럼 제집 안에 틀어박혀 있더니 봄이 시작되고 새 털로 갈아입기도 전에 말이다. 엉덩이를 씰룩거릴 만큼 꼬리를 치며 반겨 주진 않았지만 대문에 들어설 땐 항상 삼돌이가 제자리를 지키고 있었다. 다가가 쓰다듬어 주면 순한 눈으로 저를 쳐다보던 삼돌이가 지은은 참 좋았었다.

보드라운 털이 아니더라도 앙증맞은 몸이 아니더라도 귀여운 몸짓이 아니더라도 지은은 삼돌이를 참 좋아했었다. 옷에 털이 달라붙어도 아랑곳 않고 그 큰 덩치를 꼭 안아 주었다. 식욕이 없는 삼돌이에게 밥을 가져다주며 한참을 그 앞에서 지켜보며 쪼그려 앉아 언제 먹나, 기다리기도 했었다. 학교에서 나눠 주는 우유를 먹지 않고 가져와 나누어 주면 겨우 몇 번 핥아먹던 게 어찌나 기분이 좋던지. 대문을 드나들 때마다 텅 빈 삼돌이 집에 괜히 눈시울이 붉어졌었다.

삼돌이를 잃고 제일 마음 아파한 건 누가 뭐라 해도 할머니였다. 삼돌이가 죽은 날은 골목길에 할머니의 곡소리가 울려 퍼졌다. 어딘가에서 빌려온 리어카에 삼돌이를 실어 할머니는 뒷산 어딘가에 묻어 주었다고 지은에게 말했다.

그렇게 가을까지 주인 잃은 삼돌이의 집은 터줏대감처럼 할머니 집 앞마당을 지키고 있었지만 지은이 삼돌이의 죽음에 익숙해져 갈 때쯤 앞마당은 휑하니 비어 있었다.

"다녀왔습니다."

2학기 기말고사가 얼마 남지 않아 순정이네 집에서 공부를 하고 돌아온 지은이 작은 거실을 두리번거렸다. 아직 아프신가. 지은은 가방을 한쪽에 벗어 두고 할머니 방을 살짝 들여다보았다. 할머니는 요즘 몸도 성하지 않으면서 남의 집 밭일을 도와주고 있었다. 그래서인지 초저녁부터 잠이 들어 있던 할머니를 뒤로하고 그녀는 냉장고를 열어 보았다.

처음 여기로 와선 손도 대기 싫던 나물 반찬들이 플라스틱 반찬통에 차곡차곡 담겨져 있었다. 입을 삐죽 내밀고 반찬통을 하나하나 살피던 지은이 아침엔 없던 어묵 볶음을 발견하고 날름 꺼내 작은 상 위에 올려두었다. 전기밥솥에 있는 밥을 푸고 상 앞에 앉아 반찬 하나로 허기진 배를 채웠다. 달그락거리는 소리에 방 안에서 할머니의 목소리가 들렸다.

"지은이 왔니?"

"네. 밥 먹어요. 할머니는요?"

"됐다."

힘없이 갈라진 목소리에 지은은 자리에서 일어날까 생각하다 어묵을 하나 더 집어 먹었다.

반찬 하나로도 밥 한 그릇을 비운 지은은 깨끗이 씻은 후 작은 브라운관 TV를 보다 꺼 버렸다. 숙제도 순정이와 모두 해버렸고 그녀가 이제 할 일이라곤 재미없는 TV를 계속 보거나 일찍 잠자리에 드는 일만 남았다. 하지만 지은은 도톰한 코트를 챙겨 입곤 밖으로 나갔다.

가로등 불이 길을 밝히는 골목이 이젠 그다지 무섭지도 않았다. 잘 보면 드문드문 집집마다 불빛이 나오고 있었고 잘 들어 보면 사람들 목소리도 들려왔다. 이를 테면 지금처럼 옆집 현태의 엄마가 잔소리하는 소리라든가 말이다.

"이 새끼는 밥 먹고 숙제한다고 카드만 이 밤에 또 어디 기어 나갈라고 옷을 입노!"

"아, 잠만 재훈이 집에 갔다 올게. 뭐 받을 거 있단 말이야."

"뭐?"

"있다. 갔다 올게!"

"니 빨리 안 오면 문 다 잠가뿐다!"

지은은 벽에 기대앉아 있다 재빠른 발소리에 몸을 천천히 일으켰다. 현태는 대문을 나서자마자 지은을 발견하곤 깜짝 놀란 듯 가슴을 쓸어내렸다.

"니는 뭐 맨날 거기 앉아 있노."

"아줌마가 문 다 잠근대."

"엄마가 말하는 거 반 이상은 다 거짓말이다."

현태는 씩 웃으며 개의치 않는단 투로 말하고는 가던 걸음을 서둘렀다. 지은은 물끄러미 바라보다 다시 벽에 기대어 앉으려 했다.

"같이 갈래?"

골목 귀퉁이를 돌던 그가 다시 몸을 빙글 돌려 지은에게 말했다. 밤에는 돌아다녀 본 적이 없어 대뜸 간다고 말하기도 쉽지 않았다. 갈래 말래. 현태가 다시 묻자 지은은 퍼뜩 자리를 털고 그에게 총총 뛰어갔다.

"어디 가? 재훈이 집?"

"어. 게임기 받아야 된다."

"욕 먹어 가면서 참 좋은 거 가지러 가네?"

"빌려 주고 오늘 받기로 했는데 까먹었단 말이야."

지은의 비꼼에 현태는 투덜거렸다. 그나저나 지은은 함께 걷는 이 밤이 그렇게 어색할 수 없었다. 같은 반이지만 요즘 들어 현태와 대화도 제대로 나누지 못했기 때문이다. 한 살 더 먹었다고 이젠 남자 여자 편이라도 가르는 건지 아이들은 어울려 노는 횟수가 줄었다. 그나마 지은과 현태가 다른 아이들보다 살가운 사이였지만 요즘 지은이 느끼기엔 다른 아이들과 별반 다르지 않았다.

거기다 예전부터 둘이 사귀고 있다는 귀여운 소문이 이젠 헤어졌단 소문으로 번지고 있었다. 둘은 사귀고 있다는 소문이나 헤어졌단 소문에 부정도 긍정도 하지 않았다. 서로 관심이 없었던 것도 아닌데 말이다. 사귄다는 소문은 이렇게 찝찝하지 않았는데 헤어졌단 소문이 돌자 지은은 불편해서 견딜 수 없었다. 드러내진 않았지만 현태의 행동이나 말투에 신경이 쓰였다.

나란히 걷고 있지만 조금이라도 거리가 벌어지면 지은은 그의 발치를 힐끗거렸다. 괜히 발걸음에 힘이 없어지고 어깨도 축 처지는 것 같다. 예전엔 손도 잡고 걸어 주더니.

결국 지은의 발걸음이 느려졌다. 현태는 가던 길을 멈추어 그녀를 뒤돌아보았다.

"왜?"

"……집에 갈래."

벌써 반 이상이나 왔는데 이제 와서 돌아간다는 지은을 이상하게 생각하던 현태가 돌아서는 그녀를 붙잡았다.

"좀만 더 가면 되는데. 같이 가자."

잠이 오는 건가? 귀찮아진 건가? 현태는 지은을 보며 생각했다. 뚱한 얼굴로 고개를 돌리고 있던 지은이 저를 붙잡은 손을 내려다보았다. 나 좋아하는 주제에.

"애들이 우리보고 헤어졌냐고 해."

"어?"

"우린 사귄 적도 없는데, 어떻게 헤어질 수가 있다고."

불만이 가득 담긴 말투였다. 현태의 손을 떨쳐 내고 지은은 왔던 길을 되돌아갔다. 저 바보, 멍청이, 똥개. 지금이라도 와서 붙잡고 같이 가자 한다면 봐줄 텐데 현태는 굳은 듯 서 있었다. 일부러 천천히 걷고 있는데도 움직일 생각을 않는 현태 때문에 지은은 주먹을 꼭 쥐었다. 바보야! 나 무섭다고!

그런 지은을 아는지 모르는지 멀어지는 현태의 발소리가 들렸다. 그것에 콧방귀를 뀐 그녀는 단박에 집까지 뛰어갔다.

다음 날도 그다음 날도 현태는 아무 말이 없었다. 시간은 흘러 기말고사를 치르고 겨울 방학을 맞았다. 방학이 끝난 후엔 이제 중학생이 된다. 근처의 초등학교도 그렇고 지은이 다니고 있는 초등학교도 그렇고 모두 읍내에 있는 중학교로 가게 되었다.

남녀공학이고, 지은은 그 사실이 조금 내키지 않았다. 친구들의 정보에 의하면 그 학교엔 무서운 언니 오빠들이 많다고 했다. 지은이 너는 예뻐서 언니 오빠들이 가만히 안 놔둘 거야, 하고 진지하게 말하던 순정이 떠올랐다.

눈이 엄청나게 왔던 터라 지은은 한동안 집밖으로 나가지도 못했다. 할머니는 추운 겨울에도 남의 집 일손 돕는 걸 멈추지 않았다. 그게 모두 제 탓만인 것 같아서 그녀는 못내 죄송스러웠다. 통장의 돈을 쓰면 되지 않느냐고 어린 마음에 걱정돼 말했던 적이 있었다.

'할머니 걱정은 말고 공부나 열심히 해. 할머니가 그동안 너에게 해 준 게 없어서 그러니까 신경 쓰지 말고. 우리 지은이 맛있는 거 하나라도 더 먹여 줘야 공부 열심히 하지.'

그렇게 말하던 할머니는 지은의 손을 꼭 잡아 주었었다. 지은은 가끔 생각한다. 이곳에 온 건 정말 다행이라고.

할머니는 오늘도 아침부터 비닐하우스로 출근을 했다. 꼭두새벽에 나가면서도 지은의 아침을 작은 상에 차려 두는 건 잊지 않았다. 8시가 넘어 눈을 뜬 지은이 상에 차려진 밥을 익숙하게 먹고 설거지까지 했다. 점심때쯤엔 할머니에게 가 볼 생각도 하는 지은은 완벽히 이곳의 생활이 적응이 된 듯 보였다.

"신지은."

말끔히 세수를 하고 방학숙제를 펼치는데 현태의 목소리가 들려왔다. 지은이 삐거덕거리는 현관문을 열자 그의 손에도 방학숙제가 들려 있었다.

"숙제, 같이 하자고."

골목길에서 헤어진 후로 이렇게 마주 보는 건 오랜만이었다. 어제 잠들 때만 해도 '너 같은 건 안 좋아할 거야' 하고 다짐했는데 어째서인지 저는 현태에게 들어오란 말을 하고 있었다.

"여기 앉든가, 말든가."

전기장판 위를 가리키는 그녀의 표정은 불퉁했다. 그녀는 모르겠지만 현태는 집을 나서면서부터 알 수 없는 긴장에 목이 마를 지경이었다.

"수, 숙제 많이 했나?"

"하고 있잖아."

원래 말투가 새침하긴 했어도 지금처럼 대놓고 쌀쌀맞진 않았다. 하고 싶은 말이 있어 숙제를 핑계로 찾아온 건데, 그녀의 태도를 보니 도저히 말이 나올 것 같진 않았다. 할 수 없이 주섬주섬 챙겨 온 책을 펼치며 그녀와 마찬가지로 바닥에 엎드려 숙제를 시작했다.

30분가량 했을 때 현태는 지은의 눈치를 살폈다. 어떻게 말한 마디 안 하고 숙제만 할 수가 있는 건지. 현태는 이제 겨우한 장을 넘겼는데 지은은 종이 펄럭거리는 소리만 세 번은 난것 같다.

"왜? 할 말 있어?"

시선을 느꼈는지 늘어진 머리카락 사이로 눈을 치켜떴다. 아, 아니. 현태는 또 멍청하게 고개만 저었다. 중학교에 가서도 이렇게 지내야 하는 거가? 그러면 어떡하지? 혼자 고민하던 그가번뜩 떠오른 듯 말했다.

"교복은? 샀나?"

"아니."

"언제 살 건데?"

"예비 소집 전에."

"아. 할매랑?"

"그래. 왜?"

"니 내한테 화났나?"

"뭐어?"

기가 막힌다는 듯 쪼그려 엎드린 몸을 세워 앉은 지은을 보며 현태도 똑같이 앉았다. 다만 둘의 표정은 너무나 판이했다. 현태는 저도 모르게 묻고 싶던 말이 준비도 없이 튀어나오자 당황스러워 보였다. 거기다 지은은 화가 난 모양인지 씩씩거리고 있는 폼이 예사롭지가 않았다.

"나 너한테 화 안 났거든? 우린 그런 사이 아니거든? 너한테 아무렇지도 않거든?"

"……맞나."

"그래. 맞아. 예전에야 우리가 무슨 사이쯤 된다고 쳤어도 지금은 아니거든? 학교에선 나한테 말도 안 걸고 학교 갈 때도 집에 올 때도 혼잔데 우리가 무슨 사이야?"

"니도 그랬잖아……."

"내가 뭐! 내가 뭐!"

"니도……. 아니다. 미안. 내가 그러려고 그런 게 아니라, 아니, 나는 그대론데…… 니, 니가 싫은 게 아니라……."

"그럼? 뭐 좋아하기라도 하냐? 나 좋아해, 너?"

안쓰러울 정도로 벌게진 현태의 얼굴은 금방이라도 터질 것 같았다. 지은의 말에 현태는 조심히 고개를 끄덕였다. 정말 싫은 게 아닌데. 좋아하는데. 속으로 되뇌는 말은 도저히 낯이 뜨거워 뱉을 수가 없었다.

"조, 좋아해……?"

"……그렇다고 했잖아. 내 간데이. 좀 이따 올게!"

현태는 들고 왔던 것들을 재빨리 챙겨 집으로 후다닥 뛰어갔다. 혼자 남은 그녀는 멀뚱히 그의 말을 되새김질했다. 꼭 변한 것처럼 행동하더니, 사람 오해하게 만들더니 아니란다. 좋아한단다. 처음 꽃을 건네주던 날처럼 새빨개진 얼굴로.

"뭐야……."

지은은 그 자리에서 앞으로 엎어졌다. 손으로 가리고 있는 얼굴이 움찔거리는 걸 보니 분명 웃고 있었다. 역시나 여자는 알다가도 모르는 존재였다. 지은은 더더욱 그랬다.

약속대로 현태가 찾아왔다. 비록 '좀 이따가'에서 한참이나 지난 저녁 시간이었지만 말이다. 대문 밖에서 기다리고 있던 현태는 등 뒤에 무언가 숨기고 있었다. 바로 어른 손바닥만 한 작은 케이크였다. 그러고 보니 지은의 생일이 한참이나 지났었다.

그가 건네는 진짜 케이크엔 길고 짧은 초가 꽂혀 있었고 불까지 붙어 있었다. 올해는 사이가 어색하기도 했고 그냥 지나치나 싶어 섭섭했는데, 역시 현태 같은 남자아이는 어디에도 없었다.

그녀는 먹을 수 없는 눈 케이크라도 충분했지만 먹을 수 있는 진짜 케이크가 좋긴 더 좋았던 건지 얼굴엔 함박웃음이 떠나질 않았다. 현태도 그녀가 웃으니 함께 웃었다. 참 오랜만에 마주 보며 웃은 것 같다.

비보는 갑자기 날아들었다. 그 날은 지은이 할머니와 교복을 함께 사러 가기로 한 날이었지만 전날 밤새 끙끙 앓던 할머니를 생각해 혼자 갈 생각이었다. 간 김에 할머니에게 줄 약도 사 오고 말이다.

하지만 아침에 일어나니 할머니는 그새 또 일을 나간 건지 방에 보이질 않았다. 괜찮아서 나가신 건가 지레짐작하던 지은은 대수롭지 않게 여겼다.

날씨도 좋았다. 길가의 꽝꽝 언 눈도 오늘이면 녹을 것 같았다. 그러면 할머니 찾으러 가 봐야지. 앞마당에 쏟아지는 햇빛을 보며 그녀는 웃었다. 그리고 점심시간이 되기 전 현태의 엄마가 바삐 집으로 찾아왔다.

"지은아! 지은이 없나! 나와 봐라, 빨리!"

방에 누우면 창가로 따뜻한 햇볕이 들어와 낮잠 자기 딱 좋았다. 설핏 잠이 들었던 지은이 요란한 소리에 벌떡 몸을 일으켜 방을 나갔다.

"뭐하는데 불러도 대답이 없노!"

"안녕하세요."

"빨리 나온나, 빨리! 너거 엄마한테도 전화하고!"

아줌마는 진정하지 못하고 안절부절못했다. 얼이 빠진 지은이 멍하게 있자 아줌마는 그녀의 손을 잡아끌었다. 신발도 신지 못하고 바닥에 발이 닿자 차가운 기운에 등이 찌르르 떨렸다.

"너거 할매 죽는다! 피 철철 흘려가 방금 병원에 실려 갔단 말이다!"

무슨 병이 있던 것도 아니었다. 젊기도 젊었는데 지은의 할머니는 하루아침에 세상을 떠나고 말았다. 몸이 좋지 않아 다른 날보다 빨리 집으로 돌아오고 있었다고 했다. 좁은 비포장길은 음지라 다른 곳보다 눈이 녹는 속도가 더뎠다. 그 좁은 길에 1톤 트럭이 할머니 뒤를 쫓아가다 그만 눈이 언 빙판길에 바퀴가 미끄러졌다. 가로 차를 피해 걸어가던 할머니는 미처 피할 틈도 없이 트럭에 치여 병원으로 이송 중 숨지고 말았다.

지은은 집을 나서기 전 집전화로 엄마에게 전화를 걸었다. 서울이라고는 들었지만 여기까지 얼마나 걸릴지 몰라 그녀는 초조했다. 아줌마를 따라간 병원에서 지은이 할 수 있는 일은 아무것도 없었다. 그저 할머니의 성함이 무엇인지, 나이는 몇인지, 주소는 어디인지를 간호사가 묻는 대로 답할 뿐이었다.

손을 달달달 떨며 병원 로비에서 언제 올지 모를 엄마를 기다렸다. 아줌마도 언제까지 이곳에 있을 수만은 없어 먼저 돌아간 상태였다. 이제 곧 저녁시간이다. 점심도 굶은 그녀였지만 허기가 느껴지진 않았다. 불안과 초조가 뒤섞인 감정에 구토가 밀려오는 것 같았다.

엄마는 전화를 건 지 7시간 만에 모습을 드러냈다. 지은의 아빠는 없었다. 오랜만에 본 얼굴을 반갑게 마주할 정신이 없었다. 엄마를 보자 긴장이 풀려 엉엉 울어 버렸으니 말이다.

"어, 엄마…… 할머니가, 할머니가……"

"뚝 그쳐. 울지 마."

"할머니…… . 흐, 흐윽…… ."

안겨서 우는 지은의 등을 몇 번 토닥인 엄마가 잠시 기다리라는 말을 하곤 사라졌다. 의사를 만나기 위해서였다. 그렇게 지은은 또 혼자 남겨져 슬피 울었다.

장례식을 치르는 동안에도 지은은 아빠의 얼굴을 볼 수 없었다. 엄마에게 물어봤지만 바쁘다는 말만 했다. 화장기 없는 엄마의 얼굴이 지은은 낯설게만 느껴졌다.

3일 동안 처러진 간소한 장례식엔 마을 사람들이 다녀갔다. 그동안 어디서 보내온 것인지 화환도 몇 개 도착했지만 누가 보내온 것인지 지은은 알지 못했다. 그녀의 엄마는 침통한 얼굴이 아니었다. 무척 피곤해 보이는 얼굴이긴 했지만 지은이처럼 울진 않았다.

"서울로 돌아갈 준비해."

장례식을 모두 치르고 지은의 엄마는 그렇게 말했다. 할머니가 돌아가셨으니 당연한 얘기겠지만 갑작스런 통보에 지은은 당황스러웠다.

"……여기서 학교 다니면…… ."

"무슨 말도 안 되는 소리 하는 거야? 어서 먼저 가서 짐 싸."

엄마의 기분을 거스르고 싶진 않았다. 그렇다고 당장 따라나서려니, 발목을 붙잡는 것들이 너무 많았다. 이제야 마음을 터놓고 웃을 수 있는 친구, 계절을 선명히 보여 주는 뒷산, 학교 앞 낡은 문방구, 익숙해진 길목.

그중 제일 마음에 걸리는 것은 현태였다. 다시 호소하듯 지은이 그렁그렁한 눈으로 바라보았지만 그녀의 엄마는 먼저 등을 돌렸다.

짐을 싸는 내내 마르지 않는 눈물 때문에 몇 번이나 손등으로 눈을 비볐다. 흐릿한 시야에 담던 옷들이 제대로 담기지 않아 결국 바닥에 내팽개치며 그녀는 무릎에 얼굴을 묻었다. 돌아가길 간절히 바랐었는데, 두고 가는 모든 것들에 미련이 남았다. 챙기던 짐은 일단 내버려 두고 지은이 자리를 박차고 일어나 집을 나섰다.

추운 날씨에도 불구하고 티셔츠만 달랑 걸친 지은이 현태 집 대문 너머로 애타게 그를 불렀다.

"현태야! 이현태! 현태야!"

발을 동동 구르며 그가 나오길 기다렸지만 끝내 현태는 모습을 보이지 않았다. 하는 수 없이 그를 찾아 나서기로 한 지은이 사나운 겨울바람을 가르며 골목길을 내달렸다. 어디 있는지 모르면서도 그녀는 한참 동네를 헤매고 다녔다.

골목길을 벗어나 냇가가 얼어붙은 다리를 건너려고 할 때였다. 두리번거리며 달려가던 지은이 저만치 앞에서 자전거를 타고 오는 현태를 발견하고 자리에 멈춰 섰다.

"이현태!"

가쁜 숨을 고르는 지은을 발견한 현태가 다급히 자전거를 몰고 앞에 섰다.

"니 추운데 왜 그러고 있노?"

코와 손이 빨간 지은에게 현태는 얼른 점퍼를 벗어 주었다. 괜찮나? 이렇게 다시 한 번 묻던 현태가 그녀의 얼굴을 확인했다. 눈가엔 아직 눈물이 마르지 않았다. 할머니가 돌아가셨다고 들었는데, 많이 힘든 모양이다 하고 그는 괜히 모른 체했다.

"이현태……. 나 자전거 태워 줘."

"집까지?"

"아니. 아무 데나 가자."

"안 춥나?"

"괜찮아. ……나 할 말 있거든."

"뭔데?"

"……."

눈도 마주치지 못하고 땅만 쳐다보는 지은에게서 불길한 예감이 들었다. 궁금하기도 하고 자전거를 타면 추우니 현태는 지은의 손을 붙잡고 다리 아래로 향했다.

"저기 앉아서 얘기하자."

현태가 앙상한 느티나무 아래에 있는 넓적한 바위를 가리켰다. 그녀가 넘어지지 않도록 손을 꼭 붙잡고 조심히 다리 아래로 내려가 꽁꽁 언 냇가를 건넜다. 지은이 앉을 수 있도록 눈이 내려앉은 바위 위를 맨손으로 툭툭 털어 내다가 지은이 그럴 필요 없다며 고개를 저었다. 느긋하게 앉아서 얘기할 것도 아니었고, 엄마가 언제 올지도 모르니 말이다.

"뭔데. 무슨 얘긴데?"

그가 재촉했지만 지은은 늘어진 점퍼 끝자락만 만지작거렸다. 쉽게 말이 나오지가 않았다. 헤어지긴 싫은데 헤어져야만 했다. 현태를 찾으러 돌아다니면서 순정이나 다른 친구들과 헤어지는 상상을 했었다. 그땐 이렇게 슬프지 않았다.

"……너 나 계속 좋아할 거야?"

"뭐, 뭐, 왜……."

"좋아할 거야, 말 거야."

대뜸 저렇게 물으면 당연히 그렇다고 얘기할 수밖에 없지 않은가. 물론 사실도 그렇고.

"조, 좋아한다……. 왜 그러는데? 아직 화났나? 미안하다고 했잖아……."

파들파들 떠는 그녀가 그는 안쓰러워 견딜 수가 없었다. 일단 집에 가자고 할까? 가서 옷이라도 다시 챙겨 입고 얘기하면 될 텐데.

그 때 지은의 눈에서 얼음알갱이 같은 굵직한 눈물이 뚝뚝 떨어졌다. 또다시 당황해 버린 현태가 그녀의 눈물을 서투른 손으로 급히 닦아 주었다.

"왜 우노? 왜? 울지 마라……."

"이현태……. 나 서울로 돌아가……. 우리, 오늘이 마지막이야……."

눈물을 닦아 주던 손길이 멈추고 떨어졌다. 현태는 아무 말도, 아무것도 할 수가 없었다. 울지 말라고 위로는 해 주고 싶은데 지은의 말이 꽤 충격이었다.

"나 돌아간다고, 이현태……. 이제 얼굴도 못 본단 말이야!"

"……."

"너 그래도 나 좋아할 거야? 아니지? 내가 돌아가면 넌 싹 다 잊을 거지!"

"……."

"말 좀 해, 이 멍청아! 나 너한테 제일 먼저 말하는 거란 말이야! 오늘 간다고, 오늘!"

발을 세게 구르며 그녀는 소리쳤다. 그런데도 현태는 끔뻑끔뻑 눈만 깜빡였다. 지금까지의 기억들이 순식간에 머리를 스치고 지나갔다. 그는 굳게 믿고 있었다. 앞으로 만들어 갈 추억과 기억들에 그녀도 함께할 거라고. 그런 현태가 지은의 갑작스런 통보에 충격에 빠지는 건 당연한 일이었다. 하지만 말없는 그를 보고 지은은 그것이 대답이라 생각한 모양이었다.

여기 있을 땐 좋다고 하더니 떠난다니 붙잡진 않는 행동에 그녀가 크게 상심하고 뒤를 돌았다. 점퍼도 바닥에 아무렇게나 내던지자 현태가 지은의 팔을 붙잡았다.

"자, 잠깐만!"

"놔! 나도 너 다 잊을 거야! 집에 가는 도중에 다 잊을 거야!"

"아니! 잠깐만 신지은!"

"왜! 우리 이제 못 봐! 못 본다고!"

TV에서 볼 때엔 여자가 이렇게 울면 안아서 달래 주었던 걸 현태는 떠올렸다. 굳이 따라하지 않아도 지은은 안아 주고 싶을 만큼 슬퍼 보였다. 현태가 안아 오자 그녀는 겨울 냄새가 나는 품 안에서 펑펑 울기 시작했다.

"나 가기 싫어⋯⋯. 여기서 계속 살고 싶어⋯⋯."

"⋯⋯나도."

"너⋯⋯ 나 잊으면 안 돼. 알았지? 절대로⋯⋯ 절대로 잊지 마⋯⋯."

"안 그런다."

"너도 너 안 잊을 거야⋯⋯. 정말이야. 우리⋯⋯ 우리 나중에 커서도 꼭 만나자. 응?"

"그래⋯⋯. 안 잊을게. 우리 꼭 다시 만나자."

"정말 약속했어? 진짜야. 10년이든 20년이든, 우리⋯⋯ 다시 만나자⋯⋯."

덩달아 목이 메는 기분에 현태는 고개를 끄덕거렸다.

눈이 내린다. 안 되는데. 지은이 추운데.

하늘을 올려다보며 현태는 눈썹을 축 늘어뜨렸다. 그 때 차가운 두 손이 그의 뺨에 눈처럼 닿았다. 그녀가 그의 뺨을 감싸고 입을 살포시 맞춰 왔다. 어떠한 움직임도 없이 가만히 입술만 마주 대고 있는 것뿐인데 지은도 현태도 가슴이 거세게 뛰었다.

잊지 않을게. 굳은 약속이 서로의 마음속에 울려 퍼졌다.

서투른 설렘을 간직한 14살, 그들의 마지막 겨울이었다.

✳

뜬금없이 성하가 말했다.

"사장 형님, 그거 불륜 아닌가?"

"……뭐 인마?"

점심으로 가까운 카페에서 파는 샌드위치를 한입 베어 물려던 현태는 앞뒤 다 잘라먹은 성하의 말을 용케도 바로 알아들었다.

"어디 유부녀 만나고 다니냐? 안 먹을 거면 내려놓고 일이나해."

모른 척해 보지만 성하는 커피를 한 모금 홀짝이며 계속해그를 주시했다.

"그냥 동창이 아니던데? 귀여운 애칭도 있고. 형님 옛날에지방에 사셨어요? 난 완전 속았네. 서울 남자 행세하기에 깜빡속았지 뭐야."

"……혹시나 해서 말하는데 어디 가서 오해할 소리는 하지마."

"촌 남자가 어때서? 촌뜨기라고는 안 할게요."

"지은이 얘기 말이야."

"남들이 들으면 오해할 만한 사이예요? 진짜로?"

긴가민가하던 성하가 조금은 황당한 얼굴로 되물었다. 어디말할 곳도 그럴 생각도 없었지만 현태의 얼굴을 보니 골려 주고싶던 마음도 싹 가셨다.

만일 그들의 사이가 보통 동창 사이가 아니라면 분명 사회에이슈가 될 만했다. 그도 그럴 것이, 상대가 약혼식 하나로도 온세상을 떠들썩하게 만들었던 장본인 아닌가. 대기업 대표의 장차 안사람 될 사람이 바람이라니, 불륜이라니. 어떤 식으로든 현태와 지은이 매장당하기 충분했다.

처음 지은이 찾아온 날은 얼떨결에 그냥 별일이라 생각하며 대수롭지 않게 넘겼다. 그 후로 종종 들뜬 얼굴로 찾아오는 지은을 보며, 그녀가 오기로 한 날이면 어김없이 가게 앞을 서성이며 오매불망 기다리는 현태를 보며 느꼈다. 위험할 거라고.

"사장 형님, 난 형님이 분별력 없고 그렇게 비도덕적인 사람은 아니라고 생각해요. 절대. 그런데 내가 착각하는 거라면 죄송하지만…… 아니죠? 그분이랑, 훤히 약혼식까지 했고 결혼까지 할 여자랑 뭐 그런 거 아니죠? 내가 말해 볼게요! 단순히 첫사랑이에요. 너무 오랜만에 만나서 잠시 옛날 감정이 밀려와서 그런 거지. 그죠? 나도 남자니까 이해해요. 남자에게 첫사랑, 완전 못 잊죠! 플로리스트처럼 말하자면 첫사랑은 꽃 같달까? 아련하게 피어오르는 향기처럼 그때 그 상대를 만나서 잠시 추억이 피어오른 거라고요. 시들면 없어져요. 끝! 첫사랑은 가슴에 묻어 두란 말이……."

"고성하."

"아, 나 진짜 어이없어질라고 한다고요! 그러다 고소당하고 싶어요?"

"세상에 얼마나 많은 종류의 꽃과 얼마나 많은 수의 꽃이 있다고 생각하냐?"

"그야 셀 수도 없겠죠. 사방 천지에 널린 게 꽃인데. 아니, 하던 얘기나……."

"그래. 세상 천지에 사방이 꽃이고 세려면 끝도 없지. 그 꽃

들이 한 번에 모두 시들 가능성은?'

"미쳤어요?"

"그렇지? 충고는 고맙지만, 사람이 언제나 머리로 생각하면서 살 수는 없잖아. 애, 어른 할 것 없이 사랑 앞에서는 모두 그렇지 않아?"

막힘없이 이야기하고 있었지만 표정은 지금 마시는 커피처럼 씁쓸했다. 분명 자신도 고민하고 있었던 문제였다. 아무리 정략혼이라고 해도 그녀는 분명 한 남자의 여자로 낙인이 찍혀 있었다.

그런 여자를 사랑한다는 것, 그런 여자와 사랑을 한다는 건 아무리 좋게 포장하고 꾸며 봐도 '불륜', 이 추접한 단어로밖에 묶이지 않았다. 자신들은 그렇지 않다고 부정하지만 결국엔 주위에서 그렇게 몰고 갈 것이다.

난 그때 그런 주위로부터 그녀를 지켜 낼 수 있을까? 수많은 손가락질과 질타, 비난, 날카로운 화살들로부터 그녀를 온전히 지켜 낼 수 있을까?

우는 모습은 보고 싶지 않다. 그 눈물을 볼 때면 흐르는 눈물이 내 가슴에 차곡차곡 쌓여 답답함을 느낀다. 가슴이 아프다. 짓이겨 오는 가슴을 어찌할 수가 없다.

살 수가 없다. 그녀가 아파하면. 견딜 수가 없다. 그녀가 슬퍼하면.

한순간의 감정 따위가 아니다. 아주 오래전부터, 세월이 지나 이제는 사회에 섞여 살아가는 어른이라도 마음만은 그 어린 날의 감정을 그대로 느끼고 있다.

"정말 사랑인 거예요? 몇 년 만에 만나서 그렇게 빨리?"

믿지 못할 거라는 걸 알고 있었다. 스스로도 황당할 만큼 감정을 키워 가는 마음을 주체할 수가 없었다. 향수를 일으키는 그때의 추억은 변하지 않은 지은을 보며 어른스럽게 변했다.

이 마음을 다른 말로 표현할 수 있는가? 사랑이 아니라면 무엇일까.

"그래. 분명히."

그 대답에선 한 치의 흔들림도 없었다. 뭔가 망설이는 기운이라도 보여야 성하가 더 밀어붙일 텐데 김빠지는 일이 아닐 수 없었다. 눈에 콩깍지가 씐 사람을 두고 백날 천 날 이야기해 봤자 헛수고라는 걸 알고 있지만 그래도 납득이 가지 않았다.

"아니, 눈앞에 장애물이 뻔히 보이는데 간다는 건 무슨 생각이에요? 왜 하필! 똑똑한 형님이 왜 이래? 있죠, 불륜인 사람들이 왜 그렇게 없으면 죽을 것처럼 구는지 알아요? 깰 수 없는 벽과 넘을 수 없는 장애물들이 불륜이라는 이름 앞에 가로막혀서 자기들의 사랑, 아, 그게 과연 사랑인지 뭔지 암튼 더 절실하게 느끼게 한대요. 그래서 불륜은 착각이라고 하죠. 사랑이 아니라는 거예요. 분명 형님은 첫사랑의 재회라는 아름다워 보일 수도 있는 배경이 깔려 있지만, 아닌 건 아니라고요."

반박할 수도 없는 따끔한 지적이었다. 청산유수 말을 뱉어 내는 성하를 보며 감탄도, 허탈함도, 화도, 더해 배신감까지 느껴 버린 현태였다. 부정할 수 없는 현실이라.

"당신, 지금 누구한테 하는 말이야?"

날카로운 말투처럼 구두 소리와 함께 지은이 매서운 눈으로 등장했다. 놀란 건 성하도 물론이거니와 연락도 없이 찾아온 그녀가 반갑기도 한 현태였지만 지금 상황으로 봐서는 딱히 그렇지만도 않았다.

우울한 기분에 현태에게 달려온 그녀도 지금 상황이 썩 맘에 들진 않았다. 가게 앞에서 들어가기 망설여져 얼떨결에 이야기를 훔쳐 들은 꼴이 되어 버렸다. 빨간 클러치 백을 옆구리에 끼고서 하얀 원피스를 입고 나타난 천사 같은 지은은 독기를 품고 있었다.

"지은아."

이대로 그녀가 성하에게 걸어가게 내버려 둔다면 저 새빨간 클러치 백에 성하의 뺨은 똑같이 물들 것 같았다. 자리에 일어나 팔을 붙잡아 보지만 그녀는 한 곳에 시선을 두고 있었다.

"다시 한 번 말해 봐. 밖에 있느라 제대로 못 들었거든?"

성하가 몇 번 훔쳐본 바로는 웃는 얼굴이 정말로 예뻤던 것 같다. 하지만 지금 자신을 향해 표독한 눈을 뜨고 있는 그녀는 항상 재주 좋게 상황을 모면하는 그를 긴장케 했다.

"불륜? 착각?"

지은은 불안했다. 물론 앞으로의 일에 대한 불안도 어느 정도 있었지만 무엇보다 그녀를 불안하게 만든 것은 현태였다. 혹시나 그가 못 견뎌 떠나 버릴까 봐. 현실의 벽에 부딪혀 쉼표 대신 마침표로 변해 버릴까 봐. 정상적이지 않다, 이 사랑은. 그럼에도 이토록 원하는 이유는 사랑이기 때문이다.

"지은아."

어깨를 잡은 그의 손으로 가느다란 떨림이 전해져 왔다.

"연락도 없이 무슨 일이야? 응?"

어떻게든 관심을 돌려 보려고 눈을 마주했지만 어느새 반짝거리던 지은의 눈가는 파르르 떨려 왔다. 그 모습에 현태는 성하에게 눈치를 주며 자리를 피하라는 신호를 보냈다. 쭈뼛거리며 일어서는 성하를 향해 지은은 소리를 내질렀다.

"다시 그딴 말 현태한테 지껄이면 가만 안 둬!"

무슨 일이 있었던 걸까. 까칠하고 기분파이긴 했었지만 오늘의 그녀는 조금 이상했다. 살포시 안자 고성을 쳤던 것치곤 아무런 저항도 없었다. 등을 토닥이자 조금씩 훌쩍이는 소리가 들려왔다.

"성하야, 오늘 배달할 거 있지? 지금 하고 와."

"……네."

기가 죽을 만도 했던 성하는 오히려 자기가 더 화가 난 표정이었다. 차 키를 들고 그가 사라지자 현태는 몸을 숙여 지은의 얼굴을 살피려 했지만 그녀는 몸을 틀어 등을 보였다.

"……미안해. 가 볼게."

이를 악물고 눈물을 참아 보지만 눈을 깜빡일 때마다 뚝뚝 떨어졌다.

높은 구두를 아슬아슬하게 지탱한 발로 몇 걸음 옮겼을까. 그대로 보낼 현태가 아니었다. 앞서 뛰어가 울고 있는 지은을 막아섰다.

"무슨 일이야?"

눈빛만 봐도 알 수 있다, 이런 이론은 충분히 무리가 있었다. 하지만 아무리 그녀가 그를 멍청이라고 부르지만 마음을 품고 있는 사람의 표정도 읽지 못할 만큼 바보는 아니었다.

처음엔 성하의 얘기를 듣고 화가 난 줄 알았다. 그녀라면 아무리 마음이 상하더라도 "너나 잘하시지?"라고 콧방귀를 뀌며 비웃어 넘겼을 테다.

"할 말 있어서 온 거 아냐?"

"아니야."

"그럼 그냥 보고 싶어서 온 거야?"

"……."

"그럼 왜 그냥 간다고 하냐? 들어가자."

일단 지은의 상한 마음을 풀어 주는 게 급선무였다. 다정한 말투, 눈빛. 예나 지금이나 그의 모든 것은 그녀에게서 비롯된 것이고, 국한되며, 사로잡혀 있었다.

어르고 달래어 앉혀 놓은 것까지는 좋았다. 가져온 허브티에 손도 대지 않고, 눈도 마주하지 않고, 말도 하지 않아 문제였지만. 간간이 찾아오는 손님들을 맞이할 때에도 그의 신경은 온통 입구를 등지고 앉아 있는 지은에게로 쏠렸다. 말을 걸어도 묵묵부답.

진땀을 빼던 현태가 조금은 지친 기색으로 웃으며 작게 한숨을 내쉬었다. 그때서야 지은은 그를 바라보았다.

짜증나겠지? 엄청 짜증날 거야.

한숨을 내쉬던 그가 신경이 쓰여 다시금 기분이 우울해졌다. 엄연한 직장에 찾아와 그의 직원에게 소리나 지르고 울기나 하는 자신을 어떻게 생각할까 걱정이 되었다. 미안하기도 하고. 진상도 그런 진상이 없어. 조금만 참을걸…….

"지은아."

오늘따라 그의 입에서 불리는 이름이 애가 닳는다.

"아까 성하가 한 얘기는 신경 쓰지 마. 응? ……우리도 알고 있지만 말로 꺼내지 않을 뿐이지, 사실 많은 사람들이 그렇게 생각할 거야."

지은이 눈을 찌푸렸다.

"분명 무시할 수는 없어……. 하지만……."

"너도 그렇게 생각해?"

"……."

"그래?"

"……."

아니라고 할 줄 알았다. 누가 어떤 말을 지껄이든, 설사 본인이 그렇게 생각하고 있다고 하더라도. 불안해하지 않도록 그 다정한 말로, 눈빛으로 안심시켜 줄 거라고 믿었다.

"알았어."

자리를 박차고 일어나는 지은을 보며 당황한 현태도 얼른 따라 일어섰다.

"지은아!"

말이야 듣기 좋게 몇 번이고 해 줄 수 있었던 그였다. 하지만 정확히 현실을 직시할 줄도 알아야 된다고 생각했기 때문에 그녀의 물음에 대답해 주지 못했다. 지키고 싶기 때문에, 앞으로 얼마나 더 많은 날들을 함께할지 모르겠지만 그동안은 이 사랑을 자신의 품 안에서 지키고 싶기 때문에. 서로 맘속에 담아 두고 있는 문제를 이야기를 통해 합치고 싶었다.

분명히 잡아야 했다, 돌아서는 그녀를.

잡아 오는 손을 뿌리치며 그녀는 생각했다. 다시 한 번, 제발, 손을 잡아 줘.

"나…… 결혼해."

그들의 현실은 정말 가혹한 동화와도 같았다.

09

그를 시험에 들게 할 생각은 추호도 없었다. 이미 서로가 다시 만난 순간 둘은 시험에 들고 말았으니.

허공에 멈춰진 손을 보며 그녀는 지그시 눈을 감았다. 눈을 감아도 그가 선명하게 그려졌다. 헤어져 있던 시간이 훨씬 더 긴데도 그는 그 시간에 지지 않고 그녀의 맘에 간직되어 있었다.

이런 널 두고, 운명처럼 다시 만난 널 두고 다른 남자 곁으로 가는 날 상상할 수가 없어. 다른 남자와 결혼하는 내가, 그것마저 어쩔 수가 없어서…… 내 욕심으로 널 힘들게 할 걸 알면서도 놓아주지 못해.

"아무도 내 의견은 생각하지 않아. 내 입장도. 그 남잘 사랑하지 않아도 난 결혼을 해야 되고, 하지 않겠다고 해도 분명 하게 될 거야. ……바보 같아. 내 인생 하나 내 멋대로 살지 못하고 질질 끌려다니는 내가. 힘이라고는 없고, 그렇다고 날 도와줄 사람조차 없어서, 하라는 대로 살았어. 그냥 이대로 사는 것도 괜찮지 않을까, 걱정 없이 좋은 집, 좋은 차, 좋은 옷들 입고 살면 그냥 이대로 산다고 해도 괜찮지 않을까, 너와 만날 수 없다면 그 누구와 만나 살든 같지 않을까……."

어렸을 때부터 그녀의 선택은 철저히 억압받고 있었다. '이렇게 해라, 저렇게 해라.' 판단력이 부족했던 어린 그녀는 부모님의 말씀이 모두 옳다고 생각했었다. 옳지 않다고 해도 그것을 믿어 의심치 않았다. 정해진 길로 때론 힘들게, 때론 외롭게 걸어갔다. 다 널 위해서란 말을 그땐 믿어 의심치 않았는데.

대화도 부족하고 강압적이기만 했던 부모님은 충분히 어려운 존재일 수밖에 없었다. 투정도 부리지 못하고 저를 위한 그들의 삶을 살았다. 세뇌당하고 길들여진 그녀의 삶을 바꾸기엔 너무 오랜 시간 스스로를 내버려 두고 있었다.

"부담스럽지? 뭐 이런 애가 다 있나 싶을 거야."

"……."

"우리, 그만할까? 그냥 우리 여기서, 없던 일처럼 그럴까?"

그녀를 버티고 서 있는 높은 구두굽이 위태로워 보였다. 말없는 그를 바라보고 있자니 온몸이 저릿할 만큼 아팠다. 손끝이 따끔거리고 턱 아래가 한파를 겪는 양 파들파들 떨렸다. 무섭다, 네가.

"겨울이야. 고작 세 달 정도 남았어."

어떡하면 좋을까. 도대체 뭘 어떡해야 하는 걸까. 무슨 생각을 하는지, 무슨 말을 해 올지 전혀 상상이 되지 않았다.

발치만 내려다보며 생각에 잠긴 현태를 보며 마른 입술을 몇 번이나 축였다. 끝내자고 한다면 그럴 수밖에 없다. 이제라도 그만하자고 한다면, 그럴 수밖에 없었다. 하지만 왠지 두 번의 이별은 버티기 힘들 것 같았다.

"지은아."

"……."

"사실 내가 잘하고 있는 건지 모르겠어. 넌 좋든 싫든 그 결혼을 하게 될 거고, 모든 사람들에게 넌 그 남자의 아내가 되는 거고……. 내가 과연 그 뒤에서 너와 있으면서 행복할까, 그렇게라도 행복하다면 괜찮은 걸까, 사실 그렇잖아. 우리가…… 떳떳할 수는 없을 거야."

눈도 마주치지 못하고 이리저리 시선 둘 곳을 찾는 그녀를 보며 현태는 한 발 내디뎠다.

이상하지. 신기해. 네가, 그리고 내가.

마음을 꺼내 보여 주고 싶은 심정이었다. 말로 표현하지 못할 감정들이 이렇게나 많은데.

"네가 행복하길 바랐어. 언제든 어디서든 누구에게서든."

어릴 적 엇비슷하던 손은 이제 그의 손에 잡혀 보이지 않을 만큼 작았다. 마른 나뭇가지처럼 뻣뻣하던 손이 그의 온기에 조금은 풀려 갔다. 몇 번이고 그녀의 손을 만지작거렸다. 손가락 하나하나, 마디 하나하나를 엄지손가락으로 쓸어내리듯 쓰다듬는 손길이 조심스러웠다.

지은은 또다시 왈칵 눈물이 날 것 같았다. 손길 하나에도 무언가 보상받는 기분이었다. 보듬어 주는 손을 지은도 어설프게나마 따라가려 애썼다.

"행복하자, 지은아."

그 손을 그대로 끌어당겨 품에 안은 현태가 그녀의 머리를 가볍게 쓰다듬으며 입을 맞췄다.

"네가 내 곁에서 행복하다면, 난 그것만 생각할게. 다른 거 다 접어 두고 네가 행복하다면 네 옆에서 내가 노력할게. 네가 행복할 수 있게."

"……넌. 넌, 행복할 수 있어?"

그의 옷을 움켜쥐는 지은의 손은 점점 힘이 더해졌다. 지금 흐르는 눈물이 이 옷에 젖어 들어 조금이라도 진심을 알아주길 바랐다. 현태는 그녀의 어깨를 꼭 끌어안았다.

"네가 다시 사라지는 것보단 행복할 거야. 네가 슬퍼하면 나도 슬프고, 기뻐하면 기쁘고, 행복하면 행복해. 난 그래, 여전히."

그의 대답에 품 안에서 작게 중얼거리는 그녀의 목소리는 울음이 섞여 있었지만 웃는 것도 같았다.

✱

호성그룹의 주가가 눈에 띄게 상승했다. 약혼 전까지만 해도 암암리에 퍼지는 소문을 믿지 못하던 사람들이 약혼 발표를 한 뒤엔 너 나 할 것 없이 호성의 주식을 사들였다.

그럴수록 웃음이 사라질 날이 없는 신 회장을 보며 재윤은 조용히 비웃었다. 말마따나 딸은 어디 팔려 가는 것처럼 내내 죽상인데도 그 아비란 사람은 그저 좋다고 자신의 비위를 맞추는 꼴이라니. 고개를 절레절레 흔들던 재윤이 들춰 보던 서류를 덮고 일어섰다.

"호성 주가가 얼마나 올랐다고?"

"이제 막 20만 넘었습니다. 이번 년 1분기에 비하면 굉장하죠."

"쯧."

상당한 주가 상승이었지만 그는 영 성에 차지 않는 듯했다. 백만이 넘는 주가를 달리고 있는 시나그룹이 그런 호성을 인수 합병하는 것에 대한 이유는 충분했지만 과연 호성이 뜻대로 상승세를 계속 탈지도 의문이었다. 멍석이라도 깔아 주면 승승장구할 줄 알았더니. 꾸준한 상승세였지만 역시나 탐탁지 않았다.

재윤이 가진 호성의 지분은 현재 10퍼센트. 다른 주주들에 비해 많은 지분을 가지고 있었지만 이걸론 다른 투자자들을 안심시켜 줄 수는 없었던 모양이다.

잠시 고민하던 재윤이 재킷을 챙겨 들었다.

"호성 주식 좀 더 사들여. 주주가 확실해져야 그것들도 안심하고 움직이지."

"정말 합병이라도 하시려고요?"

비서가 열어 주는 문을 나서던 그는 짧게 웃었다.

"명색이 장인어른인데 어깨에 힘 좀 실어 줘야지. 그 후엔 신 회장 하기에 달렸지만."

그리고 그녀도.

엘리베이터에 올라타 재윤은 지은에게 전화를 걸었다. 그날 이후 좀처럼 연락이 되지 않아 화가 났지만 모두 어리석은 짓이 었다. 어차피 그녀는 다 잡은 물고기나 다름없었다.

— 네.

"오랜만이야. 바쁜가 봐?"

— 할 말이 뭐예요.

뭐가 아쉬워서 이런 여자나 쫓아다는 건지. 로비를 지나쳐 대 기하고 있는 차에 올라타면서도 그는 대답하지 않았다. 시트에 푹 몸을 묻은 후에야 나지막이 입을 열었다.

"점심이나 먹지. 데리러 갈 테니까 기다려."

— …….

"싫은가?"

— 싫다고 하면 안 올 거예요?

"아니. 난 먹자고 했지 네 의견을 물은 게 아냐. 결혼에 대해 서도 얘기할 것도 있으니 준비하고 기다려."

늘 그렇듯 할 말만 끝내고 전화를 끊은 재윤이 굳게 눈을 감 았다. 오랜만에 그녀를 만나러 가는 길은 항상 설레기보단 답답 한 기분이다. 그럼에도 만나고 싶은 건, 웃기지도 않는 일이다.

나이프가 접시를 가로지르는 소리만이 조용한 클래식 음악 사이로 흘렀다. 음식이 나온 지 30분이 지나도록 한 마디도 않고 고기만 썰던 지은이 포크를 내려놓으며 냅킨으로 입을 닦았다. 그 모습을 보던 재윤도 같이 포크를 내려놓았다.

　"같이 밥 먹는 사람 생각도 해 줘야 되지 않겠어?"

　"같이 앉아 있는 것만으로도 다행이라는 생각은 안 해 봐요?"

　반도 잘려 나가지 않은 스테이크에선 뻘건 육즙이 흘러나왔다. 표정 하나 변하지 않고 차가운 말을 뱉는 그녀는 시선 한 점도 주지 않았다. 냅킨을 내려놓는 순간까지 눈으로 그녀를 좇았지만 돌아오는 건 냉랭한 기운뿐이었다. 그러니까 더 괴롭히고 싶잖아. 그는 느릿하게 다리를 꼬았다.

　"결혼식은 언제가 좋겠어?"

　"이제 와서 생각해 주는 거예요?"

　"연말은 바빠. 빡빡하게 스케줄 조정하면 12월 초도 괜찮고."

　"언제부터 제 의견이 그렇게 중요했는지 모르겠네요. 알아서 해요."

　"언제라도 상관없다는 건가?"

　"그러니까 그게 저랑 무슨 상관……."

　"그만해."

　화가 났을 법도 한 그의 목소리는 그르렁거리듯 가라앉았다. 팔짱을 낀 채 의자에 기대앉은 그에게 드디어 그녀가 눈을 맞추었다.

"내가 너를 예뻐한다고 생각하나? 절대. 네가 나한테 화풀이 해도 소용없어. 없던 일이 되지도 않지."

"……."

"넌 그냥 얌전히 하란 대로 해. 아무것도 할 수 없다면."

아랫입술을 깨무는 지은을 보며 그는 조소를 흘리며 일어났다. 그리 독하지도 못한 여자다. 강하지도 못하고 약해 빠진 꼭두각시일 뿐이다.

널 탓해. 미련스러운 널 탓하고, 스스로 아무것도 할 수도 없는 너를. 이건 내 탓이 아니야.

"결혼까지예요."

아무 말 못 할 것 같던 지은이 자리에서 일어났다. 재윤은 지나치려던 걸음을 멈추었고, 그런 그를 지은이 지나쳐 걸어갔다.

"당신들이 원하는 대로 움직이는 건 거기까지예요. 난……."

"……."

"더 이상 이렇게 안 살아."

눈을 똑바로 쳐다보며 얘기하는 지은은 굳은 다짐을 했다. 최대한 할 수 있는 일은 하자. 결혼은 어쩔 수 없는 일인 건 알고 있다. 당장 아무 능력도 없는 내가 널 위해서 할 수 있는 일이란……. 그 후를 생각해야 했다. 널 위해서.

현태를 생각하니 더욱 그랬다. 보고 싶다. 내가 행복하면 행복하던 네가, 날 예뻐해 주는 네가, 날 따뜻하게 안아 주는 네가, 너무 보고 싶다.

지나치는 그녀에게 재윤은 한마디 톡 쏠 만도 했지만 가볍게 넘겼다. 사라지는 지은의 발자국 위를 지르밟으며 뒤를 따랐다.

"그래. 맘대로 해."

네 멋대로. 난 네가 그러지 못할 거라는 걸 알고 있어.

✳

플라워 숍은 지은이 다녀간 후 며칠 내내 어색한 기류가 맴돌았다. 일방적으로 성하가 그런 기운을 뿜어내고 있었지만 현태는 이유를 알기에 굳이 왜 그러느냐 콕 집어 묻지 않았다.

"성하야. 여기 좀 앉아 봐."

퇴근 전 스쿠터 헬멧을 집어 들던 성하를 의자에 앉혔다. 무슨 이야기를 할지 얼추 예상은 됐는지 성하는 군소리 없이 그가 가리킨 의자에 앉아 왜 그러세요, 하고 능청스럽게 말했다.

막상 불러다 앉혔는데도 현태는 쉽게 말이 나오질 않았다. 딱히 성하의 잘못이 아니기에 더 그랬다. 그렇다고 해서 네가 우릴 좀 이해해라, 이런 말도 웃기지 않은가.

"음, 성하야."

"저한테 무슨 죄지었어요? 뭘 눈치를 봐요, 자꾸."

"야. 눈치를 보는 게 아니라! 그, 지은이가 그때 한 말…… 너무 마음에 담고 있지 말라고. 걔가 말은 그렇게 해도 진심은 아니야. 너 그거 때문에 계속 기분이 별로인 것 같아서 내가 마음이 안 좋아. 내가 대신 사과할게. 미안하다. 응?"

어휴. 성하는 속으로 한숨을 삼켰다. 저 착한 형님. 그 누님한테 꽉 잡혀 살겠네. 안 봐도 훤하다, 훤해. 그는 들고 있던 헬멧을 테이블에 올려 두었다.

"저도 죄송해요. 사실 제가 이렇다 저렇다 할 입장은 아닌데…… 사정이 있겠죠. 두 분도 분명 사정이 있을 거예요. 저는 모르지만, 내가 아는 형님은 그럴 분 아니란 거 알아요. 며칠 동안 생각해 봤거든요? 아무리 생각해도 도무지 이해가……. 예, 사정이 있으신 거죠? 전 그렇게 생각하면서 이해하렵니다. 부자, 아니, 재벌들은 다 무슨 비리, 비밀 같은 거, 서민은 모르는, 뭐 그런 거 다 있잖아요? 두 분이 그렇게 만나시는 데에는 다 이유가 있겠죠. 아, 웃긴다. 솔직히 내가 이해한다 만다 하는 문제가 아닌데. 신경 쓰지 마세요. 저는 제가 꽉 막힌 사람이 아니라 생각했는데 그것도 아니었나 봐요. 아니, 아니. 저는 제 입장에서 최대한 형님 이해하려 노력 중이니까 변명이나 사실은 이렇다 하는 것도 말해 주실 필요 없어요. 그런 건 가족한테나……."

며칠 내내 제 일처럼 고민했던 건 사실이었다. 비록 내뱉은 말들은 횡설수설한 것 같지만. 성하는 입을 몇 번 뻐끔거리다 테이블에 철퍼덕 엎어져 헬멧 너머로 현태를 올려다보았다.

"……진짜 다시 생각해 볼 순 없어요?"

그의 마지막 만류에도 불구하고 현태는 작게 짓는 미소로 답할 뿐이었다. 그렇다면 성하도 더 이상 말은 않기로 했다. 어린애도 아니고 어련히 알아서 할까. 아, 그래도 진짜 위험하지 않나? 헬멧을 푹 눌러쓰며 일어나자 현태도 자리에서 일어났다.

"그래도 내가 성하 너 데리고 있었던 시간이 허송세월은 아니었나 보다."

"그럼 걱정이 되지 안 돼요? 아, 몰라요. 나중에 그 남자 쪽에서 한 어깨 하는 형님들 보내 가지고 꽃집 다 박살 내도 전 몰라요."

"그래, 그래. 네 월급은 꼭 챙겨 줄게."

"누가 월급 못 받을까 봐 그래요? 먼저 가요!"

"조심히 가. 수고했다."

말은 그렇게 해놓고 손까지 흔들고 나가는 성하를 보며 그도 손을 들어 인사를 건넸다.

밤이 짙은 도로로 스쿠터가 사라지자 순식간에 적막이 내려 앉았다. 이제 제법 밤바람이 쌀쌀해 열어 둔 문은 닫고 가게 안을 정리하던 현태가 손을 잠시 멈추고 휴대폰을 꺼내 들었다.

[날이 꽤 춥다. 오늘 뭐 했어? 난 이제 가게 마쳤어.]

메시지 전송을 하고 다시 남은 일을 하려는데 답장은 급하게도 도착했다.

[수고했어. 오늘 별거 없었어.]

음. 현태는 그녀의 메시지를 곱씹으며 무언가 불만이 가득해 보였다. 만나지 않는 날에 안부를 물으면 그녀는 항상 저렇게 별일이 없었다며 넘겼다. 딱히 대단한 하루 일과를 듣고 싶었던 건 아니었다. 뭘 먹었고, 뭘 했고, 그런 사소한 것이 궁금했다.

그러다 문득 자신에게 무언가를 숨기고 있는 건 아닐까 하는 생각이 들었다. 결혼식이 겨울이라고 했다. 이것저것 준비할 것도 일반인들보다 많을 것이다. 만약 그런 일들을 숨기는 거라면 어쩔 수 없는 거라고 매듭지었다.

그러다 또 든 생각은, 그런 준비들을 지은이 직접 뛰어다니며 해야 하는가, 하는 것이었다. 그도 그럴 것이, 상대는 아주 유명한 기업을 이끌고 있는 대단한 남자가 아니던가.

그렇다면 지은은 정말 오늘 하루 별일 없이 보낸 걸까. 자신을 만나지 않는 날은, 그녀는 무엇을 할까.

홀로 외로이 앉아 있는 그녀가 왠지 눈에 아른거렸다. 정말 별것 아닌 메시지 한 통에 생각이 부풀어 났다.

[전화해도 돼?]

뒷정리는 잠시 미뤄 두기로 하고 커피 한 잔을 내려 의자에 앉았다. 답장은 커피를 반이나 비울 동안 오지 않았다.

잠든 건가. 10시를 조금 넘긴 밤이었다.

그래도 전화를 해 볼까 하고 통화목록을 누를 때를 맞춰 지은이에게서 전화가 걸려왔다. 서둘러 반갑게 전화를 받자 그녀는 대뜸 물었다.

— 너 왜 전화 안 해?

"응? 아, 전화하라고 했어? 메시지가 안 와서 해도 되나 고민하고 있었는데."

멋대로 전화했다간 지은이 곤란한 상황에 처할까 현태가 먼저 그러자고 했었다. 연락을 주고받는 것에 내심 신경을 쓰고 있던 지은은 그에게 미안해하면서도 또한 고마워했다. 항상 저를 먼저 생각해 주는 마음이 한없이 고마운데, 전화 한 통에도 고민했을 그를 생각하면 가슴 한 구석이 아팠다.

— 바보야. 그럼 내가 거기에다 대고 바로 응, 전화해, 하면 좀 덜떨어져 보이잖아.

"덜떨어지긴. 네가 그렇게 말했으면 내가 곧장 전화했을걸? 그게 덜떨어져 보이는 거지."

— 넌 그냥 있어도 덜떨어진 것처럼 행동하거든?

"네 앞에서만 그러거든? 좋아서?"

— 뭐, 뭐래.

툴툴거리며 당황하는 그녀의 목소리가 귀엽다고 하면 또 뭐라고 쏘아 댈지 궁금했지만 현태는 웃는 것으로 만족했다. 지은은 잠시 말이 없더니 현태를 따라 가늘게 웃었다.

그녀의 웃음소리에 귓가가 간지럽다. 당장이라도 찾아가 얼굴을 보며 웃고 싶지만 그는 커피 한 모금으로 그 마음을 가라앉혔다. 며칠 동안 보지 못한 그리움이 그 커피 한 모금으로 진정될 리가 없었지만.

"우리, 언제 볼까?"

— 내일. 내일 보자, 현태야. 내가 가게로…… 아니.

아무 죄 없는 직원에게 괜한 화풀이를 했던 게 내내 마음에 걸렸었다. 어디서 볼까? 조심스러워진 말투에 현태는 보이지 않는 얼굴로 작게 웃었다.

"지은아. 성하, 우리 가게 일하는 애도 나쁜 애는 아냐. 걱정이 됐나 봐. 오늘 잘 얘기했어. 죄송하다고 하더라. 너무 신경 쓰지 마."

— ……아냐. 내가 그땐 갑자기 소릴 질러서. 내일 가서 사과할게.

현태의 주변인에게 나쁘게 보이고 싶진 않았다. 딱히 계기가 없었을 뿐이지 만난다면 사과를 해야겠다고는 생각하고 있었던 참이었다.

"지은이 철들었네? 사과하겠다는 말이 먼저 나오고?"

— 너 나 되게 못되게 말한다?

가벼운 대답을 하며 지은은 웃었다.

있지, 현태야. 네가 나 때문에 누군가에게 손가락질을 받고, 나쁜 소리 듣는 게 싫어. 내 자존심도 그렇게 대단한 게 아니었나 봐. 네 덕분에 내가 변해가. 그리고 앞으로도 변하겠지. 내가 네 옆에 있는 것만으로, 내 상황으로 널 힘들게 한다면, 난 변할 거야. 네게 부끄럽지 않도록.

— ……내일 가도 돼?

"당연하지. 뭘 그런 걸 물어. 말했잖아. 아무 때나 와도 돼. 너만 괜찮다면."

— 응. 고마워.

"아, 오늘 지은이가 적응 안 되게 왜 이럴까."

— 네 앞에서만 그러거든? 좋아서?

절 따라 말하는 지은이 오늘따라 확실히 이상한 구석이 있었지만 싫지 않았다. 아주 여우야, 여우.

"나도 좋아해."

— ……

"많이."

이렇게 좋은데도, 이렇게 가슴이 뛰는데도, 참 얄궂기도 하다. 왜 평범하지 못할까. 앞으로 힘들진 않을까. 나도 사람이기에 내 걱정을 아예 하지 않을 순 없지만 그보다, 네가 상처받지 않을까. 주위의 모든 것들로부터 나는 너를, 우리를 지킬 수 있을까.

지은아. 날이 갈수록 좋아지는 널 생각하면 가슴이 아프다.

— 나도. 나도…….

차마 말을 잇지 못하는 그녀의 목소리는 사랑스러웠다. 현태는 나지막이 알아, 하고 답했다. 아직 철이 덜 들었나? 그 모든 걱정도 네 목소리 하나에 날아가 그저 설레기만 한다.

하도 뛰어 대 뻐근할 지경인 가슴을 깊은 숨으로 달래며 그는 식어 가는 커피를 내려다보았다. 어쩌면 그들의 앞날처럼 불투명하기만 한 커피는 아직 잔잔했다.

10

해준은 마른침을 삼키며 넥타이를 만졌다. 후. 가슴이 오르내리는 게 보일 만큼 숨을 내쉰 그가 문을 두 번 두드리고 열었다.

"회장님."

해준의 부름에 묵직한 가죽 소파의 소음이 귀를 찢는 듯 들렸다. 퉁명한 시선이 닿았다. 신 회장이 손을 까딱거리자 해준은 무거운 걸음으로 곁으로 다가가 조금은 떨어진 곳에 자리해 앉았다.

"지은이는 요새 어떤가?"

앞에 놓인 신문을 펼쳐 들고 신 회장은 물었다. 그런 그가 해준은 퍽이나 불편했다.

"아가씨야 항상 잘 지내십니다. 그, 요즘 꽃꽂이도 배우고 계세요."

"꽃꽂이?"

"네. 곧잘 하십니다."

"그래?"

해준의 말에 신 회장의 퉁명한 말투나 표정이 조금은 피었다. 방석도 이런 가시방석이 없어. 해사하게 웃는 해준의 미소에 굳이 의심할 필요를 못 느낀 신 회장이 신문을 한 장 넘겼다.

"결혼에 대해서는 하나 신경 쓸 필요 없으니 지은이한테는 그렇게 신부 수업이라도 하면서 기다리라고 해. 꽃꽂이든 뭐든. 박 이사는 잘 만나는 것 같던가?"

"네. 얼마 전에도 함께 식사하셨습니다."

"그래. 지은이 그것도 싫다, 싫다 하면서 내심 그건 아니었나 보지."

맞장구라도 치고 싶었지만 목에 말이 턱 하고 걸려 도저히 나오질 않았다. 다만 짓고 있던 미소만은 흐트러지지 않도록 애쓸 뿐이었다.

"둘이 결혼만 하면 걱정 끝이지. 박 이사가 합병을 생각하고 있는 듯하니까 말이야. 그래, 남의 귀한 딸을 데려가는데 시나 정도는 가져와야지."

"……저기, 회장님."

듣는데 가관도 아니었다. 웬만하면 별말 않고 자리를 털고 일어나려 했지만 지은이 안쓰러워 견딜 수가 없었다.

"아가씨께서, 일이 너무 빨라 힘들어하시는 것 같습니다. 아무래도 결혼 때문에 요즘 신경도 날카로워지신 것 같고……. 조금 천천히 시간을 두시고 진행하는 것이 어떨까요?"

"그게 무슨 소리야? 이 기사, 신문도 안 보고 사나? 우리 주가 못 봤어? 몸집 불리는 건 금방이야. 지은이가 박 이사랑 결혼하고 나면 얘기 끝이라고. 알아들었어? 혹시라도 지은이가 허튼 생각이라도 하면 이 기사가 옆에서 잘 구슬려. 그래야 이 기사도 앞날이 편안할 거야."

"……예."

"지은이 몸조심, 행동조심, 아무튼 결혼식까지 처신 잘하도록 옆에서 잘 지켜보게. 나가 봐."

말이 떨어지자마자 해준은 서둘러 인사를 건네고 회장실을 빠져나왔다. 그의 눈썹은 보기 드물게 구겨져 있었다. 저의 말에 결혼이 미뤄지는 건 꿈도 안 꿨지만 최소한 그녀에게 미안한 기색은 보일 수도 있었을 텐데 말이다. 하긴 그런 사람이었다면 이런 결혼은 시작조차 하지 않았을 테다.

겨우 6년을 곁에 있는 남인 저도 지은이 안쓰러운데, 아비란 사람은 그저 물욕에 눈이 멀어 저러고 있다니. 현태를 만날 적마다 본 적 없는 얼굴로 웃던 지은이 떠올라 해준은 낮게 한숨을 내쉬었다.

다행히 신 회장은 지은의 행적을 아직 모르는 듯해 보였다. 미리 둘러대기라도 해 놔야지 나중에 그 꽃집을 드나들었다는 걸 들켜도 뭐라 변명거리가 될 수 있었다. 사실 제 발 저려 말이 튀어나온 거지만 참 잘했다고 해준은 스스로 칭찬하며 지은에게 가는 걸음을 빨리했다.

*

"아가씨. 이현태 씨, 꽃꽂이도 할 줄 알까요?"

"꽃꽂이? 플로리스트니까 그렇겠지. 왜?"

"그렇죠? 아, 약혼식 때 플라워 디자인 하는 거 보니까 되게 잘하실 것 같아요."

"왜 그러냐고. 꽃꽂이 배우고 싶어?"

"설마요. 아가씨, 좀 배우시면 안 될까요?"

룸 미러 너머로 힐끗거리는 해준의 눈빛이 새삼 간절하기까지 했다. 뭐래. 툭 내던지는 지은의 한 마디에 그의 눈썹이 축 내려앉았다.

"그, 꽃꽂이 같이 하시면서 얘기도 하시고 하시면 좋잖아요. 아가씨는 고상한 취미 배워서 좋고, 이현태 씨는 그런 아가씨 보면 더 좋고. 취미를 공유하는, 이현태 씨는 취미가 아니지만 음, 관심사가 같으면 사이가 더 돈독해지는 뭐 그런 거요. 그리고 지금보다 훨씬 덜 눈치 보면서 숍에 갈 수도 있고. 어떠세요? 사실 회장님께도 아가씨 꽃꽂이 배우시러 다닌다고 이미 말씀드렸어요. 별말 안 하셨으니까 걱정 마세요."

"……그래?"

"그럼요! 배우실래요? 이현태 씨한테 제가 부탁드려 볼게요."

"그런 것까지 네가 부탁을 왜 해?"

나도 입 있어. 새침한 그녀의 대답은 조금 들떠 보였다. 해준도 손가락을 까딱거리며 핸들을 부드럽게 고쳐 잡았다.

그런데 이렇게 두 사람을 밀어 줘도 되는 건가. 그는 자신의 감정적인 성격이 맘에 걸렸다. 훗날 두 사람의 사이가 알려지기라도 한다면 저도 저였지만 두 사람이 어떻게 될지 걱정이 안 될 수가 없었다.

하지만 저렇게 예쁘게 웃을 수도 있다는 걸 보고 느낀 이상 어떻게 만나지 말라고 할 수 있을까.

꽃을 사이에 두고 앉아 있는 두 사람은 해준의 상상 속에서 꽤 보기 좋았다. 이현태 씨와 함께 꽃꽂이를 하는 아가씨라.

"정말 아름다우실 거예요."

포근한 그의 목소리에 지은은 그에게 달려가는 길이 설레도록 조급해졌다.

"빨리 가자, 해준아."

해준은 꽃집 근처에서 내린 지은에게 전화하라는 말을 남기고 다시 차에 올라타 사라졌다. 그녀는 숨을 깊게 들이쉬었다. 벌써 어렴풋하게 겨울이 다가오는 냄새가 나는 것 같았다.

그 겨울이 생각날 때마다 얼마나 그리웠던가. 보지 못해, 연락이 닿지 않아 애가 닳던 날이 거짓말 같았다. 이제 몇 걸음만 걸으면 그를 만날 수 있었다.

치마가 너무 짧은가. 무릎 위를 경중 올라온 푸른색의 원피스를 살피던 지은은 흰색 재킷을 여몄다.

그를 만나러 가는 길은 항상 떨렸다. 토할 것 같아. 지나친 설렘에 가슴을 두어 번 두드린 그녀가 가벼운 걸음을 옮겼다.

가까이 갈수록 그의 향기가 났다. 지독한 향수 냄새도 아니고 세상 어디의 인위적인 냄새도 아니었다. 그만의 향기가 있었다. 많은 꽃들 사이에서 아스라이 피어오르는 그만의 향기를 지은은 알 수 있었다.

"어……."

쪼르르 나열된 화분 앞까지 걸어왔을 때 숍 안에서 성하가 크지도, 작지도 않은 화분을 들고 나왔다. 지은을 발견한 그가 멈칫하더니 이내 고개를 꾸뻑 숙였다.

"안녕하세요."

그러고는 할 일을 마쳤다는 듯 화분을 한쪽에 내려놓았다. 이대로 숍 안으로 들어갔다간 지은과 불편한 자리를 함께해야 할 거란 생각에 하릴없이 화분을 하나하나 살폈다.

이쯤 되면 안으로 들어가야 하는데 여전히 그 자리에서 요지부동인 그녀를 힐끗거리던 성하가 말했다.

"……사장님 잠깐 창고에 계세요. 금방 나오실 거예요."

아, 이런 거 싫어. 불편해. 넉살 좋게 웃기라도 하고 싶었지만 그렇게 속이 없진 않았다. 성하는 결국 엉거주춤 구부리고 있던 허리를 펴고 숍 안으로 들어가려 했다.

"들어와서 차라도……."

"저기."

"……네?"

꿈쩍도 않고 서 있던 지은이 입을 열었다. 가만히 그녀의 기세를 살피던 성하는 경계하듯 고양이처럼 눈을 떴다. 불러 놓고 입술만 축이던 그녀가 결심한 듯 침을 꼴깍 삼켰다.

"그땐, 미안……했어요……."

"……네?"

"……미안해요."

"……네에?"

분명히 들었을 텐데도 자꾸만 되묻는 성하를 향해 눈을 조금 흘기자 그때서야 그는 아, 죄송해요, 하고 멍하니 대답했다.

그는 생각지도 않은 말을 들은 것처럼 멍했다. 솔직히 사과를 받을 생각은 없었다. 그 표독스럽고 차가운 얼굴로 소리를 지르던 그녀가 먼저 사과를 해 올 거라고도 생각 못 했고 말이다. 적잖이 당황한 성하를 두고 지은은 엷게 웃으며 안으로 쏙 들어가 버렸다.

현태는 창고에서 쓰던 목장갑을 벗으며 나오다 지은을 보고는 반색하고 다가왔다.

"언제 왔어?"

"조금 전에. 바쁠 텐데 갑자기 와서……."

"바쁘긴. 오늘 만나기로 했잖아. 점심은?"

현태가 다가와 앉으며 묻는 말에도 지은은 그의 얼굴만 바라보기 바빴다. 며칠 사이 더 멋있어진 것 같아. 촌뜨기 주제에.

아직도 그를 촌뜨기라 칭하는 그녀였지만 현태는 어딜 봐도 촌스러운 구석은 없었다.

옛날엔 햇볕에 그을려 까맣던 피부가 지금은 전혀 그렇지도 않았고, 너무 반듯해 자칫 재미없을 수도 있는 얼굴은 표정이 많았다. 어릴 적 개구진 모습은 웃을 때 그대로 드러났고, 까까머리였던 헤어스타일도 눈썹에 닿을 듯 말 듯 앞머리가 흘러내려와 단정했다. 주로 셔츠를 즐겨 입었고 일할 때마다 소매를 걷어 올린 그 모습이 그녀에겐 두말할 것 없이 멋있었다.

목장갑을 테이블에 올려 두는 그의 손을 훔쳐보았다. 여기저기 자그마한 상처들이 남자다워 보이기도 했고, 꽃을 만지는 그의 손은 대체로 섬세했다.

한편 정신없이 자신을 요기조기 뜯어보는 지은을 현태는 사랑스럽게 바라보았다. 쳐다보고 있는 것도 모르고 넋을 빼놓은 그녀를 놀려 주고자 현태가 재빨리 두 손을 뻗어 지은의 눈앞에서 세게 손바닥을 부딪쳤다. 그러자 놀란 토끼처럼 눈을 동그랗게 뜨고 몸을 파르르 떠는 그녀를 보며 현태는 장난스럽게 웃었다.

"뭘 그렇게 넋을 빼고 있어."

"아, 너 짜증나. 깜짝 놀랐잖아."

"그러라고 한 거거든? 그래서 점심은? 먹었어? 벌써 1시 넘었다."

그녀는 대답 대신 고개를 저었다. 점심은 먹지 않았지만 배가 고프지도 않았다. 요새는 뭘 먹지 않아도 포만감이 느껴지기도 했다.

"배 안 고파? 뭐 먹을까?"

"별로 안 고픈데. 너 점심 안 먹었어?"

"난 아침을 늦게 먹어서."

"나 때문에 그런 거면 괜찮아."

"아냐. 넌 좀 먹어야 돼. 이거 봐라, 이거. 설마 초등학교 때 몸무게 그대로인 건 아니지? 근처 카페에 샌드위치 맛있는데 사 올까? 좋아해?"

가느다란 지은의 팔목은 그의 손 안에서 팔랑거리듯 흔들렸다. 그게 웃겨 웃으니 현태가 그녀의 머리를 다정하게 쓰다듬었다.

"먹을 거지?"

"너도 먹어."

"알았어. 성하는 아까 밥 따로 먹고 오던데 먹을라나. 너 싫어하거나 좋아하는 거 있어?"

"아무거나."

"그럼 내가……."

"제가 사 올게요."

돌연 들려오는 목소리에 두 사람은 그제야 성하의 존재를 눈치챘다. 둘만의 세상에 있는 것처럼 깨를 쏟아 내는 모습을 멀찍이서 지켜보다 도저히 못 견뎌한 성하가 현태에게 손을 내밀었다.

"너도 먹을래?"

"아뇨."

체할 것 같아요. 뒷말은 속으로 삼키며 그가 건네는 카드를 받아 들고 성하는 음료는 아무거나요? 하고 물었다. 지은도, 현태도 고개를 끄덕이자 그는 낭창하게 다녀오겠다는 말을 남긴 채 가게를 나섰다. 그런 그를 보며 어색해하던 것도 잠시, 둘은 서로를 바라보며 부스스 웃음을 흘렸다.

"아. 맞다."

"왜?"

"너, 꽃꽂이도 해? 할 줄 알아?"

꽃꽂이? 현태는 당연하단 듯 고개를 끄덕였다. 지은은 벌써부터 들뜨는지 자세를 고쳐 앉으며 그의 손을 잡았다.

"그럼 나 꽃꽂이 가르쳐 주면 안 돼?"

"웬 꽃꽂이."

자신의 손에 얹어진 그녀의 손을 어느새 잡고 장난치던 그는 눈을 천천히 깜빡이며 흥미롭게 지은을 바라보았다.

"그, 그냥. 바쁘면 할 수 없고……."

앞으로 숙였던 몸은 다시 뒤로 빼 의자에 기대어 앉은 폼이 귀여웠다. 연한 코랄빛 입술이 오물거렸다. 현태는 턱을 괴고 그녀의 모습에 미소 짓다 가만히 그녀의 말을 되새겼다.

꽃꽂이를 갑자기 왜 가르쳐 달라고 하는 건지는 모르겠지만 충분히 가르쳐 줄 수는 있었다. 다만 시간이 모호했다. 이왕 가르쳐 주는 거 제대로 하는 게 나을 텐데. 오전은 대부분 바쁘고, 주말에…… 지은이가 곤란하려나.

그러고 보니 우리 주말에 만난 적은 없구나. 다음엔 어디 드라이브라도 갈까. 괜찮겠지? 가서 지은이 맛있는 것도 사 주고,

선물도 사 주고, 좋은 데 가서 좋은 거 많이 보고, 아무도 없는 곳에서 손 꼭 잡고, 그러고 걷고 싶다.

"······싫어."

"응?"

"······."

"미안. 못 들었어. 뭐라고 그랬어?"

지은은 불퉁한 얼굴로 손을 홱 내치곤 무릎 위에 올려놓았다. 곤란한 건가······. 말없이 생각에 잠겼던 그를 떠올리며 지은은 하는 수 없이 꽃꽂이는 포기하려 했다. 울적한 얼굴이 현태의 눈에 그대로 비쳤다. 지은아. 나지막이 내뱉는 목소리엔 그녀를 향한 마음이 그대로 녹아 있었다.

"다시 말해 줘. 이제 진짜 잘 들을게."

의자를 끌어와 곁에 바짝 앉은 그가 얼굴을 가까이 내밀었다. 가까이서 서로의 숨결이 느껴졌다. 그녀의 삐죽거리던 입술도 제자리를 찾았고 그의 시선은 여전히 눈으로 향해 있었다. 그녀도 똑같이 눈을 마주했다.

"······너랑 같은 걸 하고 싶어."

"······응."

"널 더 많이 알고, 더 같이 있고 싶어서······."

흐릿해진 뒷말은 그의 입술로 전해졌다. 꽃잎처럼 보드라운 입술을 조심히 찍어 낸 그가 웃었다.

"그래."

그러자. 네가 하고 싶은 건 다 해 줄게. 꽃꽂이든 뭐든. 내가 다 해 줄게.

"그, 그럼 언제가 괜찮아?"

지은은 붉어진 얼굴을 감추며 물었다.

"우린 특별히 정해서 쉬는 날 없거든? 음, 평일은 오전에 보통 바쁘고, 날마다 다르긴 한데 이른 오후부터는 한가하다가 다시 저녁쯤 잠깐 바쁘고. 행사 있어서 출장 가는 날 아니면 대부분 그래."

"저녁에 할까?"

"그래도 돼."

"매일?"

"너만 괜찮으면."

"괜찮아!"

정말 괜찮아. 지은은 다시금 강조하며 눈을 반짝였다. 이젠 현태를 매일 볼 수 있게 되었다. 해준이 아버지에게도 미리 언질을 했다고 하니 더 이상 노심초사하지 않아도 됐다.

별일 아닌데, 겨우 얼굴만 매일 볼 수 있게 된 것인데도 그녀는 세상을 다 가진 것처럼 벅차 보였다. 이번에도 현태는 그녀의 머리를 쓰다듬어 주었다. 이러다 너 뒤통수 다 닳겠다. 현태의 우스갯소리에 지은은 아무렴 상관없다는 듯 싱긋 웃었다.

그렇게 그 둘이 꽃을 피우는 동안 심부름을 다녀온 애꿎은 성하는 자신의 몫으로 사 온 커피만 쭉쭉 빨며 한동안 문밖을 서성였다.

'지은이가 요새 신부수업 중인가 보던데.'

신 회장은 재윤과의 통화 막바지에 다다라 뭔가 대단한 자랑이라도 되는 것처럼 말했었다. 꽃꽂이? 왠지 우습기도 했고 도저히 지은과는 매치가 되지 않아 그는 픽하고 웃었다. 창문을 조금 열어 둔 채 달리던 차는 신호를 받고 멈추어 섰다. 이 사거리의 신호는 꽤 긴 편이라 태우던 담배는 일정한 속도로 재윤의 입을 거쳤다.

꽃. 그녀가 꽃을 좋아했던가.

뭘 좋아하는지 싫어하는지는 사실 재윤의 관심 밖이었다. 그러고 보니 그때도……. 약혼식을 떠올리며 노란 꽃을 한참이나 바라보던 지은이 떠올랐다.

꽃이라. 꽃. 연기를 뱉으며 고개를 돌리자 마침 코너 모퉁이에 커다란 플라워 숍이 보였다. 앞에 아기자기하게 늘어선 화분들을 무심히 훑던 그가 간판으로 시선을 돌렸다.

하얀 간판에 개나리색 영문으로 표기된 'FLOWER YELLOW'는 그 간판 안에 유치원생들이 그렸을 법한 색색의 꽃송이들이 그득했다.

유치하게. 재윤은 투덜거렸지만 잠깐 꽃집을 구경하는 사이 손님이 셋이나 다녀갔다. 모두 여자 손님들인 걸 보고 재윤은 다시 지은을 떠올렸다.

차는 서서히 앞으로 향했다. 꽃이라……. 재윤은 조금씩 멀어지는 꽃집을 다시 힐끗 쳐다보고는 시트에 푹 기대앉았다.

회사로 돌아온 재윤은 2개의 회의를 거친 후 급격히 피곤해졌다. 비서가 건네는 물 한 잔을 벌컥벌컥 마신 후 내려놓자 비서는 얼른 컵을 들고 나가려 했다.

"김 비서."

"네, 이사님."

"네가 결혼을 했던가?"

"네."

의자에 기대어 이마를 감싸 쥐고 있던 재윤은 허리를 곧추세웠다.

"여자들은 꽃을 좋아하지?"

"……저희 와이프는 좋아합니다."

"그러니까, 좋아한다는 말이지?"

"대부분 그러지 않을까요."

그렇단 말이지. 오면서 보았던 꽃집을 떠올리며 재윤은 비서에게 나가보란 듯 손을 내저었다. 담배를 하나 물고 창가로 다가서는데 아직 나가지 않은 비서가 망설이듯 재윤을 불렀다.

"왜?"

만사가 짜증스러운 그의 기분을 거스르면 피곤해지는 걸 알기에 비서는 그것을 잘 피해 왔다. 하지만 오늘은 재윤이 조금 피곤한 기색은 있어도 다른 날보단 짜증이 덜한 것 같다. 사실 지금 보고해야 하는 일은 그가 짜증이 났든 나지 않았든 반드시 해야 될 일이었지만 말이다.

"보고드릴 것이 있습니다."

11

아침부터 거하게 차려진 식탁에서는 아무도 말이 없었다. 지은의 가족들은 평소와 다름없이 묵묵한 아침을 맞이하였다. 그러다 먼저 입을 연 것은 지은의 엄마, 오 여사였다.

"지은이 너 꽃꽂이 배우러 다닌다고?"

"……네."

힐끗 쳐다보았지만 신 회장과 오 여사는 식탁에만 시선을 줄 뿐이었다. 그렇게 진즉 그런 걸 배워 뒀으면 얼마나 좋아. 고상하고. 오 여사는 왠지 만족한 듯 보였다.

"그래서 다른 건 배울 생각 없니? 아무리 시나그룹 사모님이더라도 요리 하나 정돈 배워 둬야지. 네가 뭘 할 줄 알아? 박이사 도와서 일을 할 거니, 그렇다고 아버지 도와서 일을 할 거니?"

"그래서 말인데요……."

지은은 반쯤 비운 밥을 두고 젓가락을 내려놓았다. 오 여사만이 그녀를 잠깐 스치듯 쳐다보았을 뿐, 아직까지도 신 회장은 관심이 없어 보였다.

"저, 회사 일 배우고 싶어요."

"……."

"뭐라도 좋으니까 하게 해 주세요. 그래야……."

"그래야?"

신 회장은 날카로운 시선으로 그녀의 말을 부추겼다.

"그래야 박 이사님이랑 어느 정도 대화가 통할 것 같아요. 그럼 어느 정도 아버지 회사에 도움이 될 거라 생각하는데……."

"그래? 너도 그냥 아무 생각이 없는 애가 아니었구나."

"해준이 덕분에요."

"그렇지. 이 기사가 그렇게 운전만 해 주고 다닐 놈은 아니지."

해준은 성격이 소탈하고 살가워 주위에 어떤 식으로든 사람이 많았다. 그로 인해 듣게 되는 말들도 많았고 말이다. 증권가 찌라시보다 더 정확한 기사들의 이야기는 쉬쉬거리면서 서로에게 닿았다. 그리고 지은은 해준에게 그런 이야기들을 잡다한 수다와 함께 종종 전해 들었다.

신 회장은 멈추었던 젓가락을 다시 조용히 움직였다. 지은은 그 움직임에 귀를 기울였다.

"갑자기 무슨 생각으로 배우겠단 건지 모르겠지만."

"……."

"넌 그냥 지금 하던 신부 수업이나 계속해라. 이제 와서 뭘 하겠어. 네가 나서지 않아도 가만히만 있어 주면 일은 다 해결된다. 내가 일을 시킬 거였으면 여태 널 가만히 뒀겠어? 넌 그냥 박 이사랑 결혼만 하면 돼."

안 될 거란 건 예상했지만 눈앞에서 자신의 무능력함을 깨달은 그녀는 입술을 깨물었다. 진짜 싫다. 자신이 원망스럽기까지 한 지은이었다.

"사람이 뭔가를 하려면 손에 뭐라도 들고서 나서야 되는 거야."

"뭔가 손에 쥘 수 있도록 기회를 주셨어야죠."

신 회장은 곁에 놓인 물을 한 모금 마시고 자리를 털었다. 그녀도 함께 자리를 털고 일어나자 오 여사가 매섭게 노려보았다.

"아버지께 그 무기는, 저예요?"

"신지은, 너 요즘 왜 그러니? 뭐가 불만이라서……!"

"그래. 나 같은 경우엔 네가 중요하지. 그러니 결혼에 대해서는 그만 억지 부려라."

반쯤 돌아선 신 회장의 표정엔 자비란 찾아볼 수 없었다. 작은 애정도. 덩달아 일어선 오 여사는 지은에게 눈치를 주었지만 그녀는 또다시 말을 이었다.

"겨우 저 같은 걸로 뭘 하시려고요? 그만큼 제가 가치가 있나요? 박 이사가 무언가 내놓을 정도로 제가, 가치가 있어요?"

"당연하지. 그가 널 꽤 맘에 들어 하니 그보다 가치 있을 순

없지."

"그런데 왜 제가 이런 취급을 받아요……. 능력이 없다고, 할 줄 아는 게 없다고, 제가 두 분 딸이 아니에요? 도구예요? 물건이에요? 겨우 회사 몸집 좀 부풀리고자 저를 그렇게 쉽게……. 저 생각 없는 인형 아니에요. 감정이 없는 것도 아니에요. 슬플 줄도 알고, 상처도 받아요. 결혼 까짓것 할 수도 있었어요. 두말 없이, 군소리 없이. 그런데요. 두 분 방법이 틀리셨어요. 제가 아무리 말해 봤자 아무것도 못 느끼실 테지만, 틀리셨어요, 두 분. 오래전부터, 처음부터…… 하나부터 열까지 모두."

"……."

"그런데 더 서러운 건…… 그걸 제가 지금 알았다는 거예요. 제가 가치 있는 사람이라는 걸. 전 제 가치를 몰랐어요. 그래서 이렇게 살아왔고요. 두 분이 틀리셨다는 것도 몰랐어요. 저는…… 나는……."

사랑받을 가치가 있는 사람인지, 그 애를 다시 만나기 전까진 몰랐어요.

마지막 말을 겨우 구겨 삼키며 지은은 뚝뚝 흐르는 눈물을 닦아 냈다.

"제가 안 한다고 해서 없던 일이 되지도 않는데 자꾸 말하는 저도 우습네요. 그런데 그 후론 아무 말 마세요. 사실 결혼이 죽을 만큼 하기 싫은데 그렇다고 제가 죽을 수는 없잖아요? 그렇다고 해서 두 분이 눈 하나 깜짝하실까 싶지만, 아직은 제가 죽기가 싫네요. 아무것도 못 해 보고 죽으면 억울하잖아요."

"……."

"마저 식사하세요. 제가 비켜 드릴 테니까."

먼저 등 돌려 나오는 자신이 꼭 도망치는 것 같았다. 아니, 도망이 맞다. 아무것도 할 수가 없어서, 할 수 있는 것이라곤 투정으로밖에 들리지 않는 외침. 난 언제부터 이렇게 되었을까. 괴로웠다. 절망스러웠다.

제 방으로 돌아온 지은은 침대에 한참이나 멍하게 앉아 있으면서 눈물을 흘렸다 훔쳤다를 반복했다.

보고 싶다. 웃는 모습만 보여 주고 싶은데, 이럴 때 더욱 간절했다.

목소리를 가다듬어 보았지만 잔뜩 가라앉아 있었다. 이런 목소리로 전화를 해 봤자 걱정만 할 현태를 생각하며 휴대폰만 꾹 쥐었다. 진짜 한심하다, 신지은. 아무렇게나 누워 내뱉은 한숨은 끊임없이 그녀를 맴돌았다.

✽

현태는 마칠 때쯤에야 저장고에 보관해 둔 꽃들을 꺼내 왔다. 오늘 아침 일찍 가서 사들고 온 꽃은 싱그러운 향기를 풍겼다. 성하가 기웃거리며 웬 꽃이냐고 물었지만 그는 대충 씹어 넘기며 사 온 꽃들을 정리했다.

언제쯤 올까. 벽시계는 막 8시를 넘겼다.

"형님. 이거 설마 꽃꽂이?"

신문지에 펼쳐진 꽃을 살피던 성하가 긴가민가하며 물었다. 하얀 스토크와 연한 라임색의 스프레이 카네이션, 색이 짙은 유칼립투스.

현태가 창고에서 오아시스를 꺼내 하얗고 넓은 화분에 담는 걸 보자 확신이 갔다. 오아시스를 물에 충분히 적셔 테이블에 올릴 때까지 성하의 시선은 따라다녔다. 그런 성하에게 결국 그는 얼쯤한 말투로 왜, 하고 툭 내뱉었다.

"……집에 안 가시고 꽃꽂이하시려고요?"

"넌 쓸데없이 남 일에 관심이 많아."

현태는 분주하게 움직였다. 물이 담긴 큰 화병에 사 온 꽃들을 담고 주변을 정리하는 그를 보며 성하는 못 말린다는 듯 고개를 몰래 내저었다.

연애 두 번 했다가는 큰일 나겠네.

몰래 엿들은 이야기로는 지은과 둘이서 꽃꽂이를 한다고 했었다. 너무 건전한 데이트라 옆에서 뭐라고 한 소리 하기에도 우스웠다. 정말 좋긴 한가 보다. 꽃을 다듬는 그의 표정을 살피던 성하가 슬쩍 곁으로 가 돕기 시작했다.

"안 가? 가도 돼."

"가지 말라고 해도 갈 거예요."

그리고 때맞춰 지은이 문을 열고 들어섰다. 늦은 시간에도 곱게 된 화장, 차려입은 옷 따위를 훑던 성하는 지은과 시선이 마주치자 후다닥 인사를 건넸다. 그러자 똑같이 대답이 돌아왔다. 그에 다시 성하가 눈인사를 건네는 것으로 시선은 흩어졌다. 더 있기도 뭐해서 성하는 눈치껏 자리를 피하며 퇴근을 했다.

가게 안은 둘의 목소리가 소곤소곤 번졌다. 지은은 의자에 앉아 꽃을 들고 서 있는 현태가 하는 말에 귀를 기울였다.

"이건 스토크라고, 제철이 겨울이라 추위도 잘 견뎌."

"예쁘다. 난 겨울엔 꽃이 안 나는 줄 알았어."

그는 작게 웃으며 꽃 이파리를 손질했다. 줄기 끝을 사선으로 뾰족하게 자른 뒤 오아시스에 꽂으며 그녀에게도 가위를 들어 보라 말했다.

"끝만 살짝 잘라 봐. 아무 데나 꽂아도 돼. 그래도 전체적으로 풍성하고 둥근 모양을 생각하면서 꽂는 게 좋아."

"이것도 다 꽂을 거야?"

화병에 꽂힌 꽃을 가리키며 말하자 그가 고개를 끄덕였다. 지은은 입을 앙다물고 나름의 고심에 빠진 듯 보였다.

어떻게 꽂아야 예쁠까. 현태는 가르쳐 준다고 하더니 도와줄 생각이 없는지 웃기만 웃으며 손을 놓고 있었다. 그러다 지은의 손이 움직일 생각을 하지 않자 그는 '직각으로 꽂지 말고 비스듬히'라고 한마디 하곤 그녀가 꽃을 쥔 손을 그러쥐었다.

"이렇게……."

그가 꽂았던 꽃 옆에 다른 한 송이가 폭 꽂혔다. 현태는 이번에 스프레이 카네이션을 내밀었다.

"이거 카네이션이야."

"……카네이션 빨간색이잖아."

"요즘 꽃들은 옛날이랑 달라서 별별 색도 다 있어."

연한 라임색 꽃을 쳐다보는 그녀의 표정이 흥미로워졌다. 그건 그냥 꽃아. 줄기가 가는 카네이션에 가위를 가져가던 지은이 현태의 말에 이번엔 망설임 없이 꽃을 꽂았다. 그냥 꽃 하나 꽂았을 뿐인데 옆에서 잘한다, 잘한다 하니 신이라도 날 것 같았다.

몇 번 해 보니 그다지 어렵지도 않아 지은은 순식간에 반 이상을 꽂았다. 비록 모양새는 듬성듬성했지만 현태는 칭찬을 아끼지 않았다.

"잘한다, 지은아. 나도 처음에 이렇게까지 못 했는데."

"네 눈엔 이게 정말 잘한 걸로 보여?"

"아직 꽃도 남았고, 완성하면 더 예쁠걸."

그러면서 듬성듬성한 틈 사이로 현태가 꽃을 채웠다. 제가 봐도 도저히 잘했다는 생각이 들지 않아 그가 놀리기라도 하는 건가 싶었지만 현태의 얼굴에서 놀리는 기색은 찾아볼 수 없었다.

새삼 그런 그가 신기했다. 진지한 얼굴로 꽃을 만지고 있는 그를 보고 있으니 가슴이 간질간질한 게 요상한 기분이었다. 많이 변했지만 꽃을 꽂으며 가끔 쳐다봐 주는 눈빛은 변하지 않았다. 이렇게 보고 있는 것만으로 아무 걱정 없는 사람처럼 편안해졌다.

"꽃꽂이 가르쳐 달라고 했으면서 자꾸 내 얼굴만 볼래? 촌뜨기 얼굴 자꾸 봐서 뭐하려고."

"아, 안 봤어."

"그럼 이거 빨리 꽂아."

유칼립투스를 건네받은 지은은 꽃 주변으로 가닥가닥 꽂으며 괜히 그의 눈치를 살폈다. 그는 눈이 마주칠 때마다 고개를 작게 몇 번 끄덕여 주었다.

"봐, 지은아. 동그랗게 솟은 모양을 생각해. 중앙이 바깥쪽보다 조금 더 높이 올라와야 모양이 보기 좋거든. 줄기를 잘라서 길이 조절을 해도 되고. 보통 하얀 꽃으로 꽃꽂이를 할 땐 하얀 꽃을 더 많이 장식하는 게 좋아. 풍성해 보이기도 하고 어느 색깔의 꽃과도 잘 어울리니까."

"응."

"아직 빈 곳이 많지? 자, 여기가 중앙이야. 완성됐을 때의 모양을 생각하면서 빈틈을 채우면 돼. 할 수 있지? 서 봐. 서서 하는 게 좋을 것 같아."

정말 강의라도 듣는 느낌이었다. 확실히 자리에서 일어나니 앉아 있을 때와 다르게 빈틈이 더 잘 보였다. 너무 답답해 보이지 않도록 꽂았는데 다른 각도로 보면 휑하고 빈 곳이 있었다. 이리저리 몸을 움직이며 모양을 살피고 꽃을 꽂았지만 어째 변함이 없는 것 같았다. 계속 현태에게 도움을 받았지만 제 손으로 하니 영 태가 나지 않았다.

"안 돼……. 못하겠어. 왜 안 되는 거야? 네가 하란 대로 했는데."

"잘했어. 잘한 거야."

제 마음대로 되지 않아 속상한 지은을 보며 결국 현태가 손을 댔다. 분명 똑같이 꽃을 꽂고 만졌는데 꽃들이 모양을 잡기 시작했다. 아무리 봐도 나랑 똑같은데……. 의문을 품는 동안 꽃꽂이 화분은 완성되었다.

"됐다."

현태가 만족스럽게 웃었지만 지은은 입술을 불퉁하게 내밀고는 자리에 앉았다.

"나 손재주가 없는 건가?"

현태는 이렇게 간단하게 해내는데……. 물론 전문가니까 그렇겠지만, 이런 꽃꽂이 하나도 제대로 못하다니. 우울했던 마음이 가셨나 했더니 그것도 아니었다. 뭐 하나 제대로 할 줄 아는 게 없어. 집에서 있었던 일을 떠올리며 한숨을 폭 내쉬는 지은의 모습에 현태는 얼른 입을 열었다.

"아냐. 봐. 이거 네가 한 거야."

"……난 할 수 있는 게 없는 걸까. 이것도 저것도 다 잘했으면 좋겠다."

"잘한다니까? 잘해, 너. 이제 겨우 한 번 한 걸로, 거기다 제대로 배우면서 한 것도 아닌데 이 정도면 정말 잘한 거야. 처음이니까 내가 도와준 거지 하다 보면 너도 더 나아질 거야. 봐봐. 어느 정도 기본이 되어 있으니까 내가 손을 조금만 댄 거지, 안 그랬으면 이 꽃 다 뽑고 다시 했어야 했을걸?"

애를 쓰며 말하는 현태를 보자 지은은 아차 싶었다. 우울한 기색을 애써 감추며 웃었지만 그는 놓치지 않았다.

"무슨 일 있어?"

"아니, 없어."

"왜 이렇게 갑자기 기운이 없어. 재미없어? 처음엔 다 그래. 어려운 것도 아니고, 네가 마음만 먹으면 다 할 수 있는 거야."

"……."

대답이 없는 그녀를 보며 현태는 잠시 생각에 잠겼다. 겨우 꽃 하나 못 꽂았다고 우울해할 성격은 아니었다. 아니, 맞는 건가?

놀리는 게 아니라 정말 잘했어, 지은아. 이번엔 그녀 곁에 다가가 바닥에 무릎을 굽혀 앉았다. 올려다본 얼굴은 아닌 척했지만 어두웠다. 무슨 일 있나…….

그녀가 가게를 들어설 때를 생각해 보았지만 평소와 같았다. 생각처럼 꽃꽂이가 되지 않아 속상해하는 거라면 귀여울 텐데, 막상 얼굴을 보니 그런 문제 때문에 할 얼굴이 아니었다. 그녀의 등을 토닥이며 다시 물으려던 찰나에 지은이 망설이듯 입을 열었다.

"……있잖아."

"응. 말해 봐."

지은은 집에서 있었던 일들, 가족이 절 어떻게 생각하고 대하는지 따위를 굳이 현태에게 말할 생각은 없었다. 그렇지 않아도 이 무거운 관계에 또 짐을 얹기 싫었다. 하지만 그를 보면 자꾸만 마음이 약해졌다. 그러면 위로해 줄 것 같았고 안아 줄 것 같았다. 괜찮다, 힘들었겠다, 하고…….

"넌 내가 아무것도 못하는 사람이라도 좋아?"

"갑자기 왜 그래? 무슨 일인데."

"그냥…… 걱정이 돼."

"이런 얘기 하지 말자. 다 얘기했잖아. 난 네가 어떤 사람이고 어떤 상황인지 다 알아. 그래도 내가 좋아서 만나는 거야. 너라서 만나는 거고. 다른 사람이었더라면, 나도 내가 어떻게 했을지 모르겠지만, 넌 아니야. 아니야, 지은아. 불안해서 그래?"

"……아니."

"……."

"……미안해서."

사실 오늘은 그를 만나지 않을 생각도 했었다. 하지만 보고 싶어 겨우 참고 왔더니 결국엔 눈물바람이 불었다. 그녀의 굵은 눈물이 뚝뚝 떨어지자 그의 가슴 안에서 무거운 덩어리가 굴러다니는 기분이었다. 소리 내어 울지도 않고 가만히 눈물을 흘리는 그녀는 익숙한 듯 슬픔을 참아 내고 있었다.

"내가 아무것도 할 수 있는 게 없어서, 처음부터 그랬던 건데도…… 요즘은 그게 너무 힘든 거야. 아무렇지도 않았거든? 난 내가 쓸모없는 사람이라도, 아무것도 할 수 있는 것이 없어도 아무렇지도 않았거든? 그런데……."

그런데 현태야. 그거 되게 힘든 거더라. 날 위해서 할 수 있는 것이 없는 것보다, 널 위해서 내가 할 수 있는 것이 없다는 게. 그러지 못한다는 게. 그럴 능력도 되지 않는다는 게.

나지막이 혼잣말을 하듯 중얼거리는 그녀의 말에 현태는 손을 뻗어 눈물을 닦아 주려 했지만 덤덤하게 그 손을 잡아 오는 지은이었다. 너무 보고 싶어 왔지만 지금은 눈 하나 제대로 마주하지 못하는 그녀는 앞에서 풍겨져 오는 꽃향기에 시선을 옮겼다.

"내가 널 위해서 뭘 할 수 있을까?"

"괜찮아. 내가 해 줄게."

"그 집에서 내가 할 수 있는 건 없어. 아무도 나를 필요로 하지도 않고, 쓸모도 없는 모양이야."

"신지은, 자꾸 그런 소리만……!"

"넌…… 그러지 않았으면 좋겠어……."

작은 손이 겁을 먹은 것처럼 떨려 왔다. 현태는 이 마음을 어찌하면 좋을지 몰라 잡은 손만 꼭 마주 잡았다. 해 주고픈 말이 가슴 어딘가에 걸려 넘어오질 않았다. 눈가에 그렁그렁 매달린 그녀의 눈물에.

"나 정말 이기적인 거 알고, 나쁘다는 거 아는데, 너까지 그렇게 생각하게 되면…… 나 못 견딜 거 같아. 미안해, 현태야……. 내가 이 모양이라서…… 아, 나 왜 이러지? 너랑 있으면 이상해져. 픽하면 눈물이나 흘리고……."

보는 사람이 안쓰러울 정도로 묵묵히 눈물을 흘리던 그녀의 얼굴은 애처롭기만 했다. 뺨의 눈물을 닦아 주자 그녀가 드디어 현태를 바라보았다.

"너한테 뭘 바라고 시작한 거 아니야, 신지은."

"……."

"네가 그렇게 말하면 내가 더 미안해지고 화나. 알아? 분명 널 사랑하는데도 이렇게 두 손 놓고 있을 수밖에 없어서 미안하고, 그런 내 자신한테 화가 나. 나와 전혀 다른 세상이라 나설 수도 없어. 내가 조금 더 잘났다면, 그 사람과 견주어도 지지 않을 만큼이었다면 네가 우는 일도 없을 텐데……. 데리고 멀리 도망이라도 갈 수 있었으면 좋겠는데……."

뺨을 어루만지던 손은 조심히 떨어졌다. 현태는 조심히 그녀의 다리에 얼굴을 묻었다.

"같이 있으면 행복해. 그런데, 그만큼 미안하기도 해. ……네가 그런 생각하고 있을 줄은 몰랐어. 지은아. 넌 그런 하찮은 사람이 아냐. 얼마나 소중하면 그런 상황인데도 내가 널 붙잡고 있겠어. 너 그런 사람 아냐, 지은아. 네 탓 아니야. 네가 얼마나 예쁘고, 귀엽고, 사랑스럽고, 소중한지 다들 몰라서 그래. 나만 아나 봐."

묻힌 목소리가 서서히 선명해지고 현태가 고개를 들어 씩 웃었다. 또 운다, 또. 믿지 않은 그의 소리에도 울상인 그녀의 얼굴은 펴질 줄 몰랐다.

언제 이렇게 약해졌을까, 넌. 자존심 때문이라도 강한 척하며 눈물을 꾹 참던 모습이 착각이었나 싶을 정도인 그였다. 굽혔던 다리를 펴고 일어나 팔을 뻗자마자 지은이 기다렸단 듯 덥석 안겨왔다.

"오늘 안 오려고 했어……. 아버진 자길 위해서, 나도 사람인데, 딸인데……."

"응……."

"사랑받고 싶었어, 난……. 내 말을 들어주길 바랐고, 내 맘을 알아주길 원했어. 그런데도 부모님은…… 지금까지 그걸 모르더라……."

"……."

"오늘은 너무 우울해서 안 오려고 했는데 네가 너무 보고 싶은 거 있지. 보면 이렇게 좋은데…… 자꾸 눈물 나……."

"……괜찮아. 계속 울어도 돼. 여태 그러지 못했던 거 다."

"안 울어. 안 울어……."

가냘픈 팔은 놓칠세라 그를 꼭 붙들었다. 그녀의 눈물이 가슴 한편에 쌓여 갔다. 눈물이 쌓여 일렁이는 마음이 꼭 그녀의 마음을 대신하는 것 같아 아리다.

울어 버리라고 했는데 막상 그 모습을 보는 게 힘들었다. 여차하면 같이 울어 버릴 것도 같았지만 현태는 묵직한 한숨을 내뱉으며 가라앉혔다. 울지 마라. 울지 마. 그녀의 머리를 쓰다듬으며 말없는 위로를 건넸다.

울음을 그치고도 현태의 품에서 한참을 떨어지지 못하고 훌쩍이던 그녀를 그가 살며시 떼어 냈다. 그의 손엔 꽂다 남은 하얀 스토크 한 송이가 들려 있었다.

"그만. 이제 울지 마. 하나도 안 예쁘다."

부스스해진 머리칼을 대신 정리해 주고 그녀 앞에 꽃을 내밀었다.

"니 꽃 좋아하나?"

"……뭐야, 그게."

갑자기 사투리를 쓰며 꽃을 내미는 게 꼭 어릴 적 그때를 보는 것 같아 지은은 빨간 눈으로 피식 웃고 말았다.

"아, 꽃 좋아하나, 안 좋아하나."

"안 좋아해, 촌뜨기."

"맞재. 하기사."

니가 더 예쁘니까. 능청스러운 그 말에 지은은 곱게 눈이 접히도록 웃었다. 그녀의 긴 머리칼을 귀 뒤로 넘기고 그는 꽃송이를 그녀의 귀에 꽂아 주었다. 울어서 빨개진 코도, 아직도 눈물을 머금고 있는 속눈썹도 모두 사랑스러웠다.

"더 예쁘네."

그는 온몸으로 사랑한다고 말하고 있는 것 같았다. 머리카락 사이를 타고 흐르는 손은 한없이 조심스러웠고 다정했다. 누군가에게 사랑받는다는 건, 이렇게나 벅찰 만큼, 눈물이 날 만큼…… 그만큼 네가…….

현태가 조금씩 가까워졌다. 이마가 맞닿을 만큼의 거리에서 두 사람은 애타게 서로를 바라보았다. 비스듬히 그녀의 입에 닿을 듯 말 듯, 몇 번이고 스치듯 닿던 입술이 포개어졌다. 어느 때보다 뜨거웠다. 어느 때보다 격렬했고, 짙었던 키스는 여태 지은이 느껴 보지 못한 것이었다.

섞여 들어가는 숨결은 끝없이 서로를 향해 사랑을 말하고 있었다.

12

"아가씨……."

그녀를 부르는 해준의 목소리가 조심스러웠다. 지은은 침대에 앉아 들고 있던 휴대폰에서 눈을 떼지 않고 대충 대답만 건넸다. 문을 빠끔 열고 해준이 크흠, 하고 목을 가다듬자 지은이 고개를 들었다.

"……박 이사님 오셨어요."

"그 사람이 왜?"

"오늘, 그…… 드레스 보러 같이 가신다고 하네요……."

무슨 일인가 싶었다. 약속이나 했으면 모를까 다짜고짜 함께 가겠다니. 거기다 지은은 드레스를 보러 간다는 말조차 금시초문이었다.

"지금 그 사람 와 있어?"

"네. 집 앞에 계세요. 오늘은 좀 곤란하니까 다음에 약속을 잡자고 했는데도 요지부동이에요. 저보고 닥치라고 하던데요."

남한테 쓴소리 듣는 건 해탈의 경지까지 오른 해준이었다. 다시 재윤에게 가서 드레스든 뭐든 알아서 할 테니 돌아가란 말을 전해 달라고 하려던 지은이 한숨을 폭 내쉬었다.

"내가 나가 볼게."

"제가 안 가도 돼요? 가서 괜히 싸우시지 마시고요."

"괜찮아. 괜히 너 갔다가 또 형편없다는 소리 들으려고."

"저야 그런 말 한 번 듣든 두 번 듣든 똑같아요."

지은은 휴대폰을 침대에 올려 두고 방을 나섰다. 뒤에서 따라나서려던 해준에게 손짓으로 저지시키고 정원을 가로질렀다. 활짝 열린 대문 앞엔 재윤의 차가 서 있었다.

발걸음이 느려진 지은을 발견한 그의 기사가 차 뒷문을 열었다. 뿌연 담배 연기가 흘러나오는 곳에서 재윤도 느긋하게 차에서 내렸다. 그녀의 표정이 자연스레 구겨졌다.

"기사한테 들었지? 타."

"해준이랑 보러 갈게요."

"결혼을 그놈이랑 하나?"

"적어도 연락은 하고 왔어야죠."

"너랑 말씨름할 시간 없어. 타, 어서."

"……집으로 보내 줘요. 바쁘실 텐데."

"그만하고 타."

도저히 굽힐 줄 모르던 재윤이 먼저 차에 올라탔다. 시린 바람이 둘 사이를 가르고 머물기를 반복하다 결국 지은은 걸음을 옮겼다.

시트에 몸을 기대자마자 기사는 얼른 문을 닫고 운전석에 올라 차를 출발시켰다. 차 안에 남아 있던 매캐한 냄새에 코를 찡그린 그녀를 발견한 재윤이 제 옆의 창문을 열었다.

관심도 없이 창밖으로 고개를 튼 그녀의 향기가 금세 주변에 번졌고 재윤은 짧게 한숨을 내쉬었다.

재윤이 앞장서 고급스러운 드레스 숍에 들어가자 직원이 자리를 안내했다. 다른 직원은 차를 내오고 또 다른 직원은 재빨리 피팅룸의 커튼을 젖혔다. 마네킹에 입혀진 드레스가 밝은 샹들리에 불빛 아래서 고고하게 자태를 뽐냈다.

"이사님께서 직접 부탁하신 디자인입니다."

소파에 앉지 않고 서 있던 그녀의 곁으로 직원이 다가와 설명을 곁들였다. 직접 부탁이라니. 지은은 소파에 앉아 드레스를 살피는 재윤을 쳐다보았다. 그리고 그가 홱 고개를 돌려 그녀를 바라보았다.

"입어 봐."

턱짓을 까딱하며 다리를 꼬는 그의 행동이 영 거슬렸지만 지은은 직원의 손길에 걸음을 옮길 수밖에 없었다. 커튼이 다시 젖히고 가까이서 본 드레스는 이 결혼이 달갑지 않은 그녀의 눈에도 아름다웠다.

"머메이드라인이라 사모님처럼 몸매 좋으신 분들이 입으시면 정말 잘 어울리세요. 가슴라인에서 아래까지 모두 최고급 실크고요, 상체는 플라워 패턴 레이스로 팔 전체에 타이트하게 디자인돼서 섹시하면서도 우아하죠. 뒤를 보시면 등허리까지 깊게 파여서 여성미도 살리고요. 한번 입어 보실까요, 사모님?"

사모님이란 호칭이 왜 이리 불편한지 모르겠지만 그녀는 한숨만 폭 내쉬고 탈의를 했다.

직원 두 명의 도움을 받아 입어 본 드레스는 몸에 착 감기듯 꼭 맞았다. 허벅지까지 타이트하게 내려오던 드레스는 그 아래로 길고 부드럽게 흘러내렸다. 목을 조금 덮는 레이스 소재가 신경 쓰여 만지작거렸더니 직원은 금세 눈치를 채고 매무새를 다듬어 주었다.

"너무 아름다우세요."

그래. 아름답긴 했다. 드레스 탓에 평소 자신의 모습이 아닌 것 같아서. 마음속까지 비춰 줄 수 없는 거울은 아름다운 그녀의 모습을 고스란히 담아냈다.

커튼 열겠습니다, 한 직원은 망설이지 않고 커튼을 걷었다. 팔짱을 끼고서 커튼만 뚫어져라 쳐다보던 재윤이 지은의 몸을 쭉 훑었다.

저를 대하는 행동은 제쳐 두고, 참 예쁘기도 예뻤다. 서구적인 굴곡은 아니더라도 가녀리고 여성스러운 라인에 그는 만족한 듯 그녀를 바라보았다.

"어때. 맘에 들어?"

"……."

지은은 주위의 시선을 의식해 고개만 끄덕였다.

대답 한 마디가 그렇게 어려워서 어쩔 생각인지. 딱히 대답이 돌아올 거라는 생각은 하지 않아서 그도 대수롭지 않게 넘어갔다. 그리고 자리에서 일어나 뚜벅뚜벅 그녀의 곁으로 다가갔다.

직원들이 슬쩍 옆으로 비켜 주자 커다란 전신거울 중앙엔 두 사람만 들어찼다. 거울로 그녀를 돌려세우고 재윤은 거울 속 모습을 유심히 쳐다보았다.

버석하다. 너와 나 사이에 흐르는 보이지 않는 감정들이. 내가 너에게 바라는 것이 무엇인지, 그러면서도 널 왜 곁에 두고 싶어 하는 것인지.

너에 대해 아무것도 모르고 관심조차 가지 않았는데 눈은 끝없이 너를 좇는다. 이상하다. 고개를 숙여 내 눈을 피하는 넌 내가 바라던 모습인데도 거울 속 너와 눈이 마주치길 바라고 있었다.

웃겼다, 아주. 꼭 지는 기분이다. 분명 내가 우위이고 난 모든 걸 가졌는데 인정하기 싫은 감정을 이따금 마주하게 된다. 지기 싫어 그 감정들과 부딪히면 한순간 스스로가 우스워지기도 했다. 변하는 건 없었다. 이제 널 가두었으니.

그녀의 뒤에서 비뚜름한 미소를 지으며 눈높이를 맞춰 그가 허리를 굽혔다.

"예쁘긴 참 예쁘단 말이지. 그 귀엽지 않은 성질만 **빼고**."

그녀의 왼쪽 어깨를 꽉 한 번 움켜쥐고 그는 흘러내린 그녀의 머리카락 몇 가닥을 한쪽으로 넘겼다. 몸을 비틀며 닿지 않으려는 그녀의 어깨를 계속해 꽉 붙들고 있었다. 하지만 지은은 그의 손이 스치는 목 뒤에 소름이 돋을 것만 같아 몸부림을 쳤다.

그 때 직원들의 작은 탄성이 흘러나왔다. 그리고 고개 숙인 그녀의 목엔 화려한 다이아몬드 목걸이가 걸렸다. 사실 걸어졌단 표현보단 매어진다는 표현이 그녀에게 더 정확한 말일 듯싶다.

"어머, 사모님은 정말 좋으시겠어요. 저도 저런 목걸이 한번 받아 봤으면 소원이 없을 텐데."

직원들은 계속해 두 사람을 부러워하기도 했고 축하하기도 했다. 거짓으로라도 웃어 줄 수 있었던 지은이었지만 도저히 그런 기분이 들지 않았다.

고개를 들어 목에 매어진 듯한 목걸이를 쳐다보던 그녀가 천천히 그 목걸이를 손으로 더듬거렸다. 이제 정말 돌이킬 수 없을 것 같았다.

그는 다른 여자들처럼 호들갑은 고사하고 놀란 눈치 하나 보여 주지 않는 그녀의 반응에 비식거렸다.

"정말 콧대 높은 여자라니까."

"……비켜 줘요. 옷 갈아입게."

"결혼, 이제 얼마 안 남았지?"

"그런가요."

"그래. 준비할 건 없겠지만, 준비하고 있어."

어깨선을 타고 내려오는 손길에 지은은 파르르 어깨를 떨었다. 그 모습에 재윤은 작게 웃고는 몸을 틀었다.

"가지. 또 갈 곳이 있어. 먼저 나갈 테니 갈아입고 와."

역시나 그녀의 대답을 기다려 주는 일은 없었다. 왠지 모를 분위기에 직원들의 시선이 바빠졌지만 지은은 무시했다. 조이는 드레스가 숨통까지 조이는 것 같았다.

거울을 통해 바라본 자신의 얼굴에 또 한 번 낙담하고 말았다. 현태와 있을 땐 항상 웃던 그 얼굴이 정말 제 얼굴인지. 왠지 현태와의 모든 일들이 꿈같이 느껴질 정도로 그녀는 표정을 잃고 서 있을 뿐이었다.

배려 없이 휘두르는 그를 익히 겪어 봤기에 이젠 어디 가냐는 질문도 무의미했다. 지은은 멍하니 창밖을 바라보다 익숙해지는 풍경에 저도 모르게 긴장했다. 이곳은 유동인구가 많은 곳이니 여길 지나쳐 달리 갈 곳은 많았다.

"꽃꽂이를 배운다며?"

가슴이 움찔거렸다. ……네. 나지막이 말하는 그녀의 목소리는 애써 평정을 유지했다.

"네가 꽃을 좋아하는 줄은 몰랐어."

"……."

"생각해 보니 약혼식 날에도 그 노란 꽃에서 눈을 떼지 않았지."

설마 현태와의 일을 알고 있는 건 아닌가 싶을 정도로 그는 느닷없는 얘기를 해 댔다. 꽃 좋아하나? 재윤이 물었지만 지은은 대답하지 않았다.

"꽃, 좋아하냐고 물었는데."

짜증이 비치는 목소리에 그녀는 침을 꼴깍 삼켰다. 알고 있는 건가? 아니야. 알았다면 가만히 둘 리가 없었어.

"이봐."

지은이 그때서야 고개를 돌렸다. 여전히 차갑고 무표정한 얼굴로 재윤을 바라보았다.

"아뇨. 안 좋아해요."

"그래? 유감인데."

"뭐가요."

"오늘 너에게 꽃을 선물할 거거든."

그의 너머로 익숙한 가게가 눈에 들어왔다. 아기자기한 입구에선 성하가 주머니에 손을 꽂고 몇몇 화분에 물을 주고 있었다.

차는 이미 멈추었고 기사가 재빨리 내려 뒷문으로 걸어가 문을 열었다. 성하는 가게 앞에 정차된 차를 살피다 뒷좌석에 앉아 있는 두 사람을 발견하고 곧장 가게 안으로 뛰어 들어갔다. 불안한 그녀의 눈동자가 흔들렸다.

"내리지."

"아뇨. 꽃 안 좋아해요. 가요, 그냥."

"꽃꽂이를 배울 만큼 꽃을 좋아하는 거 아니었나?"

"아뇨. 어머니 때문에 억지로 배우게 된 거였어요."

그녀가 말을 하든 말든 재윤은 이미 밖으로 몸을 빼내었다. 그러곤 다시 차 안으로 얼굴을 내밀었다.

"이미 주문을 해 놨으니 어쩔 수 있나. 뭐, 정 싫으면 가져가서 직접 버리든가."

"……"

"안 내릴 건가? 잡아끌어 줘야 내리겠어?"

처음엔 꽃꽂이를 배운다기에 꽃을 좋아하나 보다 싶었고, 좋아하는 것을 주면 그 차가운 표정만 있던 얼굴에서 다른 표정을 볼 수도 있지 않을까 싶었다. 하지만 그녀를 보니 자신이 해 주는 건 뭐든 내키지 않는 모양이었다. 그리고, 죽어도 이 꽃집엔 가기 싫은 거겠지.

얼마 전 비서에게서 묵직한 서류봉투를 건네받았다. 또 어떤 정신 나간 기자가 돼도 않는 협박거리를 보내온 것이라 생각했다. 하지만 그런 건 대부분 비서가 알아서 제 앞에 놔두지도 않았다.

심드렁하게 그 봉투를 쓰레기통에 버리려던 순간 비서는 꼭 보라는, 평소에 하지도 않는 말을 했다. 칼로 반듯하게 찢어진 봉투 속엔 꽤 많은 양의 사진이 들어 있었다. 그리고 사진을 책상 위로 쏟아붓자 그의 표정이 단숨에 굳어졌다.

'뭐야, 이거?'
'약혼식 이후로 사모님이 만나고 계시는 분이랍니다.'
'……'

212

그녀는 사교계에서도 얌전하기로 유명했다. 성격을 말하는 것이 아니라 행실이 단정하단 말이었다. 철없는 남녀들이 모여 진탕 노는 곳에서도 지은의 그림자는 찾아볼 수 없었고, 여성 전용 클럽을 드나든다는 시시껄렁한 소문도 없었다.

그런 그녀가 보이지 않는 곳에서 다른 남자와 입을 맞추고 웃고 있었다.

재윤은 거세게 뒤통수를 맞은 기분을 감출 수 없었다. 얌전하던 고양이가 갑자기 발톱을 세우던 이유가 있었다.

생각지도 못한 일이라 그는 그저 몇 번 헛웃음을 뱉으며 사진은 모두 쓰레기통에 처박았다. 비서가 눈치를 살피다 다시 입을 열었다.

'파파라치가 돈도 요구하지 않았어요. 대충 찌라시를 원하는 모양이던데.'

'그런데 이걸 나보고 어쩌라고 보낸 거야, 그 새끼는?'

'아무래도 이런 사진이 공개되면 이미지가 좋진 않을 겁니다.'

'그 새낀 뭐하는 새끼야!'

참던 화는 단숨에 끓어올랐다. 벌떡 일어나 쓰레기통을 걷어차자 몇몇 서류 종이와 사진이 사방으로 흩어졌다.

사진 속 그녀는 낯선 얼굴을 하고 있었다. 생판 모르는 남처

럼 여겨지기도 했다. 상대 남자는 도저히 이 바닥에서 보던 놈
이 아니었다. 그런 그 둘이 서로를 바라보고 입을 맞추고 웃고.

　재윤은 담배를 한 개비 꺼내고는 담뱃갑을 아무렇게나 던지
며 비서에게 지시했다.

　'저놈 뭐하는 놈인지 알아내.'
　'네.'

　그녀는 공인이라면 공인이었다. 그런 그녀가 밤이고 낮이고
다른 남자를 만나다니, 그것도 결혼을 앞두고 다른 남자를. 자
신이 이렇게 두 눈을 시퍼렇게 뜨고 있는데 나 아닌 다른 남자
를.

　담배 연기는 공중으로 몇 번 흩뿌려지지도 않았건만 바닥에
무참히 짓밟혔다.

　그리고 며칠 뒤, 현태의 신상 정보가 재윤에게 보고되었다.
약혼식 플라워 디자인을 했던 플로리스트이고 얼마 전 사거리
에서 봤던 꽃집 주인이라는 것. 그리고 요즘 남자에게 꽃꽂이를
배우고 있다는 것까지.

　내리지 않고 버티고 있는 그녀를 보니 꽃이고 뭐고 다 집어
치우고 싶었지만 오기가 생겼다. 어디까지 모른 체할 수 있는
지.

　"내려."

　"싫어요. 안 좋아한다고 했잖아요."

214

"끌고 가 줘? 끌려가고 싶어?"

"……."

"알았어, 그럼."

지은은 경직된 몸을 주춤거리며 물러났다.

안 돼. 보여 주기 싫어.

파르르 떨던 그녀 앞으로 그의 팔이 거침없이 뻗어 왔다.

"형님! 사장 형님!"

성하는 밖에서부터 후다닥 뛰어 들어오더니 밖에 들리지 않을 정도로 외치며 꽃 포장을 막 끝낸 현태에게 달려갔다.

"왜?"

"아, 아……."

"말을 해, 말을."

이제 슬슬 꽃다발을 찾으러 올 것 같은데. 품에 한아름 안길 정도로 큰 꽃다발을 정성껏 포장하느라 진땀깨나 뺀 그였다. 가격은 상관없으니 크고 예쁘게, 라는 게 주문이었는데 사실 이런 주문이 제일 곤란했다. 사람의 기준은 모두 다르니 말이다.

그나저나 프러포즈라도 할 모양인가. 이렇게 큰 꽃다발이라면 여자는 꽃이 아까워서라도 허락할 것 같았다.

물끄러미 꽃다발을 쳐다보던 현태는 자연스레 지은을 떠올렸다. 오늘 그녀에게 자신도 선물을 하리라 마음먹었다.

"형님! 아, 진짜. 밖에 누가 왔는지 알아요?"

"연예인이라도 왔냐?"

"연예인이면 다행이다!"

"이게 자꾸 픽하면 말이나 까고······."

"박재윤. 시나그룹 대표. TV에 약혼한다고 자랑하던 그 남자!"

"······지나가는 길이겠지. 뭘 그렇게 호들갑이야."

"아, 누님이랑 같이요!"

주변을 정리하던 현태의 손이 멈추었다. 지은이가 여길 그 사람과······.

"이 근처엔 뭐 백화점도 없고 입 벌어지게 좋은 음식점도 없는데 두 사람이 여기 왜 있겠어요!"

"······."

"아, 그거 놔두고 빨리 어디든 숨어요. 이리로 와요."

들킨 건가? 그 남자가 알게 된 건가?

"그럼 지은이는 어떻게······."

"지금 그딴 게 중요한 게 아니에요! 지금 누님 걱정하게 생겼어요? 빨리 숨어요, 빨리!"

"잠깐······."

"잠깐이고 나발이고 나중에 생각하자고요!"

그 때 뒤에서 문이 열리는 소리가 들리더니 원치 않는 손님이 들이닥쳤다. 성하는 얼굴을 확인한 후 망했다, 하고 현태를 노려보았다.

그런데 왜인지 그의 표정이 심상치 않았다. 재윤이 그녀의 손목을 세게 부여잡고 있었다. 거의 끌려오듯 가게 안으로 들어서 그녀를 보니 표정을 숨길 수가 없었다.

재윤은 그런 현태를 힐끗 쳐다보고는 마땅찮은 눈으로 가게 안을 빙 둘러보았다.

"여긴 손님이 오면 인사를 그런 식으로 하나 보지?"

"아! 어서 오세요! 죄송합니다. 지금 정신이 없어서. 찾으시 는 거 있으세요?"

"당신이 사장인가?"

"어…… 아, 아뇨……."

이리저리 눈치를 보느라 바쁜 성하였다. 정작 이 관계의 당사 자인 현태는 당황스러워했지만 한편으론 한 번쯤은 일어날 일 이었단 듯 담담해 보였다.

이미 지은과의 관계를 눈치챘을 가능성이 컸다. 그렇지 않다 면 이런 꽃집까지 직접 행차하시겠냔 말이다. 무엇보다 저를 바 라보는 재윤의 눈빛이 사나웠다. 그런 그에게 붙잡혀 오게 된 지은은 고개를 돌린 채 바닥만 내려다보고 있었다.

"그럼 당신이 사장인가."

아니라고 한다면 우스울 테니 현태는 성실하게 답했다.

"네. 제가 주인입니다."

"오늘 주문 중에 제일 큰 꽃다발."

현태 앞에 놓인 커다란 꽃다발을 향했던 재윤의 시선은 다시 그에게 닿았다.

"그거 찾으러 왔는데."

순식간에 현태는 스스로가 바보처럼 느껴졌다. 지은을 제 것이라 생각했지만, 또한 제 것이 아니었다. 모두 알고 있었는데 두 사람이 함께 있는 걸 다시금 보게 되니 심경이 복잡했다.

"여기…… 있습니다……."

무거운 납덩이라도 옮기는 것처럼 꽃다발을 든 두 손이 무거웠다. 꽃이 상할까 조심스레 다루는 현태와 달리 재윤은 꽃다발을 휙 낚아채듯 가져가 버렸다. 묵직한 꽃다발을 무심하게 쳐다보던 재윤이 그녀의 팔을 끌어당겨 저를 보게 했다.

"자."

"……."

"받는 시늉이라도 해야지 그렇게 있으면 뭐가 돼?"

바로 코앞까지 내밀어진 꽃다발에 지은은 그 너머 현태를 살폈다. 현태는 차마 볼 수 없어 시선을 비껴 고개를 돌린 후였다.

그녀의 마음은 딱 죽고 싶을 만큼, 그 정도였다. 당장이라도 재윤이 내미는 꽃다발을 쳐내고 싶었다. 하지만 현태의 손길이 닿은 꽃이었다. 저 때문에 일이 이 모양이 되어 버렸다 생각하니 도저히 견딜 수가 없었다. 어떤 얼굴로도 지금 현태를 바라볼 수 없었다.

지은이 한참을 망설이자 그녀를 잡고 있던 손이 떨어져 나갔다. 아릿한 부분을 손으로 문지를 때 재윤이 꽃다발을 다시 현태 앞으로 툭 던졌다. 현태와 지은의 시선이 동시에 그에게 닿았다.

"이현태, 라고 했던 것 같은데."

감쪽같이 모른 체하던 재윤을 향해 지은이 몸을 파르르 떨었다. 언제부터였을까 하던 잠깐의 의문은 사라졌다. 지은은 참을 수 없이 현태에게 미안함을 느껴야만 했다. 잠깐 동안 오만 가지 생각이 다 들었다. 널 왜 만났을까. 너를 욕심내서 일이 이 지경까지 이르렀다 생각하니 정말 미칠 것 같았다.

 어리석었다. 후회하지 않을 거라 생각했지만 그 후회는 현태의 표정에 물밀 듯 밀려왔다.

 "아주 사람을 우습게 보는 것도 대단한 재주야."

 재윤이 거리낌 없이 담배를 입에 물었다. 한 모금 막 빨아 당겼을 때 잠잠하던 현태가 굳은 얼굴로 말했다.

 "꺼 주세요. 여긴 금연입니다."

 저런 남자와 그녀가 결혼을 해야 한다 생각하니 가슴이 이루 말할 수 없을 정도로 답답했다. 저런 안하무인 같은 성격이라면 지은을 행복하게 만들어 주기는커녕 다정한 말 한 마디 해 주지 않을 것 같았다.

 이러지도 저러지도 못하고 금방이라도 울 듯한 그녀를 보니 재윤을 향해 화도 났다. 지은이 그 결혼을 끔찍해하는 이유를 알 것 같았다.

 저를 똑바로 쳐다보며 말하는 현태를 재윤은 무척이나 우습게 생각했다. 희뿌연 연기가 길게 뻗어져 나왔다.

 "남의 여자나 뒤로 만나는 사람이 지금 도덕을 운운하는 건가?"

 "일단 담배부터 끄시고 얘기하시죠."

"당당한가 보지?"

"⋯⋯."

"무슨 생각으로 임자 있는 여자와 놀아나는 건지 모르겠군. 돈이 필요해? 그런데 어떡하지? 이 여자로는 아무것도 뜯어내지 못할 텐데. 그런 거라면 포기해. 설마 사랑이니 어쩌니 하는 건 아니겠지. 이런 목석같은 여자랑. 당신도 참 할 일 없는⋯⋯."

"그만해요!"

현태가 나서기도 전에 듣다 못한 지은이 버럭 소리를 질렀다. 그러곤 재윤의 손에 걸쳐진 담배도 아무렇게나 잡아 바닥에 던지고는 발로 짓이겼다. 불똥에 데여 손바닥이 화끈거렸지만 그건 그녀에게 아무렴 좋았다.

현태는 반사적으로 옆에 물티슈를 한 장 뽑아 그녀에게 다가갔다. 그걸 왜 맨손으로⋯⋯.

눈썹을 잔뜩 찡그린 채 그녀의 손을 잡고 닦아 주는 현태가 재윤은 어이가 없었다. 순순히 손을 내주고 있는 그녀는 두말할 것도 없고 말이다.

재윤이 거칠게 지은을 끌어당기자 그녀도 이번엔 온 힘을 다해 뿌리쳤다.

"당신이 우리한테 이럴 이유 없어."

"그래서 지금 잘했다는 거야?"

"그런 당신은 얼마나 잘났어? 아버지랑 같이 날 중간에 두고 인간 취급도 안 하는 주제에! 내가 뭘 하든 어떤 생각으로 살든,

어떤 기분이든! ……당신은 자격이 없잖아. 이 사람한테 함부로 말하지 마. 당신이 그렇게 아무렇게나 말해도 되는 사람 아니니까."

눈물을 참는 그녀의 눈은 빨갛게 달아올랐다. 그런 그녀를 보니 화가 나서 미치겠는데도 또 다른 생경한 감정에 재윤은 기분이 나빴다. 이 감정이 도대체 뭐냔 말이다. 감정 없던 그녀가 누군갈 위해 화를 내고 있었다. 그 모습이 얼마나 단호한지 재윤마저 한 순간 입이 다물렸다. 자격이 없다는 건 아주 틀린 말은 아니었지만 자격이 없진 않았다.

"난 분명 네 아버지와 거래를 했어. 하지만 네가 이런 식이면 곤란하지, 신지은."

"그만하시죠. 지은이 그런 식으로 대하시는 거."

현태가 지은을 슬쩍 곁으로 두었다. 재윤의 말에선 그녀에 대한 어떠한 배려나 마음도 찾아볼 수 없었다.

"저희가 잘못된 관계라는 건 저도 잘 압니다."

"잘못을 안다는 사람치곤 지금 굉장히 뻔뻔하다는 거 알고 있나?"

"하지만 박재윤 씨보단 나을 것 같단 확신은 드네요."

"이게 무슨 소꿉놀이인 줄 아는 건 아니겠고. 사는 게 심심한가 봐. 아니면 이곳에서 살기가 지겨워졌다든가. 그것도 아니라면 쌍으로 정신이 나간 것일 수도 있겠군. 니들은 지금 당장 경찰서로 가도 아무 할 말 없는 사람들이야. 나란히 경찰서든 정신병원이든 처넣어 줘야 알아듣겠어?"

"정신이라면 제가 훨씬 멀쩡합니다. 얼마나 대단하셔서 지은이를 그런 취급하는지 모르겠지만, 그만하세요. 못난 사람 아닙니다. 그런 사람 아니에요, 지은이."

홀로 도와줄 사람 없이 버텨 온 지은이 새삼 대견스러운 현태였다. 왜 더 빨리 만나지 못했는지 미안하기도 했고, 안쓰럽기도 했다. 너만 웃을 수 있다면 아무렴 좋았다. 계속 그 얼굴을 볼 수만 있다면. 저를 바라보며 눈물을 흘리고 있는 지은의 손을 꼭 잡았다.

"하고 싶은 대로 하세요. 정신병원이든 경찰서든. 대신 지은이는 이제 놓으십시오. 놔주세요. ······제대로 살 수 있게 지은이, 놔주세요."

제대로 살 수 있게······.

지은은 마주 잡은 손이 진정되지 않을 만큼 떨려 왔다. 현태의 말들이 온몸을 타고 흘러 가슴에 조금씩 스며들었다.

고맙고 또 고마웠고, 미안하고 또 미안했다. 난 이럴 자격이 없는데······ 네가 그렇게 말할 만큼 가치가 없는데······.

현태의 말들은 은혜롭기까지 했다. 사랑하는 마음으로 제 편에 서서 말을 해 준다는 게 감사했다.

멍청한 것들.

말 한마디로 놓아줄 것 같았으면 처음부터 시작도 하지 않았을 재윤이었다. 마주 잡은 손, 울고 있는 그녀, 곧은 표정과 말투로 쳐다보고 있는 그.

재윤은 이를 빠득 갈며 짧게 숨을 내쉬었다.

"신파도 이런 구닥다리 신파는 어디에도 없을 거야."

"……."

"놓아달라고? 제대로 산다는 게 뭐지? 빈털터리로 쫓겨나서 당신과 함께 있으면 제대로 살 수 있나? 신지은 집이 폭삭 무너져서 길거리로 내몰려도 둘이서라면 행복하나?"

"지은이 하나 책임 못 질 만큼 저 능력 없는 사람 아닙니다."

"아, 이런 작은 꽃집 하나 있다고? 알아보니 여기저기 큰 회사와 계약은 되어 있더군. 그런데 그 큰 회사들 내 발끝에도 못 미치지만 말이야. 알아들어? 넌 신지은을 얻으면 그것들 하나도 남김없이 다 잃을 거라고."

"……."

"그래. 조금은 고민이 되지? 어쭙잖은 객기는 내 앞에서 부리지 않는 게 좋아. 누가 뭐라 해도 세상에 돈보다 중요하고 힘 있는 건 없어. 유감스럽지만 난 너보다 아주 세."

"그러세요. 유감스럽지만 전 그런 당신이 무섭지 않습니다. 부럽지도 않고요. 나보다 하나 나은 게 없어 보여서. 그리고 여기서 이러는 건 그만하시죠. 일단은 공인이신데."

주변을 신경 쓰지 못했던 재윤이 뒤를 돌아보았다. 꽃집에 들어오려다 들어오지 못한 두어 명의 사람들이 서성이고 있었다. 재윤은 다시 고개를 돌려 현태를 무섭게 노려보았다.

"원래 가진 것 없는 놈들이 무서울 것도 없는 법이지. 이딴 꽃집 하나 어떻게 한다고 해서 내 기분이 대단하게 좋아질 것도 같지 않고, 그건 넘어가겠어. 둘도 눈감아 주지. 언제까지 웃을

수 있을지 모르겠지만 니들이 좋아하는 신파나 열심히 찍어. 신
지은 넌, 예정대로 나와 결혼한다."

"차라리 아버지한테 말해요! 그리고 제발 난 없는 사람처
럼……!"

"만나고 싶다고 해서 만나게 해 주겠다는데 또 뭐가 불만이
야? 많이 만나. 결혼하고서도 만나. 재주껏."

"……."

"난 가 봐야겠어. 쓸데없이 시간만 버렸군."

재윤이 미련 없이 뒤를 돌아 가게를 나섰다. 히스테릭한 그의
성격에 고함이라도 칠 듯해 보였지만 차에 올라타는 그의 입가
엔 비릿한 미소가 지어져 있었다.

재윤의 퇴장으로 상황이 마무리되자 제일 먼저 성하가 자리
에 풀썩 앉아 가슴을 진정시켰다.

"와……. 나는 또 무슨 큰일이라도 나는 줄 알았어요……."

그런 성하를 향해 현태는 웃기도 했다. 저 형님은 정말 무슨
생각인 거야……. 저 같았다면 절대 그러지 못했을 거라고 혀를
내둘렀다. 사정이 있겠거니, 했던 성하는 생각했던 것보다 큰
사정에 넋이 나가 보였다. 그러니까, 정략결혼 같은 건가? 거래
라는 건, 누님이 결혼을 하는 조건으로 무언가 오고 가는 거겠
지? 주워들은 말들을 되뇌다 종국엔 현태와 지은을 인정하기까
지 했다. 형님이 그렇게 누님을 감싸는 이유가 있었어. 그래. 그
게 남자지!

정신이 없을 지금 이 순간에도 현태는 지은을 달래기 급급했
다.

"미안……. 미안해…… 나 때문에……."

"아냐. 울지 마. ……내가 더 미안해."

모든 걸 잃을 수도 있다던 재윤의 말에 조금은 두려움이 들
었었다. 노력해서 일구어 낸 결과물을 하루아침에 잃게 된다는
건 분명 두려운 일이었다.

하지만, 그녀를 잃는다면 두 번 다시 되찾을 수 없었다. 일이
야 한 번 자신이 해낸 일이니 분명 또다시 제 힘으로 일어설 수
있었다. 이곳에서 힘들다면 다른 곳에서도 충분히 다시 시작할
수 있었다. 현태는 자신의 일에 대해 항상 자신이 있었으니 말
이다.

하지만 지은은. 그녀를 잃고 나서도 저는 제 힘으로 다시 일
어날 수 있을까. 그녀가 아니라도…… 다른 사람과 다시 시작할
수 있을까.

고개가 내저어졌다. 아니, 절대로.

"네가, 네가…… 차라리 다른 사람을 만났더라면……. 나 말
고…… 네가……."

"성하야, 가서 물 한 잔만."

성하가 곧장 일어나 정수기가 아닌 근처 편의점으로 자리를
피했다. 지은을 꼭 안고서 그는 몇 번이나 무거운 마음을 달래
었다.

"지은아."

"미안해……. 아, 정말……."

"내 걱정하지 마. 난 어떻게든 할 수 있어. 그 사람 말처럼 내가 힘이 있는 것도 아니지만, 나 하나 정도는 내가 어떻게 할 수 있어. 그 사람은 눈감아 주겠다고 했지만 내일 당장 가게가 사라져도 난 다른 곳에서 다시 시작할 수 있을 만큼의 여유는 있고, 내가 이 일을 할 수 없게 돼도…… 뭐, 고향에 가서 부모님이랑 같이 과수원 하면 되는 거고."

설핏 웃음이 나왔다. 정말 그렇게 되면 볼만하겠다, 그치? 품에 안겨 우는 그녀의 등을 토닥였다.

계속 입새로 흐르는 말들은 뭉그러져 현태의 귀에 닿았다. 할 말이 많은 거 알아. 하고 싶은 말도, 내게 해 주고 싶은 말도. 하지만 괜찮아. 네 맘 다 알아. 지은이 네가 내게 하고 싶어 하는 말들이 무엇인지.

어깨를 적셔 가는 눈물이 마를 새가 없었다.

"그러니까 지은아. 내 걱정은 할 필요 없어. 내 일이야 어떻게든 되겠지. 그건 그때 생각하면 돼. 그런데 네가 없으면…… 음……."

겨우 참고 있던 감정이 순식간에 터져 나오는 느낌에 현태는 말끝을 흐렸다. 그녀를 감싸 안은 팔에 조금 더 힘을 줘 보기도 하고 이를 악물어 보기도 했다. 감정을 씹어 삼키듯 삼켜 보아도 조금씩 새어 나왔다.

"네가 없으면…… 그건 좀 힘들겠다……."

가녀린 그녀의 팔이 그의 등을 감싸고 끝나지 않는 슬픔이 입에서 흘렀다.

　미안해. 미안해.

　고개 숙인 그의 입에서도, 어린아이처럼 울어 버리는 그녀의 입에서도 그렇게 말했다.

　너를 만나, 사랑해서 미안하다고.

　꽃집은 일찍이 문을 닫았다. 뜻하지 않은 조기 퇴근에 성하는 좋아하기는커녕 걱정 가득한 눈으로 그 둘을 바라보았다. 현태는 지은과 함께 자신의 집으로 향했다. 그녀가 먼저 그러자고 했다. 오늘 돌아가지 않아도 좋으니 함께 있자고 말이다.

　그녀는 가는 내내 가슴이 뛰어서 숨이 제대로 쉬어지지 않았다. 그의 손을 잡고 엘리베이터에 오르고 나서는 가슴이 멎을 것 같았다. 그런 지은의 손을 잡고 있는 현태도 마찬가지였다. 하지만 손을 놓지는 않았다.

　현관문을 열고 들어오자마자 둘은 눈이 마주친 순간부터 열이 올랐다. 지은은 지금 이 감정이 무섭기까지 했다.

　처음이었다. 자신을 누군가에게 줘야 한다면 그건 당연히 현태였다. 그런 그녀를 아는지 현태는 무섭게 그녀를 밀어붙였다. 본능을 억누르려 했지만 그녀의 숨소리에 정신이 아득해졌다. 높은 굽에 휘청거리는 그녀를 안아들고 침실로 향했다. 그의 목에 팔을 두르고 얼굴을 숨기고 있는 지은의 귀가 빨간 장미 같았다.

　침대에 눕혀 옷을 벗기는 동안 현태의 손도 떨려 왔다. 지은처럼 처음도 아닌데 자꾸만 긴장이 되는 게 실수라도 할 것 같았다. 손끝이 스칠 때마다 지은은 바르르 몸을 떨었다. 아프게 하고 싶지 않은데 악마는 그녀를 밀어붙이라 속삭이고 있었다.

이제 해가 지려는 초저녁이었지만 벌거벗은 그녀는 선명했다. 옷을 벗고 보니 더 여렸다. 점 하나 없는 매끈한 피부에 현태는 천천히 입을 맞추었다. 그녀의 머리를 쓰다듬고 입을 맞추며 긴장을 풀어주려 했지만 여전히 지은은 몸이 굳은 것처럼 느껴졌다. 멈출 수가 없었다. 이젠, 멈출 수가 없다.

목덜미에 여러 번 입을 맞추자 그녀는 가느다란 신음을 참지 못하고 내뱉었다. 그의 손이 대담해져 지은의 가슴을 어루만졌다. 밀어내는 미약한 힘은 저를 거절하는 뜻이 아니었다. 그의 입술은 천천히 내려와 그녀의 가슴을 머금었다. 움찔 몸을 떨던 지은이 현태의 팔을 꽉 붙잡았다.

"싫어?"

달뜬 그의 목소리는 상상조차 해 본 적 없을 정도로 섹시했다. 눈을 질끈 감고 그녀는 고개를 저었다. 괜찮아……. 그러곤 그의 머리를 꼭 껴안았다. 현태의 입술이 다시 움직였다. 가슴을 입에 물고 혀를 움직이자 그녀의 신음이 조금씩 커져 갔다. 여태 겪어 보지 못한 흥분이었다. 겁이 나는 건 둘째 치고 이러다 심장이라도 덜컥 멈출 것 같았다.

현태는 옆으로 비켜 누워 그녀의 머리를 팔로 받쳤다. 반쯤 뜬 지은의 눈이 저를 끌어당겼다. 단숨에 입술을 집어삼키자 얽히는 타액마저 달콤했다. 한 손은 계속 그녀를 소중히 쓰다듬었다. 그리고 천천히, 아무도 닿지 않은 은밀한 곳까지 내려갔다. 놀란 듯 숨을 들이켜는 그녀를 위해 애써 정신을 다잡으며 현태는 천천히 지은의 얼굴에 입을 맞췄다.

"아프면 그만둘게. 참지 말고 말해. 응?"

나지막이 속삭이는 목소리에 지은은 또 한 번 고개를 끄덕였다. 이젠 아무래도 좋았다. 나 좀 어떻게 해줘.

아래에 닿은 손은 부드러웠다. 조금씩 젖어 가는 곳을 정성스레 애무했다. 그럴수록 지은은 그의 입술을 찾아들었고 목을 감싸고 있던 가는 팔은 애가 타는 듯 보였다. 현태는 움직이던 손을 멈추고 그녀의 이마에 키스를 남겼다. 바닥에 널브러진 바지 주머니 속에서 오는 길에 사 왔던 콘돔을 꺼내 뜯었다. 자신의 것에 끼우는 손길이 다급하지만 침착하려 애썼다.

자신의 것을 그러쥐며 지은의 위로 올라타자 그녀는 보지 못하고 얼굴을 가려 버렸다. 부끄러워하는 게 훤히 보여 귀여웠다.

"얼굴 가리지 마. 그러면 내가 못 보잖아."

"싫어……."

"싫어도 보여 줘. 응? 안 부끄러워해도 돼."

현태가 천천히 팔을 잡아 내리자 서서히 그녀의 얼굴이 드러났다. 날이 저물어 보이진 않았지만 분명 그녀는 그를 바라보고 있었다. 지은의 다리 사이에 자리를 잡은 현태가 짙은 숨을 뱉어 냈다. 한 손은 떨고 있는 손을 꼭 잡아 주었다. 좁은 입구 사이로 천천히 그가 들어간다. 반쯤 넣은 그가 그녀의 머리카락을 쓸어 넘겼다.

"괜찮아?"

지은이 대답 대신 두 팔을 뻗었다. 현태도 끝까지 천천히 밀어 넣으며 그녀의 품에 안겼다. 낯선 이물감에 이맛살을 찌푸린 지은은 한껏 그를 껴안았다. 망설이는 현태에게 괜찮다고 말해 주었다.

멈추지 마. 현태야. 그의 뺨에 키스했다. 참지 못한 그가 움직이기 시작했다. 아파서 죽기라도 하면 어쩌지, 바보 같은 생각은 점점 사라졌다. 어딘가 뻐근하고 불편한 느낌은 있었지만 잠깐이었다.

현태가 허리를 움직일 때마다 지은의 입에선 숨김없이 신음이 터졌다. 거기에 열이 올라 현태의 움직임은 거세지기도 했고 부드러워지기도 했다. 서로의 향기가 스며드는 것 같다. 방 안은 열띤 숨소리로 가득했다.

그녀의 숨이 거칠어지면서 지은이 몸을 바들바들 떨었다. 웃, 흐읏! 그에게 매달리듯 안긴 지은이 작은 몸을 떨자 현태의 아래도 바빠졌다. 이윽고 거칠게 밀고 들어오던 몇 번 사이 그도 모두 쏟아부었다. 거친 숨소리는 서로의 입 속으로 자취를 감추었고 모든 흥분이 진정될 때쯤 둘은 마주 보며 민망하게 웃어 버렸다.

"안 아파?"

"응……."

웃으며 말하는 그녀가 얼마나 사랑스럽던지 다시 아랫도리에 힘이 들어갈 것 같아 빼려던 때였다. 지은이 그의 목에 팔을 풀지 않고 입을 맞춰 왔다.

"……그만. 나 또 할 거야, 그럼."

말하면서 스치는 입술이 뜨겁다. 현태의 경고에도 지은은 멈추지 않았다. 밤새도록 안아줘. 아무것도 생각하지 말고 우리만 생각하자. 난 너만 생각할게. 마음속의 말이 입술을 통해 건네지길 바라는 지은이었다.

현태는 거절하지 않고 다시 그녀를 안았다. 그 둘은 처음보다 쉽게 달아올랐다. 밤은 이제 겨우 시작되었다.

다음 날 그의 품에서 깨어난 지은은 쉽게 눈을 뜰 수가 없었다. 언제부터인지 자신을 바라보고 있는 현태의 시선이 느껴졌기 때문이다.

"방금 깬 거 같은데. 속눈썹 떨렸어."

"……."

"잘 잤어?"

눈을 뜨자마자 그를 볼 수 있다니, 지은은 너무나 행복했다. 지친 몸으로 품에 안겨 드는 그녀가 현태는 사랑스러웠다.

"몸은 괜찮아?"

"……응."

"잠깐 누워 있어. 아침……."

그녀는 떨어질 줄 몰랐다. 안 먹어도 돼. 같이 있자. 그렇게 말한 지은이 얼굴을 붉혔다.

"팔베개해 줘."

고개를 들어 어서 해 달란 듯 지은은 어리광도 부렸다. 결국
현태는 다시 침대에 누워 그녀에게 팔베개를 해 주었다. 그러자
피곤했던지 얼마 지나지 않아 다시 잠든 지은의 등을 토닥였다.

지은은 오후가 되어서야 해준의 불호령에 그의 집을 나섰다.
현태도 성하에게 아침 일찍 연락해 늦을 수도 있으니 먼저 출근
해 있으라고 전했다. 함께 현태의 오피스텔 앞에서 기다린 지
10분쯤 지나 익숙한 차 한 대가 그들 앞에 섰다.

"아가씨! 진짜 저 죽는 꼴 보고 싶으세요?"

씩씩거리는 해준을 보고도 지은은 현태에게 웃었다.

"갈게. 전화할게."

"그래. 조심히 가. 도착하면 전화하고."

"출근해야 되지? 미안해. 나 때문에 늦어서……."

"별게 다 미안하다. 어서 가. 화 많이 나셨는데?"

"괜찮아."

지은은 해준을 쳐다보았다. 말없이 외박을 한 딸을 찾으러 온
아빠 같았다.

"……괜찮아, 너? 그 사람이 혹시나 너한테 무슨 짓이라도
하면……."

"아냐. 그럴 리 없어. 어떤 뜻으로든 한 입으로 두말할 사람
은 아니거든."

"걱정된다. 무슨 일 있으면 전화해. 갈게."

"걱정 말라니까."

지은이 그의 품에 안겨 들었다. 수고해. 전화할게. 인사를 건 넨 그녀는 쉽게 발이 떨어지지 않았지만 발길을 돌려야 했다.

차에 탈 때까지도 현태와 지은은 서로에게서 눈을 떼지 못했다. 차가 출발하고 나선 그에게 메시지가 한 통 도착했다.

[벌써 보고 싶다. 사랑해.]

현태는 걱정스런 마음을 잠시 내려놓으며 웃었다.

그리고 그렇게 인사를 남기고 떠난 그녀는 그 후로 연락이 닿지 않았다.

13

눈을 뜨면 행복했다.

눈을 감아도 떠오르는 너의 생각에 하루 종일. 작은 습관도, 말투, 행동도 하나 싫은 게 없고, 함께 있으면 너만 바라보던 난 그것들을 하나둘 닮아 가기도 했다. 아직도 모든 것이 선명했지만 검은 새벽에 낀 안개처럼 흐려지기도 했다.

언제쯤이면 볼 수 있을까. 어떻게 하면 널, 만날 수 있을까. 모든 것을 잊을 때, 잊어야만 할 때, 그때라도 널 볼 수 있을까? 그때가 되면 우리 볼 수 있을까?

모르겠다. 그때가 언제일지는.

아득해지는 기억 너머로 힘겹게 널 되새긴다. 되새기고 되새겨 어렵게 우리를 그려 내지만 넌 내 곁에 없었다.

보고 싶다. 보고 싶어. 꽃 같은 너를……

시들어 버린 꽃은 향기를 잃어 가고 바스러졌다.

나 또한 그랬다. 내 의지와 상관없이 너의 향기는 내 곁에서 사라져 갔다. 널 볼 수 없는 내 가슴도 그렇게.

추운 겨울, 널 잃은 나는 뜨거운 열병을 앓고 있었다.

✳

벌써 그녀를 만나지 못한 지 한 달이 다 되어 가고 있었다. 하루의 절반은 결번인 지은의 휴대폰에 연락을 하는 걸로 보내는 것 같았다. 멍하니 앉아 있다 주문받은 꽃다발을 만들어 놓지 않을 때도 다반사였다. 성하는 그런 그가 안쓰럽긴 했지만 이해하진 못했다.

"형님. 일은 하셔야죠. 이러다가 망하겠어요."

"하아."

"안 되겠다. 나랑 술 한잔해요."

"아냐."

"뭐가 아니에요. 어차피 일도 더 이상 없을 거 같죠? 일어나요. 술이라도 잔뜩 마시고 집에 가서 푹 주무세요."

평소엔 술이라면 입에도 잘 대지 않던 현태였는데 요샌 종종 술에 취해 잠드는 날이 있었다. 어디에 있어도 보이고 들리는 그녀 때문에 제정신으로는 도저히 견디질 못했다.

성하의 성화에 못 이겨 따라온 술집은 꽤 조용했다. 성하의 성격이라면 들썩들썩하고 시끄러운 곳으로 갈 줄 알았는데 말이다. 대충 안주와 술을 주문했는데 술이 먼저 도착했다. 성하가 현태에게 잔을 내밀었다.

"형님. 고민해도 답이 없는 건 정말 답이 없어서가 아니에요. 머리도 생각할 틈을 줘야죠. 계속 고민만 하니까 머리가 생각할 새가 어디 있어?"

잔을 채워 주고 제 잔도 채운 성하는 혼자 꼴깍 입으로 털어 넣었다.

"근데 진짜 답이 없긴 해, 그죠? 갑자기 연락이 안 되는데 무슨 수로 찾아……."

쓸쓸히 술을 마시는 현태를 보며 그가 말끝을 흐렸다. 말없이 빈 잔에 다시 술을 부어 주자 연거푸 들이켜는 현태의 표정은 잔뜩 구겨져 있었다. 오늘은 연락이 오겠지, 내일은 연락이 오겠지 하며 기다린 시간이 벌써 한 달이다.

"지금이 내가 살면서 제일 한심하게 느껴진다."

"뭘 또 그렇게까지 얘기할 필요가 있어요? 누구나 그래요. 재벌가 집에 애인이 있다고 해 봐요. 무슨 수로 찾나."

"누구든 나보다 낫겠지."

"아 참. 아는 거라곤 번호밖에 없다면서요. 그러면 누구라도 못 찾죠. 형님만 그런 게 아니라."

위로라고 하기는 하고 있는데 현태의 표정을 보아하니 딱히 그렇지만도 않은 것 같았다.

현태는 쓰디쓴 술만 쳐다보다 다시 입에 털어 넣었다. 만나지 못했다고 해서 포기할 생각은 없었다. 그녀의 마음을 알고 있기에 더 그러지 못했다. 바라보던 눈빛이 그를 얼마나 사랑하고 있는지 현태는 충분히 느끼고 있었다.

하루 정도 연락이 닿지 않았을 때는, 몸이 좋지 않은 건가 싶어 스스로 자책하기도 했다. 하지만 그것이 이틀이 되고 일주일을 넘기니 초조해져 갔다. 알고 있는 건 지은의 번호뿐이고 하다못해 해준의 연락처라도 알고 있었다면 덜 답답했을 것이다.

보고 싶다 생각할수록 지은은 선명하게 떠오르다 가라앉았다. 누가 보면 겨우 한 달일지는 몰라도 현태가 느끼기엔 마치 다시 10년의 헤어짐을 겪고 있는 것 같았다. 없는 번호로 연락해도 지은을 들을 수 없었다. 마지막 남겨진 메시지에 보낸 답장도 셀 수 없었다.

답답한 한숨을 내쉰 현태가 아예 술병을 가져와 잔을 채웠다. 성하는 더 이상 술을 마실 생각이 없는 건지 가만히 지켜보기만 했다. 사랑이 뭐기에. 성하는 고개를 내저으며 막 도착한 안주를 헤집었다. 그러곤 하나를 집어 현태 앞에 내밀었다.

"술만 먹다간 형님 금방 갈걸요."

"안 가, 아직. 안 가."

급하게 몇 잔 마시더니 금세 취기가 오른 모양이다. 손을 젓던 현태로 인해 성하가 내밀고 있던 안주가 테이블로 툭 떨어졌다. 세상에서 제일 상대하기 피곤한 사람이 술 취한 사람이란다. 성하는 부디 현태가 곱게 취해 집으로 갔으면 하는 바람이 들었다.

인사불성까지는 아니더라도 현태는 걸음을 잘 가누지 못했다. 성하와는 키 차이가 십 센티 이상이 나는 터라 그를 부축하 겠다고 나선 성하의 꼴만 우스웠다.

"형님. 정신 차려 보시죠. 네?"

"많이 안 마셨어⋯⋯."

"그러니까 똑바로 걸어보세요. 택시 타요, 택시!"

옆을 지나가는 택시를 성하가 얼른 붙잡아 세웠다. 집 안까지 데려다주고 싶지만, 그 정도로 제가 체력이 좋진 않았다. 대신 함께 타고 가면서 현태를 먼저 내려 주기로 했다.

달리는 택시 안에서 현태는 얌전했다. 자는 줄 알았더니 그것 도 아니었다. 창문에 머리를 기대고 앉아 창밖을 내다보는 꼴 이, 청승맞았다.

"형님. 오겠죠. 기다리면 오게 돼 있어요. 걱정 마세요. 누님, 형님 많이 좋아하잖아요."

"⋯⋯그래."

많이 좋아하지. 지금도 어디서 날 기다리고 있을지도 모르는 데. 와 주길 바라고 있을지도 모르는데. 뜨끈해지는 목을 가다 듬으며 그는 휴대폰을 꽉 쥐었다.

그의 오피스텔 앞에서 택시는 멈추었다.

"형님! 곧장 집으로 가요! 어디로 가지 말고 집으로! 집에 도 착하면 전화할 거예요!"

차 안에서 고래고래 소리를 지르는 성하에게 손을 흔들어 주 고 길을 걸었다. 통로 입구까지가 왜 이리도 먼지 현태는 몇 번이나 서서 숨을 골랐다. 겨우겨우 올라탄 엘리베이터에선 도착한 줄도 모르고 앉아 있다가 경비원이 와서 깨워 주기까지 했다.

드디어 집에 도착한 현태는 문을 열자마자 바닥에 쓰러지듯 누웠다. 가쁜 숨을 내쉬며 그가 게슴츠레 눈을 떠 보았다. 집에 있으면 그녀가 더욱 선명해졌다. 힘겹게 신발을 벗고 침실로 들어간 현태가 곧장 침대에 몸을 뉘였다.

"……"

팔을 베고 잠들었던 그녀가 옆에 있는 것 같았다. 세상모르고 잠이 들었던 그녀의 머리칼을 몇 번이나 쓰다듬었는지, 이마에 뺨에 입술에 얼마나 많이 입을 맞추었는지 지은은 알고 있을까. 품에 안겨 잠든 널 보며 내가 얼마나 행복했는지, 너는 알고 있을까?

품에 안겨 날 끌어안던 네가 난 얼마나 사랑스러웠는데……. 어디 있기에 연락이 안 돼. 뭘 하느라 사람이 이렇게 기다리는데도 넌……. 무슨 일이 있는 건 아닌지 하루에도 수십 번씩 걱정이 된다.

그녀의 향기가 스며들었던 베개는 이제 섬유 향수 냄새밖에 나지 않았다. 그녀가 안겼던 제 품의 향기를 맡아 보아도 그녀는 찾기 힘들었다. 이렇게 눈을 감아도 떠오르던 그녀였는데, 벌써부터 희미해지고 있었다. 이러면 안 되는데.

눈을 번쩍 뜨고 사방을 둘러보던 현태가 몸을 뒤척였다. 좋았던 때가 꼭 어제 같기도 했고, 까마득하게 먼 옛날 같기도 했다.

결국 현태는 다시 눈을 감았다. 보고 싶다 수없이 되뇌지만 들려오는 건 자신의 메아리뿐이었다.

＊

분주히 사람들이 움직이는 가운데 지은은 가만히 바닥 어딘가쯤 시선을 흘리고 있었다.

현태와 만나지 못한 이후로 계속 이런 상태라 해준은 걱정이 이만저만이 아니었다. 24시간 재윤이 붙여 놓은 사람들 때문에 저조차 쉽게 움직일 수 없었다.

"아가씨……."

사랑스러운 얼굴은 화장에 가려져 저를 올려다보았다. 12월의 신부는 그 누구보다 애처로웠다.

그날을 마지막으로 지은은 현태를 만날 수 없게 되었다.

부모님은 저들의 사정을 모르는 눈치였고, 어차피 결혼도 얼마 남지 않았으니 자신의 집에서 지내겠다는 재윤의 말에 토를 달지 않았다. 혹여 알게 되더라도 재윤이 그녀를 그의 집 안에 가두어 두는 것에 찬성했을 터였다.

그 후로 지은은 재윤의 집에 감금되다시피 가두어졌고 바깥 바람조차 맡을 수가 없었다. 모든 것은 집 안에서 이루어졌고, 밖과 연락할 수 있는 수단은 모두 끊겼다.

범죄였다. 하지만 법도 피해 가는 남자가 재윤이었다.

식음을 전폐하다 집으로 의사가 찾아오기도 했고, 조금씩 먹는가 싶던 그녀는 이번엔 말을 잃었다. 해준의 대화에서도 겨우 들리는 대답만이 전부였다. 그렇게 살아 있는 인형처럼 그녀는 시들어 갔다.

"아가씨, 오늘도 예쁘시네요. 살이 너무 빠지셔서 걱정했는데……."

해준은 드레스를 입고 앉아 있는 그녀의 곁에 앉아 걱정스레 말했다.

해준도 얼마 전에야 겨우 지은을 만날 수 있었다. 다짜고짜 지은의 방에서 물건을 옮겨 나르는 사람들에게 물어보니 박 이사님의 집으로 갑니다, 라고 대수롭지 않게 말했었다.

당장에 신 회장에게 전화를 걸어 자초지종을 물었지만 '결혼할 사이에 뭐가 이상해?'라는 허무한 말만 돌려받았다. 거기다 저는 이제 더 이상 지은의 기사도 아니었다. 회사로 출근을 하라는 신 회장을 말을 차마 거역할 수 없었다.

그냥 그때 죽이 되든 밥이 되든 박 이사 집에 쳐들어갔어야 했어. 깊은 후회가 그녀를 볼 때마다 밀려왔다.

"아가씨. 이현태 씨는 잘 계세요. 꽃집도 여전하고요. 걱정 마세요. ……이현태 씨가 아가씨 걱정 많이 하세요."

소곤거리는 해준은 한 달 전을 떠올렸다.

재윤이 해준의 행적도 감시하는 터라 더 빨리 현태를 찾아가지 못했었다. 거기다 해준의 휴대폰 번호까지 재윤은 멋대로 바꾸어 버렸다. 그러다 우연히 회사 근처에서 현태를 만나게 되었다.

점심시간에 근처 커피숍에서 시간을 보내고 나오던 해준이 회사 앞에서 가만히 서 있던 그를 먼저 발견한 건 참 다행이었다. 서둘러 주위를 살피며 해준이 빠른 걸음으로 그에게 다가갔다.

'이현태 씨!'

스르륵 고개를 돌리는 그의 얼굴은 그녀만큼은 아니더라도 원래 알던 그의 얼굴보다 많이 상해 있었다. 해준을 마주하자 현태의 얼굴엔 다급함이 서렸다.

'지은이는요? 지은이가 연락이……!'
'일단 가요. 다른 데 가서 얘기합시다, 우리.'

하지만 그 주변은 딱히 마음 놓고 얘기할 수 있는 곳이 없었다.

하는 수 없이 현태를 이끌고 해준은 택시에 올라탔다. 대충 주변만 돌아 달라 말하자 기사는 고개를 끄덕였다.

도심 사이를 달리기 시작하자 현태가 다시 한 번 물었다.

'지은이는 어떻게 지내요? 별일 없습니까? 무슨 일이 있어요?'

'두 분이야말로 무슨 일 있었어요? 박 이사가 갑자기 아가씨를 데리고 갔습니다. 지금 집에 안 계세요. 박 이사 집에서 지내고 있는 모양이던데 저도 아직 보지 못했어요.'

절망적인 얼굴로 현태는 시트에 몸을 기대어 두 눈을 질끈 감았다. 그리고 곧 해준은 그 둘이 무슨 일이 있었기에 이 난리가 났는지 들을 수 있었다.

'박 이사가 알고 있었다고요? 그래서 삼자대면?'

'……그 후로 지은이가 연락이 전혀 안 돼요. 알고 보니까 전 지은이 집도 모르더라고요. 아는 거라곤 달랑 지은이 번호뿐이고. 오늘 회사 앞으로 갔던 것도 큰맘 먹고 간 거였어요. 이대로 있으면 영영…….'

'말도 안 되는 소리 마세요, 이현태 씨. 회장님은 아가씨와 이현태 씨 사이, 모르십니다. 아마도 박 이사가 입은 다물고 있는 것 같은데. 회장님 만나서 어쩌시려고 그랬습니까? 구구절절 얘기하면 그 회장님이 알았다 하고 아가씨를 데려오실 줄 알았어요? 천만에요. 박 이사에게 잘 보이려고 당장에 당신 가게며 당신이며 끝장내 버렸을 거라고요.'

'그럼 제가 어떻게 해야 됩니까! 할 수 있는 게 없는데!'

'제가 최대한 아가씨를…….'

'하루에도 수십 번씩 가슴이 아파요…….'

얼굴을 감싸 쥐고 현태는 신음했다.

그녀를 볼 수 없음에 몇 번이고 괴로워했다. 연결되지 않는 번호는 수도 없이 그의 통화기록에 남아 있었다. 끈질기게 보내던 메시지도, 평소엔 마시지도 않던 술을 마시고 남긴 음성메시지에도 그녀는 대답이 없었다.

가슴이 답답해 죽을 것만 같았다. 에는 바람에 가슴이 찢겨 날려 그의 온몸 구석구석에 휘날렸다.

'만나게 해 주세요, 제발⋯⋯.'

해준의 다리를 꽉 부여잡고 그는 애원했다. 해준은 그런 그를 보며 가슴 아팠지만 달리 해 줄 말은 없었다. 잘될 거라고, 걱정 말라는 말은 목을 넘기기도 전에 삭아 들었다.

이대로 포기하는 게 좋을까, 싶을 때 해준은 지은을 만날 수 있었다. 형편없이 망가진 그녀의 모습에 해준은 울컥 눈물이 차오르기도 전에 서둘러 현태의 안부를 전했다. 애타게 기다리던 그의 안부에 기뻐할 줄 알았다. 만나고 싶다고 그처럼 울며 제게 부탁해 올 줄 알았다. 하지만 지은은 가만히 눈물을 떨어뜨릴 뿐, 아무런 말도 하지 않았었다.

지금도 마찬가지였다. 종종 건네는 그의 안부에도 그녀는 모두 듣고 나서야 붉어진 눈시울을 천천히 깜빡이곤 눈물을 흘렸다. 해준은 이런 그녀를 차마 현태에게 말하지 못한 채 그저 잘 있다는 거짓말을 할 뿐이었다.

"이현태 씨가 아가씨를 많이 보고 싶어 하세요. 어서 기운 차리셔야죠. 그래야 힘내서 우리, 이현태 씨 만나러 가죠. 네?"

이번에도 돌아오는 대답은 없었다. 새삼 그녀의 상태가 심각함을 다시 느꼈다. 그리고 대기실로 들어온 재윤을 보며 해준은 천천히 몸을 일으켰다.

"박 이사님. 우리 아가씨가 이상한데, 정말 아픈 곳이 없습니까? 말씀을 안 하세요. 밥은 잘 챙겨 드시고 계신 건가요? 저라도 자주 만날 수 있도록……."

"내가 널 뭘 믿고?"

"……."

"넌 신지은이 그렇게 매달려서 부탁하지 않았다면 길거리에 나앉았을 거야. 네가 형편없다는 건 알았지만 그 두 사람을 만나게 한 데에 있어서 먼저 발 벗고 나섰더군. 그럴 거면 끝까지 주위를 속였어야지."

"……제 탓이니까 아가씨는 그만 집으로 돌려보내 주세요. 사람답게는 살아야 되지 않습니까! 제가 길거리에 나앉든 다 할 테니 아가씨는 잠깐이라도 집으로 보내 주세요. 제가 돌보면서 괜찮아지시면……."

"이놈이고 저놈이고 뭘 놔달라는 거야, 자꾸?"

재윤은 성큼성큼 걸어와 해준의 앞에 섰다.

"까불지 마. 난 많이 참아 주고 있어. 신지은은 괜찮다. 내가 돈이 없어서 굶겨 죽이겠어? 신지은이 자초한 일이야."

"박 이사님도 보시면 아시잖습니까! 지금 이게 평소의 아가씨입니까? 말을 한 마디도 안 하신다고요. 몸이 이게 뭐예요…….
우리 아가씨 이러지 않았습니다. 아무리 좋은 밥을 주면 뭘 합니
까! 아가씨가 이 모양……!"

작정을 하고 목소리를 높이던 해준의 멱살을 재윤이 거세게
잡았다. 해준은 흥분을 감추지 못하고 거친 숨을 내쉬었다. 재
윤은 그런 그를 향해 안광을 번뜩였다.

"정말 길거리로 나앉고 싶어? 아주 평생을 길거리에서 지내
도록 해 줄까? 신지은은 이제 내 거다. 예전부터 그랬고, 오늘
로써 그 마침표를 찍는 거지. 니들이 아무리 짖어 봤자 아무것
도 변하는 건 없어. 신지은이 걱정되면 얌전히 있어. 살아서 얼
굴이라도 보고 싶으면 말이야."

"아가씨에게 함부로 하시면 아무리 저라도……."

그 때 해준의 팔에 미약한 힘이 닿았다. 잠잠히 앉아 있던 지
은이 그 팔을 붙잡고 자리에서 일어났다.

해준은 단박에 멱살을 쥔 그의 손을 뿌리치고 지은을 부축했
다. 아가씨, 어디 가시려고요? 필요한 게 있으시면 저한테 말씀
하세요. 안절부절못하는 그를 물끄러미 바라보는 지은은 그저
그의 팔을 몇 번 주무르다 떨어졌다. 그 때 닫혀 있던 문을 누
군가 두드리더니 이내 열렸다.

"사모님, 이제 준비해 주세요. 입장 시간 얼마 안 남았습니
다."

호텔 관계자는 서둘러 말을 건네고 모습을 감췄다. 뒤이어 결
혼식 진행을 위해 플래너들이 그녀를 인솔하기 위해 대기실에

몰려들었다. 손질을 마친 헤어를 확인하고 눈물로 얼룩진 화장을 고치고. 금세 어수선해진 분위기에 해준은 한 발 뒤로 물러나 묵묵히 바라보았다.

오지 않길 바라던 날이 결국엔 와 버렸다. 가장 아름다워야 할 신부는 껍데기만 남아 사람들의 손길을 받아 내고 있었다. 이러다 정말 큰일이라도 나는 건 아닌지 해준은 심히 걱정이 되었다.

하지만 애써 그런 생각을 지우고 재윤을 노려보았다. 눈이 마주쳤지만 해준이 먼저 쌩하니 시선을 피했다. 이제 될 대로 돼라. 잘리면 어디든 먹고 살 곳 있겠지. 어느새 손을 잡고 대기실을 빠져나가는 두 사람 뒤에서 해준은 먹먹한 숨만 내쉬었다.

"감사합니다. 안녕히 가세요."

마지막 손님을 치른 성하는 현태가 있는 곳으로 고개를 돌렸다. 초저녁부터 TV 앞 의자에 앉아 계속 멍하니 생각에 잠긴 그대로였다.

아니, 약혼식을 방송에 내보내면 됐지, 결혼은 또 뭐라고 동네방네 소문을 내? 자기가 무슨 아빠처럼 연예인이야? 뭔 축하를 얼마나 받아 처먹으려고.

초저녁에 내보내 주는 종합뉴스에선 약혼식 때와 같은 결혼 소식이 전해졌다. 성하가 이를 바득바득 갈며 한쪽에 미리 내려 두었던 커피를 들고 그 앞에다 놓아주었다.

"형님. 퇴근하셔야죠."

"……어."

"저 먼저 가요?"

"……어. 먼저 가."

사람 발 안 떨어지게 만들면서. 한숨을 푹 내쉬던 성하가 가까운 의자에 아무렇게나 앉았다. 그때서야 현태는 눈길을 주더니 이내 다시 고개를 돌렸다.

"형님. 알고 계셨잖아요. 두 사람 결혼할 거라는 거 알고 계셨으면서 새삼 왜 그래요?"

"……그러게. 나 왜 이러지."

"그 기사가 누님 소식 가끔 전해 주신다면서요? 잘 지내신다면서요? 형님은 왜 이러고 있어요. 누님이 나중에 보면 참 좋아하시겠다."

성하의 핀잔에 현태는 그가 건네주는 커피를 말없이 받아 들었다. 적당히 식은 커피를 내려다볼 뿐, 현태는 다시 상념에 잠겼다.

그날 돌려보내지 말았어야 했던 것일지도 모른다. 한 입으로 두말할 사람은 아니라던 얘기를 듣고 어리석게도 마음을 놓았던 것도 사실이었다.

눈앞의 사랑에 눈이 멀어 지금을 망각한 채, 널 잃었다. 모두 꿈이었다고 생각이 들 만큼 너는 한순간 사라졌고 널 잃고 헤매는 나는 여전히 그대로였다. 잘 지낸다던 그 말들은 내 눈으로 보기 전까지 믿을 수가 없고, 하루 종일 네 생각에 지쳐 잠이 드는 게 일상이었다.

너도 나와 같을까 생각하니 이런 아픔이 나 혼자가 아니란 것에 안도하고, 이만큼 아파할 널 생각하면 아린 가슴은 더욱 짓물러져만 갔다.

어디서 널 찾아야 하는 걸까. 어디로 가야 널 만날 수 있을까. 내가 아는 것이 너의 전부라고만 생각했다. 하지만 너의 사소한 것 하나 모르는 무지한 나를 발견하는 날이 요즘이다.

어디로 가야 하지? 널 찾기 위해선. 어디로 가야 할까. 네가 없는 나는.

"형님. 전화 와요."

정신없이 그녀를 그려 내는 현태를 깨운 건 나흘 만에 걸려 온 해준의 전화였다. 서둘러 전화를 받자 해준이 나직한 목소리로 안부를 물었다.

"저야 뭐……."

— 죄송하지만 길게는 통화를 못할 것 같습니다. 이해해 주세요. 그리고 아실지 모르겠지만, 오늘…….

"네. 압니다. ……결혼 말씀이시죠?"

— ……미리 말씀드렸어야 했는데 늦었네요.

"지은이는요? 잘 지내던가요? 요즘도 만나기 힘드세요? 날도 추운데 어떻게 지내는지 모르겠네요…….”

해준은 잠시 말이 없었다. 곧장 돌아오지 않는 대답에 현태는 불안감이 스쳤다.

"여보세요?"

— 아, 네. 죄송합니다. 커피를 쏟는 바람에. 아가씨요? 잘 지내십니다. 예전처럼 아가씨 옆에 붙어 있는 게 아니라 얼굴 보기는 어렵지만, 그래도 종종 볼 때면 잘, 지내고 계세요…….

"……다행이네요."

분명 다행인 일인데도 가슴 한구석이 허무해졌다. 저와 같이 아파한다는 말을 듣고 싶었던 건지도 모르겠다. 울면서 저를 찾고 있다고, 당장이라도 와 달라고.

— 아가씨가 이현태 씨 걱정 많이 하세요. ……미안해하고 계시고요. 지금은 결혼으로 주위가 시끄러우니 잠잠해지면 꼭, 꼭 만나러 가신다고 전해 달라 하셨습니다. 염치없지만 부탁드릴게요. 꼭, 아가씨 기다려 주세요. 언제가 될진 섣불리 약속을 드리진 못하겠지만…… 부탁드리겠습니다.

그의 목소리는 간절하기만 했다. 하지만 현태는 해준의 목소리가 떨리는 것까진 눈치채지 못했다.

"지은이에게 미안하다고, 전해 주세요. 그리고 괜찮다면, 잠깐이라도 좋으니까…… 전화라도…….."

— ……네. 아가씨께 전해 드릴게요. 아, 죄송하지만 이만 통화를 끝내야겠습니다. 제가 아직 일이 끝나질 않아서…….

"네. 바쁘실 텐데 감사합니다. 그럼 또, 전화 기다리겠습니다."

아쉬운 통화가 끝나자 현태는 참았던 한숨을 내쉬었다. 성하는 가만히 그 모습을 보다 같이 한숨을 내쉬었다. 도저히 지금의 현태의 모습이 적응되지도 않았고 적응하고 싶지도 않았다. 당장이라도 찾아 나서라 등을 떠밀고 싶었지만 이내 포기했다. 상대가 보통 상대여야 말이지.

괜히 눈치만 보며 두 손을 꼼지락거리는 성하를 발견한 현태가 먼저 자리에서 일어났다. 요새 분위기가 이러니 성하도 조금 풀이 죽어 지내는 것 같았다.

"가자, 우리. 시간 되면 술이나 한잔할까?"

"……시간은 되는데요, 요새 형님 술 너무 자주 드시는 거 아녜요? 술도 못하시는 분이."

"야. 뭐든 계속하면 늘어. 갈 거야, 말 거야?"

"오늘도 먼저 취하시면 저 그냥 두고 갈 거예요. 키 작은 것도 억울해 죽겠는데 형님 부축하면 얼마나 내 자신이 불쌍해 보이는 줄 아세요?"

"우유 사 줄게."

"뭐래는 거야, 정말. 내가 애도 아니고. 우유 먹어서 클 키였으면 벌써 2미터는 컸어요."

퍽이나. 조금 전까지의 기분은 모두 잊은 듯 성하는 다시금 활발해졌다.

기분을 풀어 주려는 건지 한동안 말을 많이 참았던 건지 모를 성하의 이야기들을 들으며 현태는 계속해 스미는 슬픔을 조금이나마 잠재웠다. 술에 취하면 더욱 선명해지겠지만 괜찮았다. 술에 취해 정신없이 잠이 들면 이 긴 밤을 견딜 수 있다는 걸 그는 배웠다.

연말이 다가올수록 재윤은 집에 머무는 시간이 짧아졌다. 가정부와 의사의 말로는 지은은 여전히 그런 상태였고, 의사는 오늘 마침내 정신과 치료를 권유하기까지 했다. 그런 의사에게 욕이나 실컷 퍼부었으면 싶었는데 그는 꿀 먹은 벙어리처럼 입을 꾹 다물고 말았다. 자신이 보기에도 그녀의 상태가 정상의 범주에서 한참 비껴 났으니.

사람 골려 먹는 방법도 여러 가지군. 그딴 새끼 하나 만나지 못한다고 세상 무너진 꼴이라니. 이제 반항도 사라져 고분고분해진 그녀를 떠올리며 재윤은 저도 모르게 미간을 찌푸렸다.

"박 이사, 왜 그러는가?"

"아닙니다."

오랜만에 만난 신 회장은 주가 상승으로 요즘 자신이 어떤 기분인 줄 아냐며 한참을 떠들어 대다가 재윤의 표정에 말을 멈추었다. 결혼식 날 두 달 만에 본 지은에게 신 회장 내외는 안부조차 묻지 않았었다. 재윤이 말했다.

"요즘 아시다시피 제가 좀 바빠서. 지은이 일로 부르셨습니까?"

그럴 리 없다는 걸 알면서도 재윤은 왠지 묻고 싶었다. 다른 사람들은 몰라도 제 딸이 이상하다는 것쯤은 부모로서 눈치를 챘어야 하는 게 아니었을까.

"아니, 지은이야 박 이사가 잘 챙길 테니 걱정할 필요 없겠지. 그렇지 않은가?"

역시나 하는 생각에 재윤은 작게 웃었다. 제 자식이 지금 어떤 꼴인 줄이나 알고 있는지 모르겠다. 그 꼴로 만든 장본이니 재윤이라고 해도 신 회장은 '지은이 그건 보기보다 성질머리가 있어 초장에 잡아야 한다.' 하고 오히려 역성을 들 수도 있는 일이었다.

"그 합병 말일세."

"아, 합병. 그건 아직 먼 얘기니 벌써부터 궁금해하지 않으셔도 됩니다."

"무슨 말인가! 쇠뿔도 단김에 빼랬다고 내년엔……."

"저도 그럴 생각이었습니다만, 회장님, 여기저기 쓸데없는 주식에 많이 투자하고 사들이셨더군요. 저한테 미리 얘기라도 하셨으면 기필코 말렸을 텐데."

"그건 내가 보기엔 충분한 가치가 있어서……."

"기업만 크면 뭐합니까? 지금 당장 그 주식 다 처분한다고 해도 회장님만 손해입니다. 가지고 있어도 마찬가지죠. 거기다 호성의 투자자들이 그 사실을 알면. 그럼 그 피해는 어디로 갑니까? 회장님도 회장님이지만 호성 주식을 제일 많이 가지고 있는 게 전데, 저나 투자자들이나 이런 위험한 기업에 투자를 계속하고 싶겠습니까? 정말 만약에 지금 합병이라도 한 상태였다면, 끔찍하네요."

"그, 그건 내가 생각이 짧았네. 그래! 더 늦기 전에 지금이라도 다시……."

"조만간 처분 기회를 보겠습니다. 사들일지, 팔아넘길지. 손해는 각오하시고."

신 회장은 재윤의 말이 끝나기가 무섭게 따끈하게 데워진 정종으로 목을 축였다. 속이 타는 건 재윤도 마찬가지였다.

이러니 합병이고 뭐고 회사나 말아먹지 않으면 다행이지. 겁먹은 토끼 뒷다리 뻗게 해 줬으면 달리는 건 토끼의 몫이 아닌가.

문득 재윤은 왜 하필 신 회장과 사업 파트너가 되려 한 건지 스스로를 이해할 수 없었다. 지끈거리는 머릿속에서 내린 답은 어쨌거나 지은이었다. 멍청한 짓이었나 싶었지만 그녀를 떠올리며 쌉쌀한 정종을 삼켰다.

"시간이 늦었군요. 지은이가 기다리고 있을 테니 가 보겠습니다."

"그, 그래. 지은이는 잘하고 있나? 바쁜 사람 괜히 신경 쓰이게 하지는 않고?"

"물론이죠."

"다행이군. 출가외인이니 우리는 신경 쓰지 말라고 전해 주게나."

"가 보겠습니다."

앞에 놓인 회는 한 점도 들지 않고 재윤은 자리를 털었다. 방 안에 얌전히 무릎을 굽히고 있던 여직원이 여닫이문을 열며 인사를 건넸다. 지갑에서 대충 손에 잡히는 현금을 팁으로 건네주고 그는 조금 바쁜 걸음으로 밖을 나섰다.

집에 도착하자 익숙한 정적이 반겼다. 그녀가 분명 집에 있을 텐데도 어디에서도 그녀의 흔적을 찾아볼 수는 없었다. 잠시 2층 계단을 바라보던 재윤이 이내 자신의 방으로 몸을 틀었다.

욕실에서 샤워를 마친 후 침대에 걸터앉아 신문을 펼친 그는 웬일인지 다시 덮고 일어났다. 목욕가운의 매듭을 다시 고쳐 매며 그는 방을 나서 지은이 잠들어 있을 2층으로 향했다. 그 몇 모금도 술이라고 취했나 보다. 그녀가 보고 싶어졌다. 아주 잠깐 잠이 든 모습이라도 확인한다면 저도 편히 잠자리에 들 수 있을 것 같았다.

어차피 잘 테니 노크는 건너뛰고 조용히 문을 열었다. 번지듯 풍겨져 오는 향기는 익히 알고 있던 그녀의 향기가 아니었다.

혀를 작게 차며 그는 양해 없이 침대로 걸어갔다. 작은 스탠드를 밝히고 잠든 그녀는 창백했다. 가만히 가슴께를 보고 있으니 오르락내리락하는 것이 숨은 쉬고 있는 모양이다.

그는 사랑스런 눈으로 바라보지도 않았다. 얌전히 흐트러진 그녀의 머리칼을 정리해 주지도 않았다. 묵묵히 서서 잠이 든 그녀를 바라보기만 하던 그가 지끈거리는 이마를 한 손으로 꾹 꾹 눌렀다.

우울장애. 우울증.

의사가 내린 그녀의 최종 병명이었다. 그는 낯설기만 한 그 병명에 하루 종일 짜증이 치밀었다. 그딴 병을 달고 먹지도 않고 말도 하지 않는 그녀가 도저히 이해되지 않았다. 그런데 그게 겨우 남자 하나 잃어 벌어진 일이었다.

'심각합니다. 당장 입원이 필요할 정도로. 이대로 두셨다 간…….'

뒷말을 채 떠올리기도 전에 재윤은 의사의 말들을 지워 냈다.

그는 다시 그녀의 숨소리에 집중했다. 들리지 않아 가까이 허리를 숙이자 미약한 바람이 뺨을 스쳤다. 그것도 모자라 목 언저리에 살짝 손끝을 대보기도 했다. 뛰고 있었다. 마찬가지로 미약한 맥박이 규칙적으로 뛰고 있었다. 고개를 돌렸다. 목 언저리에 닿았던 손을 스륵 빼내자 그녀의 눈가가 작지만 파르르 떨렸다.

"신지은."

"……."

"안 자는 거면 눈떠."

"……."

굽혔던 허리를 펴 그녀를 기다렸지만 그녀는 여전히 미동이 없었다. 잘못 본 건가. 물끄러미 내려다보던 재윤은 뻑뻑한 눈은 굳게 감고 눈썹 주위를 긁적이다 등을 돌렸다.

그가 멀어지자 그녀의 눈꺼풀이 서서히 떠졌다. 문이 닫히고 그 눈은 온전히 모습을 드러냈다. 언제부터 깨어나 있었던 건지, 그렇지 않다면 언제부터 자지 못했던 건지 몸을 일으켜 앉는 그녀는 자연스러웠다.

지은은 그의 손이 닿았던 목을 어루만졌다. 그러다 곧 천천히 긁기 시작하더니 이내 쥐어짜듯 살갗을 긁어 댔다. 어디의 아픔인지 분간이 되지 않을 만큼 고통스러워하며 그녀는 입술을 꽉 깨물었다.

피가 고인 목은 지금 그 마음처럼 생채기로 그득했다. 아프다. 아파. 아프다. 지겨워지지도 않는 이 말이 끊임없이 맴돌았다.

무거운 숨을 거칠게 내뱉던 그녀가 숨을 참아 보기도 했지만 터지는 울음을 억지로 막을 순 없었다. 이불의 바스락거리는 소리마저 제 마음이 부서지는 소리 같았다.

나를 살게 해 준 사람. 지금도 내가 이렇게라도 살아갈 수 있게 해 주는 사람.

아득히 먼 날의 이야기들 같다. 다신 만날 수 없을 것 같다. 서서히 마르는 눈물처럼 너도, 내게서 증발해 버릴 것 같다. 목소리도, 향기도, 표정도 얼굴도. 어떡하지……. 하나도 기억이 안 나, 현태야…….

쓰러지듯 옆으로 누운 그녀의 공허한 눈은 건조한 눈물을 머금고 있었다. 마음을 꺼내 달래어 줄 순 없으니 지은은 바람에 나부끼듯 손으로 가슴을 쓸어내리길 반복했다. 긴 밤이었다.

14

방에서 나오지 않겠다던 지은을 무리해서 식탁에 앉혔다. 재윤은 출근 시간이 다가왔지만 서둘지 않았다.

"먹어."

맞은편에서 억지로 수저를 드는 모습에 그는 눈을 찌푸렸다. 끌려나왔으면서 싫다든가 됐다든가 하는 말도 없이 자신의 말을 따르는 지은의 행동에 속이 꼬이는 기분이었다.

간에 기별도 가지 않을 만큼 조금씩 떠 입에 넣으면 그녀는 한참을 씹었다. 그것이 두 번쯤 반복되었을 때 재윤이 숟가락을 들었다.

"10시쯤 의사가 올 거야. 따라가서 입원하도록 해. 나는 저녁에 들를 테니까."

"……필요 없어요."

이럴 때만 말이 나오는 모양이다 생각한 그는 밥을 씹다 말고 지은을 향해 눈을 치켜떴지만 그녀의 시선은 아래를 향해 있었다.

"잔말 말고 해. 집에서 하는 것처럼 가서 가만히 누워만 있는 게 어렵나?"

"안 가요."

"너 하나 끌고 가는 건 쉬워. 꼴사납게 그러지 말고 네 발로 걸어가. 말 들어."

그녀 때문에 생각도 없던 아침을 몇 술 먹었더니 벌써 속이 더부룩했다.

숟가락을 놓고 일어나 가정부가 들고 서 있던 코트를 건네받는데 그릇 깨지는 소리가 요란하게 울렸다. 사모님! 가정부의 비명에 퍼뜩 뒤를 돌자 지은이 제 밥그릇이며 국그릇까지 두꺼운 대리석 식탁에 깨부수고 있었다. 순식간에 식탁 위는 음식물과 새빨간 혈흔으로 얼룩졌고 재윤이 성큼성큼 걸어 그녀의 팔을 잡아챘다.

"미쳤어? 너 진짜 병이라도 있는 거야? 제정신이냐고!"

그래. 차라리 이렇게라도 해서 응어리가 풀려 병원 신세를 지지 않는다면 다행이라는 생각도 들었다. 화내고 소리를 쳐 가며 예전처럼 날이라도 바짝 세운다면.

하지만 그녀는 그러지 않았다. 길길이 날뛰는 재윤을 쳐다보는 눈빛은 더 이상 그녀의 것이 아닌 것처럼 방황하고 있었다.

"날 이렇게 만든 건 너야. 그런 네 옆에 붙어살면서도 지금의 나는 예전과 변함없이 할 수 있는 거라곤 아무것도 없어. 넌 다 가졌다고 했지? 그런 네가 내 맘을 알까? 넌 네 돈으로 너의 가치를 말한다면, 난? 아무것도. 난 원래 이런 인간이었어. 날 낳은 부모도 그런 취급을 하는데 너라고 못 할 것도 없겠지. 난 원래 그랬으니까. 아무도 인정해 주지 않고…… 아무도 돌아봐 주지 않았어. 살아야 할 이유도 없었는데 살아온 거야."

거센 빗속을 우산 없이 헤매고 그늘 없는 뜨거운 태양 아래를 맴돌다 짙은 안개 속에서 길을 잃었다. 그녀는 아무것도 쥐어 보지 못한 채 밖으로 내몰렸다.

"이런 나를 원하는 이유가 뭔데? 돈이 최고라는 네가, 돈이 될 것 하나 없는 나에게 바라는 게 뭐야? 난 살 이유가 없는 사람인데. 닥치고 하라는 대로만 하는 게 과연 인간이야? 내가 뭐야? 난 도대체 뭔데?"

허구한 날 눈물바람이던 그녀는 지금 눈물 한 방울 흘리지 않고 있었다. 절망적인 말들에도 높낮이가 없어 건조했다. 재윤의 발등이 축축하게 젖어 갔다. 생각보다 피가 많이 흐르고 있었다.

"한 마디만 더 해."

그는 경고를 해 두고 어디론가 전화를 걸었다. 의사는 아니었다. 당장 의사를 부르든 병원을 데리고 가든 해야 되는데, 이상하게도 우선은 그게 아니었다. 신호가 가고 있다.

"몇 번이나 내가 죽는 상상을 해. 누구 하나 울어 줄까 봐. 잘난 우리 아버지, 엄마, 더 잘난 너. 그런데 상상이 안 가. 내가 죽는 상상은 너무 쉬운데, 니들이 날 향해 울어 주는 건 죽어도 상상이 안 가."

"닥치라고 했어!"

— 여보세요.

해준이었다. 이른 아침부터 걸려온 재윤의 전화가 못마땅했지만 그가 저에게 전화를 거는 건 한 가지 일밖에 없었다.

— 여보세요? 박 이사님. 전화받았습니다.

"당장 집으로 와. 와서 신지은, 병원에 좀 처넣든가 하라고!"

"내가 네 말 들어줄 것 같아? 난 이제 잃을 게 없어. 가진 것도 없었지만…… 잠깐 있었던 것도 같지만…… 이젠 없어."

지은이 팔을 빼내자 센 힘이 아니었음에도 재윤이 손을 놓았다. 아무 일 없었다는 듯 걸어가는 뒷모습이 소름 끼쳤다.

그는 손에 묻은 피와 바닥에 뚝뚝 떨어진 흔적들을 쳐다보다 마른침을 삼켰다. 들고 있던 휴대폰을 다시 귀에 가져가자 해준은 애타게 저와 그녀를 찾고 있었다.

"……당장 와. 와서, 지은이……."

— 아가씨가 왜요! 무슨 일입니까?

희미하게 번져 가는 역한 피비린내에 재윤은 서둘러 식탁에서 멀어졌다. 그녀가 사라진 곳은 흔적을 남기듯 핏자국이 떨어져 있었다.

— 일단 가겠습니다.

급히 전화를 끊는 해준이었다.

소파를 짚고 서서 한동안 멍한 눈을 끔뻑였다. 겨우 피 좀 봤다고 이러는 건가. 가슴이 진정될 생각 없이 뛰고 있었다. 병원에 먼저 전화할 걸 그랬나. 아니, 의사보고 오라는 게 더 나았을 수도 있었을 텐데. 그 형편없는 기사는 언제 오는 거지.

온갖 생각을 하며 재윤의 발길은 2층을 향하고 있었다. 그러나 계단 하나 밟지 못하고 멈춰 서 버렸다. 발이 떨어지지 않아 몇 번이고 힘주어 보았지만 이상하게도 꿈쩍도 하지 않았다. 뛰는 가슴을 진정시키려 숨을 크게 내쉬어 보기도 하고 축축하게 젖어 오는 손을 쥐었다 폈다 했다.

혼란 속에서 그는 쉽게 헤어 나오질 못했다. 여태 이보다 더한 일들도 겪었고, 보태서 자신의 손으로 누군가 피를 철철 흘릴 만큼 팬 적도 있었다.

그런데 마른 가지처럼 앙상한 그녀의 팔에 흐르던 피는 그가 지금껏 겪어 보지 못한 것이었다. 죽는 상상을 해 보았다고? 왜? 멀쩡히 살아 있으면서 왜.

재윤이 힘을 주어 계단을 밟았다. 그녀에게 향하는 걸음이 조금이라도 어려웠던 적은 없었다.

계단이 끝나고 그녀의 방 쪽으로 고개를 돌리자 문은 활짝 열려 있었다. 기척이 없었다. 아픈 신음 소리도, 울먹이는 목소리도 들을 수 없었다.

불길한 생각에 퍼뜩 방으로 뛰어갔다. 아주 짧은 거리였는데도 오랫동안 물속에서 숨을 참은 것처럼 답답하고 숨이 찼다.

그녀는 화장대 앞에 앉아 거울 너머로 그를 바라보고 있었다. 얼굴에 손길이 거친 듯 무서울 정도로 피가 묻어 있었다. 끈적거리는 피가 천천히 그녀의 손끝을 타고 흘렀다.

"신지은……."

"이렇게 살고 싶지 않았어."

덤덤하게 말을 잇는 그녀였다.

"어릴 때, 집 밖으로는 학교밖에 가 본 적이 없어서, 그래서 누가 어떻게 살고 있는지, 그 사람들은 왜 그렇게 살고 있는지 같은 건 몰랐어. 어릴 적 내 세계에선 부모님이 최고였고, 다른 건 다 필요 없을 만큼 그들을…… 사랑했던 적도 있었어."

"……나와. 네가 죽고 못 사는 그 기사 불러 놨으니까 궁금하지도 않은 네 과거 따윈 닥치고 나와서 병원 가."

듣고 싶지 않았다. 그의 안에서 소용돌이치는 지금 이 감정이 크게 변할 것 같았다.

"그래. 당신들은 다 그렇지. 내 얘긴 궁금하지 않겠지."

움직이지 않을 것 같던 그녀가 일어나 거울 너머가 아닌 정면으로 그를 마주했다.

그는 어떻게든 이 자리를 피하고 싶었다. 하나 잘난 것 없고, 보잘것없던 그녀가, 무서워졌다. 그녀를 보며 느끼던 평소의 감정과 달랐다. 피하고만 싶은.

혀가 굳어 말이 제대로 나오지 않았다. 버석한 감정들은 서서히 바스라지고 있었다.

"당신에게 한 가지 고마운 것도 있어."

"……."

한 걸음 앞에서 멈춰 선 그녀가 눈을 천천히 깜빡였다. 감정이라곤 배어 나오지 않던 그 눈은 순간 많은 걸 담아냈다.

"내 욕심으로는 도저히 끊어 낼 수가 없었는데……."

그녀는 아리송한 말을 남기고 그를 지나쳐 갔다. 다그쳐 물으려 했지만 그 뒷모습에 재윤은 또 굳어 버릴 수밖에 없었다.

힘겹게 걸음을 옮기는 지은은 정말 모든 걸 잃은 듯 외로워 보였다. 무엇 하나 남지 않은 그녀의 걸음은 살얼음 같았다. 조금이라도 건드리면 부서지고, 다가가면 사라지는.

지은이 사라진 곳엔 지독한 자국만 남았다. 걸어간 길을 다시 되새겨 보지만 돌아오진 않았다. 그 길의 끝이 낭떠러지라도 그녀가 제게 올 일은 없을 터였다. 그에게 웃던 것처럼 웃어 줄 일은 없었다. 미쳤어, 완전히. 몰아치는 감정에 치미는 화를 참아 냈다.

그녀는 저를 봐주지 않을 것이다. 천천히 뼈저리게 새겨지는 메아리에 재윤의 시선은 그녀의 방을 계속 헤매었다.

＊

난리도 그런 난리는 어디에도 없었다. 그 난리는 정작 당사자들인 지은과 재윤이 아닌 오롯이 해준의 몫이었다.

해준은 집에 찾아오자마자 그녀의 몰골에 경악을 금치 못했다. 재윤이 전화를 걸어온 순간부터 예감이 좋지 않더라니 역시나 좋은 꼴은 보지 못했다. 그 참사를 감당하는 건 해준 뿐이었다.

피를 철철 흘리면서도 눈 하나 깜빡하지 않는 지은이나 그런 지은을 두고 다시 말끔한 모습으로 집을 나서는 재윤이나 혀가 내둘렸다. 의사를 불러 뒀으니 기다리라 말하고 돌아서는 그는 평소의 모습과 달랐지만 그래 봤자 재윤이었다.

병상에 누운 그녀는 언제 잠이 깬 건지 가만히 허공을 응시하고 있었다. 왼손이 그나마 덜 다쳤지만 오른손은 당분간 쓸 수 없을 정도로 찢어졌다. 양손에 붕대를 칭칭 감고 창백한 얼굴로 누워 있는 그녀는 안정제의 여파인지 조금 멍해 보였다.

가정부에게 전해 들은 이야기는 기가 막혔다. 뭐에 씐 사람처럼 난동을 부리더라는 말을 쉽게 믿을 수가 없었다. 성격이 까칠하긴 해도 그런 막무가내 짓을 할 만큼 형편없지 않았다. 하지만 의사에게 그녀의 진단 결과를 듣고 나선 받아들일 수 있었다.

그녀가 입원한 후 재윤에게로부터 전화가 한 번 더 왔다. 간병인은 따로 두지 않을 테니 지은의 곁에 있으라는 그의 말에 인정사정 볼 것 없이 노발대발했었다.

'아가씨 괜찮으시다 했잖습니까! 우울증이라뇨! 제가 아가씨 잠시라도 보내 달라고 했을 때 왜 보내 주시지 않으신 겁니까! 이렇게 될 때까지 보고만 계셨다는 게 말이 됩니까? 데리고 계셨으면 책임을 지셔야죠!'

'입 다물고 하라는 대로 해. 신 회장에게 말했지만 언제 찾아갈진 모르겠군.'

그러고 일방적으로 전화를 끊는데 해준은 분한 마음을 못 감추고 한참이나 씩씩거렸다. 겨우 진정을 되찾고 신 회장에게 전화를 걸었다.

'아가씨가 많이 아프십니다.'

'들었네. 입원 치료만 잘 받으면 된다면서? 이 기사도 당분간 지은이 옆에서 있어 주게. 박 이사가 외부인보다 이 기사가 나을 거라고 하더구만.'

'……회장님께선 언제쯤 오실 예정이십니까? 지금 아가씨가 깨어 있으시긴 한데.'

'오늘은 바빠 안 될 테고. 내일이나 제 엄마한테 가 보라고 했으니 그렇게 알아 둬.'

'박 이사님께 아가씨가 어디가 아프신 건지 들으셨습니까? 지금은…… 오기 곤란하신가요.'

'요즘엔 약도 좋아져서 잘 치료할 수 있다고 하던데. 지금 같은 세상에 못 고치는 병이 어디 있어?'

'…….'

'지은이 퇴원하는 대로 이 기사는 다시 회사로 복귀하게.'

욕이 나올 뻔했지만 눈을 멀뚱히 뜨고 저를 쳐다보고 누워 있는 지은을 보니 절로 입이 다물렸다.

통화가 끝나고 해준은 침대로 다가갔다. 무슨 말들을 해 줘야 하는 건지. 흘러내린 얇은 이불을 덮어 주며 그는 그녀의 이마를 쓸어 넘겼다.

'주무세요. 다른 생각은 다 일단 내려놓으시고, 일어나서 봐요, 우리.'

퍽퍽한 눈꺼풀은 그의 말에 곱게 감겼다. 뜨겁게 차오르는 감정도 차게 내려앉는 감정도 그 눈꺼풀 속에 모두 모습을 감춘 채로.

해준은 잠에서 깨어난 지은의 안색을 다시 살폈다.

"아가씨? 일어나신 거죠? 배는 안 고프세요? 목마르실 텐데, 물 드릴까요?"

"……."

"불편하신 거 있으시면 말씀해 주세요. TV라도 틀어 드릴까요?"

"……."

묵묵부답 시선 한 점도 주지 않는 그녀가 야속했다. 보조 소파를 끌어와 털썩 앉은 그는 눈을 잔뜩 찌푸리고 그녀에게 애원했다.

"왜 이러고 계세요, 도대체……. 이런다고 누가 알아줘요? 화가 나시면 물건에라도 분풀이를 하시지 왜 손은 이 모양으로 만들어 놓고 그래요. 사람 속상하게. 제가 얼마나 놀랐는지 알기나 알아요? 그렇게 힘드시면 저한테 말씀하시지! 집이라도 뛰쳐나오시지 왜 그랬어요, 왜……. 손이 이게 뭐예요. 흉터도 남을 텐데 여자 손이 이게 뭐예요, 이게…….”

“……미안해.”

“……그런 말씀하실 거면 그냥 말씀하시지 마세요.”

얼굴만 닮은 다른 누군가는 아닐까 하는 웃긴 생각마저 들었다. 잔소리를 시작한 해준은 이내 입을 꾹 다물었다.

“해준아.”

“말씀하세요.”

만나는 동안 입을 열지 않던 지은이 오늘은 웬일인지 평소처럼 말을 하기 시작했다. 그게 해준에게 반갑지만은 않은 이유는 말없이 흐르는 그녀의 눈물 때문이었다.

“내 잘못이라고 생각하게 되니까…… 편해졌어.”

티슈를 한 장 뽑아 그녀의 눈가를 훔치던 해준의 손이 멈칫거렸다. 하지만 곧 아무렇지 않게 다시 눈물을 닦아 냈다. 그녀의 눈물은 금방 말랐다.

“내 잘못이라 생각해 본 적은 없었거든. 피해자라고만 생각했는데 그것도 아니었어. 다 내 탓이더라. 시작부터 지금까지, 다 내 탓이었어.”

“더 주무세요. 요새 잠도 못 주무셨다고 의사한테 다 들었어요. 커튼 내려 드릴까요?”

“내가 만나고 싶다고 하지만 않았더라면, 괜찮았겠지. 내가 다 잊었었다면, 괜찮았을 거야. 내가 욕심내지만 않았더라면……."

"자책하지 마세요. 아가씬 잘못되지 않았어요."

"그런 소린 너랑 현태만 하는 거 알아?"

"당연하죠. 이현태 씨랑은 다르지만 저도 아가씨 참 좋아하거든요. 어린애 같아서."

약이라도 올리려는 건지 그의 말투는 얄미웠다. 덕분에 오랜만에 그녀의 입가엔 부스스한 미소가 걸렸다. 지은은 옆으로 등을 돌려 누웠다. 손끝이 간질거렸다.

"……보고 싶다."

투정 어린 목소리마저 담담했다. 보고 싶어 지겨울 정도로 그려 낸 얼굴이 정말 그의 얼굴일 것 같진 않았다. 한 번만 볼 수 있으면 알 수 있을 텐데.

"불러 드릴까요?"

"……."

"기다려 보세요."

자리에서 일어나는 해준은 결의에 찬 목소리로 말했다. 사람이 죽어 가는데 그깟 사람들이 무서울 리 없었다.

"아냐. 그냥. 그냥……."

"……."

"그냥 해 본 말이야."

너무 보고 싶어서. 말이라도 뱉어 내면 그 마음이 조금 줄어들진 않을까 해서. 입안에 굴러다니는 말을 곱씹으며 지은은 다시 눈을 감았다.

"아가씨는, 이현태 씨를 포기하시는 거예요?"

"아니. ……보내 주는 거야."

"그게 뭐예요. 혼자 치사하게 발 빼면 어떡해요?"

"응. 치사해지려고."

"그건 치사한 게 아니라 배신인 거예요. 이현태 씨는 오매불망 아가씨만 기다리고 있는데, 아가씨 딴엔 이현태 씨 위한 거랍시고 이러면 이현태 씨는 뭐가 돼요?"

왜인지 해준은 화가 난 듯 보였다.

"정말 말이 안 되는 상황이긴 한데, 모르겠어요. 전 아가씨가 그러지 않았으면 좋겠어요."

"그럼 어떻게 하는데? 난 모르겠어. 이대로 만나지 못한다면, 현태는 잊고 다시 시작할 수 있겠지. 다 내 탓이야. 그런데도 내가 해 줄 수 있는 게 없었어……. 나 때문에 이렇게 돼 버렸는데도…… 내가 해 줄 수 있는 게 아무것도……."

"약한 소리 하지 마세요. ……이번 일로 박 이사도 느끼는 게 있겠죠. 안 그럼 그게 사람이겠어요?"

지은은 아무 말도 하지 못하고 베개에 얼굴을 더욱 파묻었다.

이제 이 눈물만 흘리고 나면 온몸에 남아 있던 눈물은 모두 바닥이 날 것이다. 그만큼 많이 울었고, 운다고 변하는 건 없었다.

무기력함은 그동안 그녀를 덮쳤고 무가치감에 둘러싸이다 모두 잃은 것처럼 의욕을 잃었다. 감정의 죽음은 그 어떤 것의 소멸보다 난폭하게 그녀를 무너뜨렸다.

＊

— 지금 거신 번호는 없는 번호입니다.

알아. 아는데, 한 번만 들려주면 안 될까. 버릇처럼 오늘 밤도 그녀의 번호로 전화를 거는 현태였다.

함께 보내고 싶었던 그녀의 생일, 크리스마스, 새해. 그녀를 만나기 전처럼 그 날들을 혼자서 보낸 현태는 여전히 그대로였다. 사진이라도 찍어 둘 걸 하는 후회는 휴대폰 사진첩을 보며 매일 하고 있었다.

해준은 전처럼 연락을 해 오지만 별다른 방도는 없었다. 기다리기만 하라니 그게 언제까지일지도 모르는 상황에 조금 지치기도 했다.

'잘 지낸다고는 하지만, 무슨 일 있는 건 아니겠지.'

독살스런 재윤에게 마음을 다치진 않았을지 걱정이 이만저만이 아니었다. 침대에 가만히 앉아 생각에 잠겼던 그가 방을 나섰다.

한쪽에 놓인 컴퓨터 책상에 앉으니 집으로 돌아올 때 사 온 갈색의 편지지가 눈에 띄었다. 편지라면 해준이 그녀에게 전해 줄 수도 있겠다 싶어 사 왔는데 이제 와서 생각해 보니 왜 진즉 이런 방법을 몰랐는지 모르겠다.

투명한 포장을 벗겨 내고 제 앞에 놓은 편지지 위로 현태는 숨을 고르더니 천천히 글씨를 써 내려갔다.

지은아, 잘 지내고 있니? 널 못 본 지가 며칠이 됐는지도 모를 만큼 시간이 많이 지난 것 같다. 잘 지내? 목소리라도 듣고 싶지만, 이 기사님이 전해 주는 네 소식만으로도 난 충분해.

저기 지은아. 난 항상 기다리고 있어. 혹시 이대로 못 돌아오는 건 아닐까 하고 걱정은 되지만…… 그래도 괜찮아. 기다릴게. 만약 그렇게 된다고 해도, 기다릴 테니까 언제든 와 줘. 네가 부르면 난 갈 거고, 네가 온다면 난 기다릴 거야.

미안해하지 마. 그래서 네가 돌아오길 망설이고 있는 거라면 그럴 필요 없어. 네 잘못이 아니야. 너 혼자만의 잘못도 아니고, 그걸 너 혼자 다 짊어질 필요는 없어. 넌 잘 견뎌 왔고, 네 덕분에 난 널 만날 수 있었어. 난 이미 모든 걸 각오하고 있었고, 그건 너도 잘 안다고 생각해. 쉽게 헤어질 거 같았다면 너와 시작하지도 않았어. 알아줘, 제발. 내가 널 얼마나 생각하고, 좋아하고, 사랑하는지.

갑자기 쓰게 된 편지라 내가 뭐라고 했는지도 모르겠다. 다시 읽고 고칠 자신은 없으니까 이대로 이 기사님께 전해 둘게. 하고 싶은 말은 더 남아 있지만 네 답장이 오면 그때 적어야겠다. 사실 그 전에 지은이 네가 전화를 해 준다면 더 좋을 거야.

……정말 잘 지내? 아픈 덴 없고? 그렇다면 다행이지만,

울거나 하지 않았으면 좋겠다. 힘내서 우리 만나자. 많은 장애물을 내가 모두 막아 내 줄 수는 없을지도 몰라. 하지만 그럴 때마다 안아 주고 싶어. 우린 혼자가 아니잖아.

음, 자꾸 말이 길어진다. 너에게 처음 쓰는 편지라 그런지 괜히 긴장도 되고 그러네. 이 편지가 무사히 네 손에 닿길 바라면서 이만 줄일게.

보고 싶다, 지은아.

펜을 놓은 현태가 편지지를 곱게 반으로 접어 편지봉투에 넣었다. 내일이라도 해준에게 부탁한다면, 언제쯤 그녀에게 이 편지가 도착할까. 그녀는 어떤 표정으로 이 편지를 읽을까. 모두 읽은 뒤엔, 웃어 줬으면 좋겠다.

✻

해준은 이른 아침부터 와 있던 현태의 메시지에 한숨을 푹 쉬었다. 그녀에게 전해 줄 것이란 뭔지 궁금해지기도 전에 그는 걱정부터 앞섰다.

"아가씨. 오늘 이현태 씨가 저보고 만나자고 하는데."

"……그래."

"아가씨께 전해 줄 게 있대요. 뭔지 안 궁금하세요?"

"……."

"다녀와도 돼요? 혼자 계실 수 있으세요?"

그녀는 끄덕거리며 대답을 대신했다. 뭔 일이야 나겠나 싶겠지만 그렇다 하더라도 박 이사가 24시간 내내 문밖에 세워 둔 경호원 덕분에 걱정할 필요는 없었다.

"다녀올게요……. 금방 올 거예요."

"금방 올 필요 없어. ……천천히 와."

그 말에 해준은 어쩔 수 없다는 듯 웃었다. 역시 어젠 괜히 그런 말 하신 거죠? 다 알아요. 능청 떠는 해준은 이내 병실을 나섰다. 병실 밖에 양옆으로 나란히 우뚝 서 있는 경호원들에게 해준은 넉살스럽게 말하며 지갑을 꺼내 들었다.

"힘드시죠? 이거 얼마 안 되는데 퇴근하실 때 식사라도 하시라고……. 아, 받으세요, 받아. 저는 볼일이 있어서 잠시 나갔다 올 건데 우리 아가씨 잘 부탁드려요. 제가 아침부터 어디 나갔다 온 건 굳이 박 이사님께 말씀 안 드려도 될 거예요. 사적인 일이라. 아셨죠?"

오만 원권 두 장을 사이좋게 나눠 주고 그들이 받아 챙기는 걸 확인한 해준은 만족스런 얼굴로 걸음을 옮겼다.

밖에서 그의 기척이 사라지고 혼자 남은 지은은 이불 속으로 모습을 감추고 눈을 감았다. 그를 따라나설 듯 움칠거리는 다리를 잔뜩 구부린 채 그녀는 어서 해준이 돌아오길 기다리고 있는 것 같았다.

✱

꽃집은 여전히 향기로웠다. 연애하는 사람은 따로 있는데 꼭 제가 연애라도 하는 것처럼 지금 현태를 마주하기에 앞서 기분이 요상했다. 그녀에게 전해 줄 것이 무엇인지 기대도 됐다가, 그런 둘을 생각하면 울적했다가, 병원에 누워 있는 그녀를 숨긴 채 현태를 마주해야 한다는 게 우울했다. 그는 괜히 앞에 놓인 커피를 들었다 놓으며 현태가 오길 기다렸다.

"아저씨."

"……저요?"

"여기 아저씨밖에 없는데 그럼 제가 누굴 불렀겠어요."

성하는 톡톡 쏘는 말로 해준에게 말했다. 해준은 멍한 얼굴로 아저씨란 말만 홀로 되뇌었다. 아저씨라……. 그래. 아저씨로 보일 만도 했다. 요즘 걱정 없이 잠들어 본 날이 없을 정도니 말이다. 아무래도 어린애들한테 만만하게 보이는 스타일인가? 아가씨는 그렇다 쳐도, 이 근본도 모르는 꼬맹이가.

"아저씨. 솔직히 말해 보세요. 그 누님, 전화 한 통 못할 정도로 바쁜 거예요, 무슨 일이 있는 거예요?"

"……."

"무시하기 없기. 아저씨 들어올 때부터 얼굴이 굉장히 불편해 보이던데. 누님 혹시, 마음 바뀌……."

"그런 거 아니니까 조용히 해 줄래요?"

싱긋 웃으며 말한 해준이 금세 얼굴을 굳히고 커피를 호로록 마셨다. 입을 툭 내밀던 성하가 해준을 향해 콧방귀를 뀌고 등을 돌렸다. 저장고에서 나오던 현태는 불퉁한 얼굴로 저장고로 들어가는 성하를 힐끗 쳐다보고는 기다리고 있던 해준에게 고개를 숙였다.

"많이 기다리셨죠?"

"아닙니다. 아침부터 바쁘신가 봐요?"

"오늘 꽃들이 들어오는 날이라 정리 좀 하느라."

무슨 선물일까 궁금해하던 해준은 그의 손에 들린 봉투를 물끄러미 바라보았다. 머쓱해하며 현태가 편지를 내밀었다.

"이거……. 별건 아니고……."

"……편지, 맞죠?"

몇 번 소리 나게 웃던 현태는 고개를 끄덕였다. 편지를 받아 든 해준이 묘한 얼굴로 입술을 달싹이더니 곧 예의 그 사람 좋아 보이는 미소를 지었다.

"잘 전해 드리겠습니다. 아가씨가 좋아하시겠네요."

"만날 때마다 물어보는 것 같아서 죄송한데, 지은이 잘 지내죠?"

해준은 목까지 차오른 말을 여느 때처럼 밀어 넣었다. 참 할 짓이 못 되는 것 같다.

"그럼요. ……걱정 마세요."

복잡해 보이는 그의 표정에 현태는 못내 미안한 마음이 들었다.

"이 기사님 곤란하게 하는 건 아닌지, 죄송합니다."

"아. 아뇨, 아뇨. 저한테 그러실 필요 없죠. 정말로요."

"……감사합니다."

고개를 꾸벅 숙이며 인사를 하는 바람에 해준도 덩달아 허리가 숙여졌다. 바쁘실 텐데 여기까지 오시느라 수고하셨어요. 감사합니다. 가게를 나설 때까지 현태의 인사를 받으며 해준은 그라면, 현태라면 사실을 알아도 되지 않을까 하는 생각이 들었다.

"저기, 이현⋯⋯."

"형님! 농장에서 전화 왔어요!"

때맞춰 고래고래 소리를 지르는 성하 덕분에 해준의 말은 채다 나오지도 못하고 쏙 들어가 버렸다. 애써 다짐한 마음이 허무해지는 동시에 안도감이 들었다.

"커피 잘 마셨습니다. 답장, 전해 드리러 올게요."

"네."

웃으며 고개를 끄덕이는 현태는 서둘러 가게로 들어갔다. 해준도 그때서야 등을 돌려 걸음을 옮겼다. 현태가 보이지 않으니 그나마 마음이 편했다. 거짓말에 서툰 편은 아니지만 이런 거짓말은 사절이었다.

그는 가볍지만 결코 가볍지만은 않은 편지를 들어 보았다. 입구도 보란 듯 열려 있어서 몰래 빼내 볼 만도 했지만 해준은 코트 주머니에 조심히 넣었다. 몸이 기우뚱. 편지의 무게는 딱 그랬다.

15

낮게 들려오는 목소리가 어렴풋이 귓가를 맴돌았다. 한 글자씩 새기듯 읽으면 차가운 마음속에 스며들어 녹여 주었다. 해준이 펼쳐서 두 손에 끼워 준 편지를 지은은 몇 번이고 곱씹으며 읽고 있었다.

말은 모두 놓을 것처럼 하더니 편지에서 눈을 떼지 못하는 그녀가 해준은 귀엽기도 했다. 다만 붕대가 칭칭 감긴 손으로 힘겹게 편지를 받치고 있는 걸 보니 마음이 안타까웠다. 제가 나서서 읽기 편하도록 편지를 들고 있겠다고 했지만 결국 거절당했다. 그랬던 그녀가 확 돌아앉아 혼자서 읽어 가는 중이다.

"뭐라고 쓰셨기에 그렇게 오래 읽고 또 읽고 그래요?"

"……보지 마."

"뭔데요? 나도 좀……."

등 뒤에서 얼쩡거렸더니 지은이 고개를 틀어 노려보기 시작했다. 아, 이런. 해준은 그녀의 눈에 고인 눈물을 발견하고 나서야 장난스럽게 흔들던 꼬리를 말아 넣었다.

뒷걸음질로 물러나는 해준을 보고 지은은 다시 편지를 읽어 나갔다. 그가 한 번에 써 내려간 것과는 다르게 지은은 같은 글자, 같은 문장을 반복해 읽었다. 그런데도 매번 처음 읽는 듯 신기했다.

이상하다, 현태야. 어제까지, 아니, 이 편지를 받기 전까지 난 너를 놓아줄 수 있을 거라 생각했는데…… 이렇게 또 널 마주하게 되니 그런 힘든 마음들이 눈처럼 녹았어.

현태를 바라보는 것처럼 편지를 보며 웃기도 하는 그녀였다. 침대에 걸터앉은 자세를 다시 고치려는데 편지가 아래로 미끄러져 떨어졌다. 얼른 침대에서 내려와 반사적으로 편지를 주우려던 그녀가 멈칫거렸다. 손가락이 구부러지지 않도록 감아 놓은 붕대 때문에 도저히 편지를 주울 수 없었다.

"제가 할게요. 앉아 계세요."

해준이 나서서 주워 주자 그녀는 가느다란 한숨을 내쉬었다. 이번엔 그의 편지를 떨어뜨리는 일이 없도록 침대 위에 펼쳐 놓았다. 지은이 바닥에 쪼그려 앉아 침대에 두 팔을 걸치고 그 위로 턱을 얹었다. 그 모습이 꼭 중요한 시험을 앞둔 여고생 같기도 했다.

이제 옆에서 보고 있든 말든 편지를 감상 중이던 지은은 노크 소리도 들리지 않는 듯 보였다. 오전 10시쯤이면 항상 그녀의 상태를 확인하기 위해 담당의가 회진을 온다는 걸 그들은 익히 알고 있었다. 그래서 해준도 지은도 느긋한 행동으로 움직였다.

문이 열리고 역시나 의사와 간호사 한 명이 따라 들어왔다. 지은은 서툰 손길로 편지를 집어 들고 있었고 해준은 고개를 꾸벅 숙이고 일어나던 참이었다. 그리고 제일 마지막, 병실에 들이닥치는 재윤을 먼저 발견한 건 해준이었다.

"사모님. 침대에 앉아 보실까요?"

의사의 말에 고개를 들던 지은도 그때서야 재윤을 발견했다. 그녀보다 먼저 사태를 파악한 해준이 그녀의 손에 들린 편지를 당황하지 않고 등 뒤로 거두어가 아래로 떨어뜨렸다. 그리고 발을 이용해 침대 아래로 슥 밀어 넣었다.

침대에 앉아 지은이 이것저것 의사의 질문에 따라 답할 때 재윤은 소파에 다리를 꼬아 앉고 해준을 살피고 있었다. 해준은 지은의 곁에 서 있었지만 재윤의 시선이 저에게 닿아 있다는 건 잘 알고 있었다.

아니, 저 인간은 바쁘다더니 연락도 없이 여길 왜 와? 그것도 어제 온다고 하던 사람이.

귀와 눈은 의사를 향하고 있는데도 온 정신이 재윤에게 쏠리는 건 당연했다.

"드시는 약은 어떠세요? 구토나 어지럼증 같은 증상은 없나요? 조금이라도 부작용이 있는 것 같다 싶으면 바로 말씀해 주셔야 합니다."

"아가씨께서 그런 말씀은 없으세요. 그런데, 잠을 너무 못 주무셔서……. 선잠으로 몇 번 주무시는 게 다고요."

"수면제 처방은 그리 권하지 않습니다만 영 잠을 못 잔다 싶으시면 말씀하세요. 항우울제 안에 신경안정제가 포함돼 있긴 하지만 사모님 같은 경우엔 불면이 지속되고 있어서 효과는 없어 보이네요."

"……그, 하아."

"네."

해준은 그녀의 눈치 한 번, 재윤을 향한 흘김 한 번으로 다시 의사를 향해 입을 열었다.

"나을 수 있으신 거죠? 상담과 치료, 약만 꾸준히 복용하면."

"음, 그런 것보단 일단 사모님 의지의 문제죠. 아무리 상담과 치료를 하고 약을 복용하신다 하더라도 본인의 의지가 없으면 모두 무용지물입니다. 약이 일시적으로 기분을 가라앉게 해 준다고 해도, 심리적인 문제는 본인 노력에 달렸어요. 사모님 입장에선 약은 도움을 줄 뿐이지 완벽한 치료 수단이 아닙니다. 사모님 스스로 마음을 다스리는 것을 포기하란 말이 아니에요. 도와줄 테니 같이 노력하자는 겁니다. 아시겠죠, 사모님?"

의사는 야윈 그녀의 팔을 붙잡고 위로하듯 토닥였다. 겨우 그 하나로 얼마나 눈물이 날 것 같은지 지은은 하루에도 열두 번씩 변하는 자신의 감정을 따라가지 못해 힘들었다.

"점심식사 하신 후에 상담이 있을 겁니다. 그 후에 치료 들어

가시고요."

"네."

"불편하신 거 있으시면 언제든지 말씀하십시오. 그럼. 박 이
사님, 가 보겠습니다."

저보다 나이도 훌쩍 많은 사람이 인사를 건네는데도 재윤은
꿈쩍도 하지 않았다. 해준에게 향했던 시선이 침대 아래로 떨어
졌다는 걸 해준은 뒤늦게 알아차렸다. 열렸던 문이 다시 닫히고
병실은 숨 막히는 정적만 감돌았다.

"바쁘신데 연락도 없이……"

"온다고 했잖아. 어젠 일이 바빴어. 그리고 내가 올 때마다
일일이 연락을 하란 말인가? 못 올 데를 오는 것도 아니고."

당신이 그렇게 당연한 듯 올 곳도 아니라고 본다, 나는.

해준은 못마땅한 얼굴을 돌리며 그녀의 이불을 하릴없이 정
돈했다. 지은은 재윤이 병실에 머무는 동안 눈길 하나 주지 않
았다. 당연한 건가 싶다가도 왜 그게 당연해야 하는지 재윤은
그런 그녀가 이해되지 않았다.

"손을 그따위로 만들어 놓으니까 마음이 조금 풀려?"

"박 이사님. 지금 아가씨가 많이 힘드신 상태라, 그런 말씀은
자제해 주시면 감사하겠습니다."

"넌 요즘 무슨 말이 그렇게 많아. 신지은도 저 모양이니 덩달
아 너까지 정신이라도 나간 거야, 뭐야?"

지지 않고 한마디 더 보태려는 해준의 옷깃을 그녀가 슬그머
니 잡아당겼다. 너까지 정말 쫓겨나면 난 누구 믿고 살아. 마른

눈이 그리 말하는 것 같아 해준은 입을 꾹 닫았다. 재윤이 그런 둘을 보며 비식거렸다.

"아직 더 할 게 남았나? 그렇다면 한 번에 해. 그래야 뒤처리도 수월하지."

어딘가쯤에 준비해 뒀던 말들은 신랄한 혀를 거치자 독처럼 변했다. 그 사실이 불편하다 생각되자 앉아 있는 자리마저 불편해졌다. 환영받지 못한다는 걸 알면서 자꾸 옆에 서게 된다. 그건 마치 덜 자란 자아를 무분별하게 휘두르는 철없는 아이 같았다.

"아까부터 신경 쓰이던데. 저건 뭐지?"

턱짓으로 그는 침대 아래를 가리켰다. 해준은 긴장을 감추고 침대 아래를 살폈다. 아무렇게나 나뒹구는 편지로 손을 뻗으면서 온갖 변명을 생각해 보았다. 그러나 그 편지는 그의 손에 닿기도 전에 재윤의 손에 먼저 닿아 나부꼈다.

"줘요."

지은이 손을 다급히 내밀었다. 하지만 재윤은 이미 편지를 읽어 내려가고 있었다.

"줘!"

"박 이사님. 주시죠. 아가씨 겁니다."

해준이 다가가려 하자 재윤은 검지를 펴 손을 뻗어 그에게 무언의 경고를 보냈다. 여전히 편지를 읽는 재윤의 표정은 점차 굳어져 갔다.

"신파를 찍으라고 했더니 말 한번 잘 듣는군."

그녀의 이름까지 모두 읽고 나서야 그는 손을 거두고 고개를 들었다. 두 사람의 표정이 볼만했다. 눈길 하나 주지 않던 지은이 지금은 저를 잡아먹을 듯 눈을 번뜩이고 있었다. 그는 망설임 없이 편지를 반으로 천천히 찢었다.

"개자식……."

어깨가 들썩일 만큼 웃음이 나왔다. 난생처음 면전 앞에서 욕을 들어 보았고, 거기다 생각지도 못하게 그녀에게 욕을 들었다. 편지는 반으로 찢어졌다. 겹쳐진 두 장을 재윤은 한 번 더, 또 한 번 더 갈기갈기 찢어 쓰레기를 버리듯 내던졌다.

지은은 자신의 마음처럼 몇 갈래나 찢어져 나뒹구는 편지에 허망함을 감출 수 없었다. 숨이 가빴다. 재윤은 그런 제가 우습기만 한 모양이었다.

"재주껏 만나라고 했더니 그건 그러지 못한 모양이네."

"넌 죽어서도 썩지 않을 만큼 독한 새끼야."

"넌 당장 죽어도 이상하지 않을 만큼 약한 존재고."

이딴 말싸움을 하고 싶어 온 게 아니었다. 붕대 끝에 희미하게 번져 가는 선혈이 어쩐지 조금 안타깝기도 했다. 하지만 그 편지는 도무지 용서가 되지 않았다.

"구구절절하던데 가서 한번 만나 주지 그래? 가서 네 꼴 보여 줘 봐. 데리고 도망가 줄지도 모르잖아?"

"나가! 꺼져! 제발 내 눈에 띄지 말고 꺼지란 말이야!"

손에 잡히는 대로 집어 던지기 시작한 그녀가 분을 참지 못하고 링거 바늘까지 툭 뽑아 그에게 달려들려 했다. 붕대는 이미 넝마가 되어 버렸고 군데군데 피가 스몄다. 바늘이 꽂혔던 팔도 피가 맺혀 금방이도 흐를 듯 방울져 있었다.

"아가씨! 이러지 마세요, 아가씨!"

"개자식! 네가 그러고도 사람이야? 네가! 네가!"

"아가씨!"

수척해진 몸이 얼마나 괴력을 뿜어내는지 말리고 나선 해준이 휘청거리며 진땀을 빼고 있었다. 재윤은 이를 악물고 가만히 그 광경을 지켜보기만 하다 몸을 틀었다.

자신은 무언가 탓하고 있었다. 무엇을 향한 건지, 누구를 향한 건지 알 수 없지만 병실을 나서던 재윤은 뒤에서 들려오는 처절한 절규에 몇 번이고 땅이 흔들렸다. 시야가 뭉그러지듯 앞을 어지럽혔고, 마음속 소용돌이는 확실히 한 방향을 향해 모두 집어삼키고 다가가고 있었다.

저를 봐주지 않아 욕심이 났다. 그게 나중엔 오기가 되고 집착이 되더니 이 꼴이 나 버렸다. 어떻게 해야 그녀가 기뻐하는지도 몰랐고, 웃게 해 주고 싶단 생각도 하지 않았다.

사랑이라 생각하는 동시에, 사랑이라 믿지 않았으니까.

곁에 두면 괜찮을 것 같았다. 모래 흐르는 깔끄러운 갈증은 그녀를 곁에 두었단 확신으로 사라질 줄 알았다.

오늘, 모두 헛수고라는 걸 알아 버렸지만 말이다. 외면하던 감정과 외면하던 존재의 만남은 거세게 부딪혔다. 부딪히고 부딪혀 서로에게 상처만 남겼다. 웃길 테지만 분명 그랬다. 분명, 서로에게 상처가 되었다.

재윤은 엘리베이터 대신 비상구로 질척한 걸음을 옮겼다. 추잡하게 부패된 감정이 제 발을 옭아매고 있었다.

굳게 닫힌 비상구 문 너머로 이명이 울렸다. 날 선 눈이 눈앞의 모든 잔상을 베어 냈다. 가슴에 피어오르는 열꽃이 온몸에 번져 갔다. 걷잡을 수 없이 번지던 열꽃은 화마로 변해 타올랐다.

아무것도 아니길 바랐다. 한쪽 구석 까맣게 변한 재가 흩날린다. 아무것도 아니길 바랐다. 겨우 붙잡고 있던 그녀를 향한 끈마저 놓아주고 싶은 마음도, 아무것도 아니길.

간호사가 안정제를 놓아주고 링거 바늘도 다른 팔에 놓아주었다. 피 묻은 붕대를 가지고 가면서 슬금슬금 눈치를 보기에 이러다 혹시 이상한 소문이 나는 건 아닐까 하고 해준은 괜히 간호사가 사라진 곳을 눈을 좇았다.

이 정도면 어떻게든 다시 붙일 수 있겠는데. 바닥에 흩어졌던 편지 조각을 모두 주워 작은 탁자에 올려 두고 간호사에게 빌려 놓은 테이프를 뜯는 해준이었다. 탁자 가장자리에 일정한 길이의 투명 테이프가 줄지어 붙어 있었다.

지은은 안정제를 맞고 눕더니 이내 잠이 들었는지 조용했다. 편지 조각을 하나 들었던 해준은 그대로 다시 놓고 소파에 몸을 기대었다.

조금 전 그녀는 말 그대로 포효하고 있었다.

아무렇게나 흐트러져 목이 찢어져라 울부짖던 그녀가 무서울 만큼 낯설었다. 저보다 작은 몸에서 어떻게 그런 힘이 나올 수가 있는지도 신기했다.

그녀에게 이 편지는 겨우 종이 따위가 아니었다. 현태의 마음이 고스란히 담긴 편지는 그녀에게 무엇보다 소중한 것이 되었다. 갈기갈기 찢겨지는 편지를 보았을 때 그녀의 마음이 어땠을까. 쉬이 가늠이 되지도 않는 해준은 다시 묵묵히 편지를 맞춰 가기 시작했다.

보지 않으려 해도 편지를 맞추어 갈 때마다 내용이 선명해졌다. 두 사람의 비밀을 훔쳐보는 꼴이라 최대한 내용에 신경을 쓰지 않았지만 마지막 한 조각까지 모두 제자리를 찾은 후 해준은 어느새 편지를 읽어 가고 있었다. 한 장 분량의 짧은 편지였지만 고스란히 담긴 그의 마음은 끝이 없어 보였다.

참, 어지간히도 좋아하나 보다. 읽으면 읽을수록 전해지는 간절함에 딜레마에 빠진 해준은 낮게 신음했다.

말해 버릴까? 무릎이라도 꿇고 빌어서 아가씨 데리고 도망이라도 가 달라고 해 볼까? 외국은 아무래도 흔적이 남으니 어디 시골 깡촌, 그래! 이현태 씨 고향에라도 숨어서! 그러면 되지 않을까? 산 깊은 곳에 숨어들면 박 이사라도 못 찾을 텐데. ……진짜 그래 볼까.

꽤 진지하게 생각하던 그가 끝엔 그냥 한 번 웃으며 자리에서 일어났다. 모두 부질없었다.

잠든 그녀는 숨소리 하나 내지 않고 조용했다. 이번엔 해준이 그녀의 코앞에 손을 가져가 호흡을 확인하듯 하다가 그런 자신이 못내 서러워졌다.

편지는 그녀가 일어나면 제일 먼저 눈에 띄도록 머리 옆에
두었다. 어서 시간이 흘러 모든 것들이 제자리를 찾고 그녀가
다시 웃을 수 있는 날이 오길 간절히 바란다.

✳

"매각."

"전부 다 말입니까?"

"네 눈엔 거기 어디 쓸 만한 물건이 있어 보여? 전부 다 팔
아치우고 신 회장이 또 이런 정신 나간 짓 못하도록 잘 지켜보
기나 해."

"네."

결국 신 회장이 사들인 주식은 모두 본전도 찾지 못하고 처
분을 했다. 덕분에 호성의 주가는 크게 한 번 휘청거리더니 투
자자들 몇까지 손을 뗀 상태였다.

후로 재윤의 사무실로 종종 '이대로 정말 계속 투자를 해도
괜찮겠느냐?' 하는 식의 전화가 걸려왔고 그 덕에 며칠 내내
두통을 달고 살았다. 합병은 일찍이 생각을 접어 버렸다. 이런
꼴로 했다가는 시나그룹의 돈까지 싹싹 긁혀 먹힐 것이 훤했
다.

정신 나간 새끼. 스스로를 욕하는 재윤은 조금 어색해 보였지
만 요즘 그는 자주 속으로 혼잣말을 하곤 했다. 뭐가 눈에 씌면

정말 앞뒤가 분간이 가지 않는다는 말을 뼈저리게 실감 중이었다. 지은을 만나고 온 후부터였다.

귓가에 메아리치던 목소리는 떠날 기미가 없었다. 바쁘면 잊혔지만 잠시라도 숨을 고를 땐 선명하게 떠올랐다. 악몽도 그런 지독한 악몽이 없었다. 평소처럼 신경을 끄면 될 텐데, 생각처럼 쉽지 않았다. 손에 일도 제대로 잡히지 않아 스트레스는 쌓여만 갔고 요즘은 진통제가 없으면 잠도 자지 못했다.

그 집엔 이제 그녀가 없었다. 있어도 없는 듯한 그녀였지만, 이젠 정말 없다.

문 너머를 힐끗거리지 않아도 되고 문 앞을 서성거리지 않아도 된다. 차가운 그녀를 마주하지 않아도 되고, 기다려주지 않는 그 집에 곧장 돌아가지 않아도 됐다. 처음처럼 돌아갈 일만 남은 듯했다.

며칠 내내 타들어 가던 불씨는 모든 걸 잿더미로 만들었다. 그녀를 억지로 붙잡고 있는 끈만은 그 불씨에 닿지 않게 하려 노력했지만 결국엔 그것마저 모두 타들어 갔다. 고작 끈 하나 타 버렸다고 그녀를 붙잡고 있을 것이 없어졌다. 여러 가닥으로 뭉쳐진 그 끈은 왜 진즉 끊어지지 않았을까 할 정도로 서투른 것들로 꼬여 있었다.

사랑이라 생각했던 것들에서 사랑이란 한 올도 찾아볼 수 없었다. 사랑이라 생각했지만 그 사랑은 처음부터 사랑이 아니었고, 사랑이라 생각한 그 사랑을 이젠 그는 믿을 수 없었다. 그런 생각을 하면 가슴 한곳에 쌓인 잿더미가 힘없이 무너져 내렸다.

되돌리기엔 늦었다. 처음으로 돌릴 순 없었다. 6년이란 그녀와의 관계는 정말 보잘것없었다. 자신은 그녀를 그런 식으로 울게 하지도 못했고 웃게 하지도 못했다. 지나온 시간부터 앞으로의 시간까지.

그녀는 제 것이 아니었다.

✳

"이사님. 병원에 도착했습니다."

"……."

시트에 가만히 몸을 기대고 눈을 감고 있던 재윤은 천천히 눈을 떠 병원 로비로 고개를 돌렸다. 모든 짐을 눈꺼풀에 올려둔 것처럼 무거운 눈은 그만큼 움직임이 느렸다.

술을 전혀 못하는 기사가 냄새를 맡는 것만으로 얼굴이 조금 붉어질 만큼 차 안은 술 냄새로 진동했다. 정작 그 술을 다 마신 재윤은 목이 조금 물들었을 뿐 평소와 같았다.

술이라도 마시면 말할 수 있을 것 같았는데 꼭 그렇지만도 않았다. 차에서 내리기부터가 어려웠다. 코로 숨을 후욱 들이마시고 내쉰 그가 시트에서 몸을 떼자 기사는 얼른 내려 뒷좌석의 문을 열었다.

"퇴근해. 알아서 갈 테니까."

"하지만 많이 취하셨는데……."

기사의 말은 여느 때처럼 무시하고 그는 저벅저벅, 끝을 향해 걸어갔다.

지은은 테이프로 덕지덕지 붙여진 편지를 하루도 손에서 놓지 않았다. 예쁘게 좀 붙이지. 노력한다고 한 해준은 보기보다 손재주는 없었다.

손끝으로 만져도 보고 싶은데 붕대는 여전히 그녀의 손을 방해했다. 대신 그 편지를 뺨에 살며시 부비기도 했다. 며칠이나 지나 그의 향기는 증발했을지라도 이렇게 또 코에 대고 있으면 아스라이 그의 향기가 느껴지는 것 같았다.

언제쯤 볼 수 있을까. 꿈에라도 나와 주지 않을래? 잠깐이라도 좋으니까……

우울하던 기분도 그의 편지를 보고 있을 때면 모두 잊을 수 있었다. 지은에게 현태는 아픔을 잊게 해 주는 사람이었다.

자정이 다가오기 전 해준은 지은이 잠든 걸 확인하고 소파에 몸을 욱여 잠을 청했다. 해준의 고른 숨소리가 퍼지자 잠이 든 줄 알았던 지은은 눈을 뜨고 몸을 일으켜 앉았다.

노란 불빛은 너무나도 포근했지만 그녀는 쉽사리 잠자리에 들 수 없었다. 그럴 때면 습관처럼 현태의 편지를 들고서 읽어 내려가면 저도 모르게 마음이 편안해졌다.

답장을 써야 할 텐데. 손가락 하나 까딱하지 못하는 자신의 처지에 비관만 하다 '다음에'라는 기약 없는 약속을 혼자 하곤 했다.

달칵.

문이 열리는 소리에 지은은 후다닥 편지를 이불 안으로 감추었다. 해준아. 해준아. 누군지 모를 방문자에 지은은 당황한 듯 해준을 깨워 보았다. 잠귀가 밝은 해준이 자리에서 부스스 일어나고 재윤이 느릿한 걸음으로 걸어 들어왔다.

"어……."

해준이 정신을 차리기도 전에 재윤이 소파에 털썩 앉았다. 해준은 시간을 확인했다. 이 인간은 사람 자는 시간에도 와서 복장을 뒤집어 놓으려는 작정인가.

헝클진 머리칼을 정리하며 그는 지은의 눈치를 살폈다. 역시나 흉흉한 기색이었다.

"너."

옆에 서 있던 해준이 재윤에게 멀뚱히 고개를 돌렸다. 이제야 안 것이었지만, 재윤은 꽤 취한 듯 보였다. 술 냄새로는 분명 그러한데 이상하게 모습은 평소와 별다를 것 없었다.

"잠깐 나가 있어."

"……박 이사님. 지금 아가씨 주무셔야 되는 시간입니다. 내일 맨정신으로 다시 얘기하시는 게 나을 것…… 같은데요……."

또 말허리를 싹둑 자를 줄 알았더니 빤히 쳐다보기만 할 뿐 재윤은 끝까지 듣고 있었다. 걷어차이는 건 아니겠지. 해준은 뒤로 슬쩍 한 걸음 물러났다.

"말 다 끝났나?"

"……."

"그럼 나가. 네 그 아가씨랑 할 얘기가 있으니까."

모습만 멀쩡한 거였나. 독살스런 혀를 내두르며 급한 성격을 내비치던 말투는 느릿느릿했다.

"나가 봐, 해준아."

상종도 하지 않을 것 같던 지은이 한 말이었다. 해준은 그런 둘의 분위기에 안절부절못했고 재윤이 픽하고 웃었다.

"정말 너만 한 충견도 없을 거야."

"헛소리 집어치우고 할 말만 해요."

이제 더 이상 무서울 것도 없었다. 해준에게 괜찮다는 눈짓을 한 번 더 보내자 해준은 멈칫거리며 병실을 나섰다. 그래도 혹시 모를 일이니 문에 바짝 붙어 있는 건 잊지 않았다.

다시금 조용해진 병실은 그녀에게서 일방적으로 내뿜어져 나오는 날 선 감정들뿐이었다. 차갑다, 차갑다 했지만 이렇게나 차가울 줄이야. 사방이 막힌 곳에서 겨울바람이 세차게 불어닥쳤다.

굴하지 않고 재윤은 한쪽 다리를 쭉 벋어 편하게 소파에 기대었다.

"나한테 욕이라도 하고 싶으면 그 꼴 보기 싫은 병원복이나 벗고 말해."

"당신만 내 눈앞에 안 보이면 될 일이야."

"왔다 갔다. 하나만 해. 말을 높이든, 말을 까 내리든."

"나한테 아직 할 짓이 남았어? 얼마나 날 짓밟으려고."

그랬었나. 내가, 그랬었나. 몽롱한 정신에 과거를 헤집어 보았다.

　아, 그랬구나. 정신이 나간 것처럼 너를 이유도 모른 채 원했었지. 그래. 그런 적도 있었군.

　재윤이 희미하게 웃자 지은은 또 저를 비웃는 거라 생각해 눈썹을 요란하게 구겼다.

　"할 말이야 많지. 아주 많아. 6년 동안 우린 제대로 대화도 못 해 봤는데 할 말이 많은 건 당연한 거 아닌가?"

　"웃기는 소리 말고 술주정할 거면 다른 곳에서 해."

　"네가 얼마 전에 그랬지. 널 원하는 이유가 뭐냐고."

　"……."

　"글쎄. 이유가 없더군. 내가 왜 너와 결혼을 해야겠다는 생각을 하게 됐는지도."

　"그래. 네 아무 이유 없는 말 하나로 사람 인생 제대로 망쳐 놨어."

　"말은 바로 해야지. 네 인생은 처음부터 망했어. 그런 부모 밑에서 네가 제대로이길 바라는 건 아닐 텐데."

　"불을 지핀 건 너야."

　독기가 오른 눈은 이제 두려움이란 없었다.

　이제야 조금 예전 같군.

　재윤은 이 이상 그녀와의 언쟁은 하고 싶지 않았다. 애초에 그러려고 찾아온 게 아니었다.

　"신지은."

　"……."

"사람이 부를 땐 눈을 봐야지. 아깐 그렇게 달려들 듯이 쳐다 보더니."

정말이었다. 그녀는 재윤의 부름에 고개를 획 돌린 후였다. 이제껏 이름을 부르는 그의 목소리에 답해 준 적은 없었고 그건 지금이라고 다를 건 없었다.

"뭐, 그건 됐어."

재윤은 천천히 몸을 일으켜 창가로 걸어갔다. 습기 찬 창문을 슥 닦던 그는 버튼을 눌러 창문을 열었다. 금세 매서운 바람이 밀고 들어왔지만 그는 몸을 움츠리지 않았다. 모두 날려 버려야 했다. 그래도 그녀는 눈 하나 깜짝하지 않겠지만 말이다.

아린 바람에 그녀는 이불을 끌어당겼다. 술이 취했다곤 하지만 평소와는 너무 달랐다. 고분고분하기도 한 것이었지만, 저를 쳐다보는 눈빛도 그러했다. 지은은 점점 영문을 알지 못했다.

"네가 나한테 뭐였는지 알아?"

열어 두었던 창문의 버튼을 다시 눌렀다. 천천히 닫히는 창문을 뒤로하고 그는 침대에 가깝지도, 멀지도 않은 곳에 서서 그녀를 바라보았다.

"거짓."

"……."

"넌 내게 그런 존재일 거야, 아마도."

사실과 어긋난 존재. 내 안에서 너는, 내가 알던 너는, 그런 존재였었다고 생각한다.

"난 꺼져 줄 테니 쉬어."

보잘것없던 사이는 별 볼 일 없었다. 그녀를 향해 등을 돌리는 그도, 그런 그를 피해 등을 돌리는 그녀도.

16

기다림은 지치기 마련이었다. 해준에게 편지를 건네준 후로 현태는 2장의 편지를 더 썼지만 전해 주지 못했다. 해준은 많이 바쁜 모양인지 답장을 전해 주러 오겠다던 그는 며칠째 소식이 없었다. 가끔씩 걸려오는 전화엔 그녀가 도저히 편지를 쓸 시간도 없이 바쁘다는 말만 해 주었다.

여전히 추위는 기승을 부렸고 추운 날에도 꽃집은 여전히 손님들이 수시로 드나들었다. 저 문을 열고 그녀가 들어오길 기다리면 시간이 어찌 그리도 안 가는지. 전부터 있던 불안감이 넘실거리는 건 이상한 일이 아닐 것이다.

"형님! 또 그렇게 넋 놓고 계실 거예요?"

"어? 아, 아냐. 배달 다녀왔어?"

"다녀와서 인사를 몇 번이나 했는데 휴대폰만 보고 계셨잖아요. 들어오던 손님도 도로 나가겠네."

타박하는 성하에게 현태는 입이 있어도 할 말은 없었다. 정신 차려야 돼. 이렇게 있다고 해서 연락이 오는 것도 아니고. 손에서 떨어질 줄 모르던 휴대폰이 드디어 손을 떠났다.

그 때였다. 요란한 벨소리에 현태는 서둘러 휴대폰을 확인했다. 하지만 기다리는 이는 아니었다. 맥이 풀려 어깨를 축 늘어뜨리는 그를 보며 성하는 몰래 혀를 쯧쯧 차고 TV 앞에 앉았다.

현태는 혹시 모를 기대를 하며 전화를 받아 보았지만 기계음이 녹음되어 있는 스팸 전화였다. 저도 모르게 튀어나오려던 욕을 삼키며 휴대폰은 아무 데나 던져두었다. 그의 등 뒤로 가게 문이 열렸고 현태는 애써 우울한 기색을 지우며 뒤를 돌았다.

"어서 오세……."

현태는 지금 제가 보고 있는 사람이 정말인가 하며 한참을 뚫어져라 쳐다보았다. 성하도 손님맞이를 위해 일어섰다가 다시 얌전히 자리에 앉아 버렸다.

"여전히 손님 대하는 꼴이 이 모양이면 어쩌나."

"……무슨 일이십니까."

"당신은 꽃집에 무슨 볼일이 있어서 오는데?"

여전히 짜증스러움이 깃든 얼굴의 재윤은 그러면서 성하가 앉아 있는 TV 앞으로 가서 저도 한자리 차지했다. 성하는 재빠르게 일어나 자리를 피했다. 현태는 한숨을 내쉬며 그에게 다가 갔다.

"하실 말씀이 있으시면 하세요."

"말귀를 못 알아듣는 것도 가지가지네. 꽃 사러 왔다고 하지 않았나?"

"……정말 꽃 사러 오신 거라고요?"

의심스런 말투에 재윤은 한숨을 한 번 내쉬고 그를 물끄러미 올려다보았다. 이 얼굴로, 어떤 말들을 하고 어떤 표정들을 지었을지 상상이 됐다. 저완 정반대였을 이 남자의 표정은 사진으로도 생생히 느껴졌었다.

"예쁘게 포장해. 저번엔 정신이 없어서 계산을 못했었지?"

"됐습니다. 선물하실 건가요."

"네가 지금 생각하는 여자에게 줄 거니까 알아서 포장해 봐."

"……."

"안 해?"

"그게 아니라, 굳이 저희 꽃집이어야 했을까 해서요."

이제 와서 다시 시비라도 거는 건가 싶은 현태였다. 벌써 몇 달째 얼굴도 보지 못했다는 걸 알고서 약이라도 올리려고 온 건가 말이다.

"다른 손님이 주문을 해도 그런 식인가? 그런 것치곤 잘 굴러가네."

"당신이니까 이러는 거라는 생각은 안 해 봤습니까?"

"신지은, 보고 싶나?"

"꼭 보여 줄 것처럼 말씀하시네요."

"어려울 것도 없어."

"도대체 무슨 말이 하고 싶으신 겁니까? 네?"

그녀를 제 것처럼 보여 주니 마니 하는 그 태도가 마음에 들지 않았다. 현태가 격양된 목소리로 물었지만 재윤의 표정은 흐트러짐이 없었다.

"말 그대로야."

"그러니까! 이제 와서 왜 그러시냐는 말입니다, 제 말은. 도무지 이해가 가지 않는데요."

"이해하지 마. 생각도 하지 말고. 만나고 싶어? 아니면, 그런 여자는 이제 다 잊었나?"

도무지 말이 통하질 않았다. 다짜고짜 만나고 싶냐 물으면 뭐라고 대답을 해야 하는지, 본인이라면 당장 보고 싶다고 퍽이나 잘도 대답할 수 있는 모양이라고 현태는 생각했다. 마음 같아서는 보고 싶은 게 당연했다. 보고 싶으니 아직도 이렇게 끙끙대는 것이고 말이다.

"무슨 일이신지 먼저 말씀하세요. 갑자기 왜 이러시는지. 이혼이라도 하실 겁니까? 아니면 또 만나라 해 놓고 숨겨 두실 건가요."

"지금 되게 뻔뻔한 거 알고 있나?"

"그런 댁도 지금 못지않게 웃기신데요."

"이건 뭐 신지은 일에 관해서라면 이놈이나 저놈이나 아주 겁이 없군."

재윤은 다리를 꼬았다. 담배가 그리워 입 안이 마르는 것 같았다.

지은은 현태와 있으면 행복해질 것이다. 재윤과 충분히 비교되면서도 전혀 비교되지 않는 현태는 그녀를 웃게 해 줄 수 있을 것이다.

　"신지은, 네가 가져가."

　"지은이를 그렇게 물건 취급하지 마세요."

　"물건이었으면 가져가란 말도 안 했어."

　내 손에 꼭 쥐고 살았을 테니까. 그녀가 아무런 감정을 내보이지 않아서 그랬다. 뭘 해도 괜찮을 거라고 생각돼서 그랬다. 하지만 현태를 만난 후 지은은 더 이상 감정 없는 인형이 아니었다.

　"너한테 이리저리 떠드는 것도 웃기니까 가 봐야겠어. 난 분명 말했어. 선택은 자유지만, 선택지는 하나밖에 없겠지."

　"……진심입니까?"

　"농담하러 여기까지 올 만큼 한가한 사람은 아니라서 말이야."

　"……."

　"나와 신지은이 사는 세상은 그래. 무슨 일이든 손바닥 뒤집듯 쉬울 때도 있고, 막장 드라마의 소재로 나올 만한 일들은 정말로 있어. 말도 안 되는 일이라 생각하지 말고 좋아해."

　일어나 옷매무새를 다듬던 재윤은 선선하게 말하며 현태를 지나쳤다.

　"꽃은 내가 아니라, 네가 주는 게 나을 것 같지?"

　"……무턱대고 이러시면 제가 속도 없이 알았다고 하실 거라고 생각하신 것 같은데. 말씀해 주세요. 싫다던 사람 붙잡아 놓을 땐 언제고 지금은 또 왜 이렇게 쉽게 놓겠다고 하는 건지. 지은이는 정말 딱 그런 존재였습니까?"

"내가 신지은을 사랑이라도 했길 바라나?"

"아뇨. 사랑했다면 지은이를 그런 식으로 대하진 못했겠죠. 지은이를 어떤 뜻으로든 사랑해 주는 사람이 당신이든 누구든 그곳엔 정말 없냐고 묻는 거예요."

"사랑보다 먼저인 건 많아. 익숙지 않아서 그걸 사랑이라 모르고 지나칠 때도 많고. 사랑이라고 해도, 어쩔 수가 없을 때도 있어. 우리 같은 사람들은 사랑으로 먹고 사는 게 아니거든."

재윤의 뒷모습에 현태는 두 주먹을 꽉 쥐었다.

"지은이가 힘들 때 아무것도 못 해 줬어요. 당신 말대로 전 당신보다 힘이 없었으니까. 그저 기다리고 곁에 있어 주는 것밖엔……."

"그거면 충분하지 않나? 니들이 죽고 못 사는 사랑이란 건, 그거면 충분할 텐데."

"……."

"너라면 괜찮겠지. 신지은이 새로운 삶을 살기엔."

그럴 리가 없을 텐데 현태는 자꾸만 머리 한편에서 피어오르는 생각을 떨쳐 낼 수 없었다. 익히 알고 있던 사랑과는 달랐지만.

"혼인신고는 애초에 하지 않았으니 이혼이고 뭐고 할 것도 아니야. 놓아준다고 생각된다면 그건 그걸로 됐고."

"……지은이를 위해서요?"

"……."

막히지 않고 나오던 말은 현태의 질문에 가슴께에 걸려 나오지 않았다. 입을 뗐다 붙였다 반복하는 재윤은 답지 않게 망설이는 듯 보였지만 이내 입을 열었다.

"아니."

자신의 깊은 곳까지 솔직해질 필요는 없었다. 이렇게 돌아서면 이제 평생 볼 일은 없는데 굳이 그런 별 볼 일 없는 일까지 주절주절 떠들어 대고 싶지 않았다.

한 마디만 남겨 둔 채 재윤은 꽃을 헤치고 걸어갔다. 남겨진 현태의 얼굴엔 여러 감정이 뒤섞여 있었다.

정말 이걸로 끝인가? 정말로?

황당할 만큼 갑작스럽게 이루어진 일들에 멍해져 얼마 동안을 그렇게 있었던 것 같다. 자리를 피했다 돌아온 성하가 그런 그를 이상하게 생각하여 부르려던 순간 그의 휴대폰이 짧게 울렸다.

대충 던져둔 휴대폰을 들어 확인한 메시지엔 병원의 이름과 그녀의 이름이 함께 쓰여 있었다. 놀란 눈이 흔들렸다.

현태는 가게를 뛰쳐나갔다. 눈은 그녀와의 만남을 열망하고 있었다.

✱

재윤과 현태와의 만남이 있기 전 일이었다.

"이상한데요."

해준은 병실 문을 향해 말했다. 지은은 그런 그를 힐끗거리고 관심 없단 듯 펜을 잡은 손에 최대한 힘을 주었다. 상처가 별로 깊지 않은 왼손으로 현태에게 편지를 쓰고 있었기 때문이다.

"박 이사가 잠잠한 것이……."

뭔 일이나 나지 않으면 다행이겠어요. 밖에 세워 둔 경호원도 모습을 감췄고 박 이사에게선 술에 취해 왔던 날 밤 이후로 연락이 없었다. 그녀에겐 말하지 않았지만 해준에게 종종 그녀는 어떤지 같은 것을 전화로 묻곤 했다. 물론 말투는 그렇지 않았더라도 뜻은 그런 뜻이었을 거다.

걱정스런 해준과는 달리 지은은 그런 걱정도 할 겨를이 없을 뿐더러 지금은 현태에게 답장을 쓰느라 정신이 없었다. 이렇게 미루다가는 안 될 것 같아 서투른 글씨라도 쓰기로 했다.

해준에게 부탁할까 싶었지만 그에게 전할 말은 도저히 입 밖으로 내기 민망했다. 그래서 무리를 해 가며 왼손으로 쓰고는 있는데, 생각보다 힘들었다. 상처가 아픈 것도 아픈 거지만 이걸 제 글씨라고 보여 주기 껄끄러웠다.

"아, 그리고 보니 이현태 씨한테 전화해 드려야 되는데."

"……편지, 내일 가져다준다고 해."

"네에."

막 자리에서 일어나려는데 해준의 전하가 울렸다. 전화하려는 건 어떻게 알고 때맞춰 전화가 왔나 했더니 참으로 오랜만인

신 회장이었다. 해준은 창가로 가서 전화를 받았다.

"네, 회장님."

— 그래. 지은이는 어떤가.

"……좋아지고 계십니다."

— 이거야 원, 일이 원체 바빠야 말이지.

"제가 잘 돌봐드리고 있습니다."

— 알지. 그런데 몸이 그래서야 외국에서 지낼 수 있겠나?

"네?"

— 지은이 말일세. 박 이사가 전화 왔더군. 조만간 지은이, 외국으로 떠난다고.

"외……!"

해준은 서둘러 입을 틀어막았다. 그러곤 손을 모아 조용히 되물었다.

"회, 회장님. 아가씨가 외국에 가신다고 박 이사께서 그러셨습니까?"

— 알면서 뭘 자꾸 물어? 퇴원하는 대로 간다고 하더구만. 여기선 스트레스 받는 일이 많다고. 박 이사 외국 지사 있는 곳에서 지낼 거라니 박 이사도 오며 가며 볼 수 있겠고.

"아…… 음……. 회장님. 지금 아가씨가 부르셔서, 나중에 전화 드리겠습니다."

— 그런데 박 이사가 지은이에게 무슨 얘기 하지 않았나? 이번에 실수를 하는 바람에 박 이사가 우리 합병을…….

"네! 아가씨! 지금 갈게요!"

갑자기 소리를 지르는 해준으로 인해 지은은 몸을 움칠 떨었다. 부르지도 않았는데, 거기다 바로 옆에 있으면서 뭘.

해준은 서둘러 전화를 끊었다. 왠지 초조해 보이고 당혹스러운 그의 표정에 지은은 겨우 잡았던 펜을 놓으며 물었다.

"무슨 전환데?"

"아니, 그게……."

"왜 그래?"

"그…… 하아. 저 잠깐 통화 좀 하고 올게요."

"해준아."

그녀의 부름에도 해준은 빠르게 발을 움직였다. 복도를 탁탁탁 걸어가던 해준이 병실이 시야에 겨우 보일 정도의 복도 끝에서 재윤에게 전화를 걸었다. 그만큼 했으면 됐지, 뭘 또 얼마나 아가씨를 잡아먹으려고. 분에 찬 해준을 모른 채 재윤이 전화를 받았다.

"박 이사님. 제가 방금 회장님과 통화를 했는데 회장님께서 이상한 소리를 하시던데요."

— 진짜 개새끼도 아니고 지 주인한테 뭔 일이라도 생겼다 하면 쪼르르 와서 짖는 건가?

"장난치지 마시고요! 아가씨가 외국엔 왜 가십니까? 말도 안 통하고 지금 몸이 저 모양인데!"

— 아무것도 모르면 그냥 입 닥치고 있는 게 나을 때가 있어.

"모르긴 뭘 모릅니까! 그럼 회장님께서 없는 소리를 하신 거예요? 아가씨 아직 몸도 안 좋으신데 계속 이러시면 저 정말 아가씨 데리고 도망칠 겁니다. 정말이에요."

피곤한 한숨이 들려왔다. 따따따 쏘아붙이는 해준이 정말 피곤한 재윤이었다. 예전 같았으면 벌써 모가지를 잘라 길바닥을 전전하게 해 줬을 텐데. 감정이란, 제가 이제 놓아야 할 감정이란 참 신기하기도 했다.

— 또 난리나 나지 않게 네가 잘 좀 해봐. 더 이상 신지은이 다치는 건 네가 더 보기 싫겠지?

"그럼 아가씨가 그러지 않게 좀 내버려 두시면……."

— 그런 거 아니니까 그냥 닥치고 네 일이나 해.

"그런 게 아니라뇨?"

— 그렇게만 알아둬. 이 정도면 다 말한 거야. 네가 생각하는 건 아니다.

그리고 무심히 전화가 끊기는데 애꿎은 해준만 애간장을 태웠다. 두루뭉술한 대답만 날름 던진 재윤의 말을 어떻게 이해하고 받아들여야 할지 모르겠다.

내가 생각하는 게 아니라고? 그럼 뭔데? 안 간다고? 그럼 왜 그런 말을 한 건데?

확실한 대답을 듣기 위해 다시 전화를 걸어 보았지만 연결되지 않았다. 그래서 나보고 어쩌란 건데 도대체. 전해지지 않을 욕을 한 뭉텅이 그 자리에서 쏟아 낸 해준이 터덜터덜 병실로 향했다.

그리고 다음 날, 그림자도 비추지 않던 신 회장이 찾아온 건 해준도, 그녀도 예상치 못한 일이었다.

오 여사는 호전 중인 그녀의 손을 보며 혀를 한 번 차고는 말았다. 얼마나 조심성이 없었으면. 오 여사는 그렇게 혼잣말 같은 타박을 주기도 했다.

왜 다쳤는지, 많이 다치진 않았는지, 보통의 부모라면 했을 걱정도 하지 않았지만 지은은 상관없었다. 원래 그런 사람들이었고, 저는 마음을 완전히 닫아 버렸다.

어쩌면 지은은 그동안 그들을 포기하지 않았던 것일까. 세상 누구보다 사랑했던 그들을 그녀는 다시 한 번 보고 싶었을지도 모른다. 그렇기에 은연중 기대를 하고, 바라게 됐는지도. 말했듯 이제는 상관없지만 말이다.

"박 이사가 아무 말 없더냐?"

넓은 병실을 둘러보며 이건 어쩌고 저건 어쩌고 참견을 하는 오 여사를 보던 지은이 신 회장 물음에 작게 고개를 끄덕였다. 뭘 묻는지는 모르겠지만 신 회장이 원하는 대답을 재윤에게 들은 적도 얘기해 본 적도 없으니 당연했다.

"결혼 '씩' 이나 해 놓고 아직 아무 말도 못 들었단 말이야? 어이고."

"……."

"살살 구슬려야지. 남자 마음을 그렇게 몰라서 어떡해. 내가 너 편하라고 박 이사한테 덜렁 시집보낸 줄……."

"나가세요."

지은은 태연하게 말했다.

"나가시라고요. 그리고 그런 건 박 이사한테 직접 물어보세요."

"너……."

신 회장이 손을 파르르 떨고는 또 한마디 보태려고 하자 해준이 막아섰다.

"회장님, 지금 아가씨 상태 아시지 않습니까……. 그만하시고, 아가씨 괜찮아지시면 연락드리겠습니다."

"아니, 네가 스트레스 받을 일이 어디 있어? 일은 우리가 다 하는데. 설마 너 박 이사한테도 이러니? 그래서 박 이사가 너 외국으로 보내는 거야?"

오 여사의 말에 지은은 자리에 누우려던 몸을 천천히 다시 일으켰다.

"무슨 말하시는 거예요? 제가 외국엘 가요?"

"네가 여기선 스트레스도 많이 받고 하니 외국에서 지낸다며?"

"무슨……."

지은은 혼란스런 눈빛으로 해준을 바라보았다. 해준은 재윤에게 어제 요상한 말을 듣긴 들었지만, 이걸 어떻게 지은에게 설명할 길이 없었다. 외국을 가긴 가는데 제가 생각한 그런 건 아니래요. 이렇게?

곤란한 해준의 낯빛에 지은은 입술을 꽉 깨물고 얼른 누워 이불을 뒤집어썼다.

"저기, 오늘 아가씨가 몸이 안 좋으셨어요. 피곤하신가 봐니다."

"……소문이라도 나면 어쩌려고 그런 걸로 누워 있는지."

이불을 뒤집어쓴 그녀를 보며 돌아선 신 회장 뒤로 오 여사
는 혀를 차고 따라나섰다. 이 불편한 상황에서 해준은 신 회장
내외를 배웅하기보다 지은의 침대 곁으로 다가섰다.

"아가씨……."

"너 알고 있었어?"

이불 속에서 어그러지는 목소리가 울렸다. 시치미라도 뗄 걸
그랬다.

"그런데 그게, 박 이사랑 통화를 해 봤는데 제가 생각하
는…… 그런 건 아니라고……."

스스로가 말을 하면서도 무슨 말인지 모르겠다. 말끝을 흐리
며 해준은 그녀를 불러 보았다. 그러자 지은이 자리에서 벌떡
허리를 세워 표독하게 바라보았다.

"그 사람한테 전화해서 당장 오라고 해."

"네? 지금요……."

"전화해, 당장."

머리가 떨어져라 끄덕이며 해준은 당장 휴대폰을 들었다. 이
순간이 얼마나 긴장되는지 손에 땀까지 흥건했다.

신호가 가고, 신호가 조금 길다 할 정도로 재윤이 전화를
받지 않자 해준의 목울대가 넘실거렸다. 결국 신호가 끝날 때
까지 통화는 되지 않았지만 해준은 그녀의 눈치를 보며 쉼 없
이 전화를 걸었다. 그리고 재윤이 전화를 받아 주는 일은 없

었다.

그리고 오늘에 이르렀다. 지은은 황당한 소식을 전해 들은 후 그동안 모아 두었던 독을 모두 내뿜듯 사나웠다. 해준에겐 나름 다정한 그녀였지만 지금은 아니었다.

"아가씨, 식사……."

말이 끝나기도 전에 그녀는 이불을 덮어썼다. 막말로 전 아무 잘못이 없는데 이런 취급을 받는다니 억울하지 않을 수 없었다. 그렇지만 저렇게 누워 있는 그녀를 보면 또 그런 마음은 금세 삭아 들었다.

"아가씨, 지금 식사 안 하실 거면 치울게요. 아님, 뭐라도……."

겨울의 낮에 창가를 비집고 들어오는 햇볕은 강렬했다. 식사로 실랑이를 하는 해준이 병실 문 열리는 소리에 뒤를 돌았다. 연락 한 번 하기 힘든 재윤이었다.

해준의 얼굴이 금세 푸르스름하게 변했다. 그리고 손짓으로 오지 말란 듯 계속해 신호를 주었지만 재윤은 개의치 않고 발소리를 내며 들어왔다.

이불을 덮어쓰고 누가 오는지도 모른 채 미동이 없는 지은을 보다 해준에게 눈짓으로 상황을 물었다. 해준이 곱게 답해 줄리 없었고 재윤은 그를 노려보다 그녀를 불렀다.

"신지은."

자지 않는다는 건 알았지만 몸을 벌떡 일으킬 만큼 힘이 넘치는 줄은 몰랐다. 지은은 또 울고 있었다.

"너 도대체 나를 어디까지……!"

"진정해. 내가 무슨 짓이라도 한 것처럼."

"네가 그런 말이 나와? 얼마 전에 아버지 다녀가셨어!"

"아, 그거 때문에 사람을 보자마자 이런 식으로 맞는다는 거지?"

대수롭지 않게 여기는 재윤을 보며 부르르 떠는 지은은 이내 축 처져 앉았다. 아무리 독이 올랐어도 몸에 에너지가 될 만한 것이 없으니 눈앞이 빙글 돌았다.

"내가 너한테 이렇게 안 되게 잘 해 보라고 했잖아."

"……그럼 확실히 말씀이라도 해 주셨어야죠. 전화는 왜 안 받으셨습니까?"

"바빴어. 정리하느라."

뭔 정리를 했기에 전화도 안 받는 건데! 그동안 속만 끓이던 해준이 욕 대신 한숨만 내쉬었다. 재윤은 몇 번 소리치고 힘없이 주저앉은 그녀를 바라보았다. 혀가 저절로 차질 만큼 형편없었다.

"가."

그 한 마디에 또 지은은 눈을 세차게 흘겼다. 안 가. 이를 악물고 버티는 그녀는 말했다. 재윤은 다시 마음을 정리해 나갔다. 정리할 게 있겠느냐만 그는 나름의 이별을 준비했다.

"가. 네가 가고 싶은 곳으로."

"뭐?"

"가. 외국이든 어디든. 혼자."

지은은 이제 하다못해 귀까지 이상해졌나 싶었다. 사납게 굴었던 표정이 점점 표정을 알 수 없게 됐다. 해준도 마찬가지였다.

"좋아할 줄 알았는데 그렇지도 않군."

"무슨 말씀이세요, 박 이사님?"

"무슨 말일 거 같지? 혼자 어디든 가고 싶은 곳으로 가라는 말이 뭘 말하는 것 같은데? 말귀 못 알아들어 처먹는 것도 좀 작작해."

답답하다. 말귀를 못 알아들어서가 아니라, 마음이, 어딘가가 답답하다.

재윤이 저번처럼 창가로 다가가 창문을 열었다. 낮인데도 바람이 거칠다. 살갗 어디에도 바람이 닿지 않는 곳은 없었다. 오늘이야말로 할 말이 많을 줄 알았는데. 물론 듣고 싶지도 않겠지만.

"신지은. 어디든 가 버려. 눈에 띄지 말고, 소식도 닿지 않는 곳으로."

"……"

"네 아버지는 내 말을 철석같이 믿는 모양이니까 신경 쓰지 말고. 원래 너한텐 관심도 없었잖아? 뭐 하나 대충 쥐여 주면 합병이 아니더라도 만족하겠지."

"알아듣게 얘기해."

그녀의 마른 눈이 일렁거렸다. 꿈이라면 어떡하지? 언제나 바랐던 일이 눈앞에 다가온 것만 같았다. 그가 무슨 생각으로

저러는 건지 알 길이 없었다. 이죽거리는 말투도, 비웃는 웃음
도 내보이지 않는 재윤은 지금 부는 바람 같았다.

"여기서 뭘 어떻게 알아듣게 얘기하라는 거지? 할 만큼 했는
데."

"갑자기 왜……."

"갑자기라고 할 만큼 우리가 대단한 사이였나? 이렇게 끝나
도 전혀 이상하지 않아."

"……날, 놔주겠다고?"

"나도 돌아서겠단 말이야."

재윤이 그녀 앞으로 걸어왔다. 찬바람에 실려 오는 향기는 그
녀가 기다리던 것이 아니었다. 그 향기는 지금 이곳을 향해 열
심히 달려오고 있을 것이다.

"너 같은 여자와 결혼까지 했다니. 나도 참 제정신이 아니었
나 봐."

"……."

"이제 실감이 나는가 보지?"

넋이 나간 얼굴로 저를 쳐다보는 지은을 보며 재윤도 작게나
마 웃었다. 처음이었다.

"잊고 살아. 모두 다 꿈인 것처럼."

힘들고 끔찍했던 날은 모두 잊고, 널 일으켜 줄 사람과 그렇
게. 재윤은 그 말을 마지막으로 그녀에게 등을 돌렸다. 이번엔
혼자였다.

지은은 그의 멀어지는 모습을 끝까지 눈으로 좇았다. 슬픔도

아니고 미련도 아니고 아쉬움도 아니었다.

재윤이 사라지자 급기야 해준은 펄쩍펄쩍 뛸 듯 호들갑을 떨었다.

"아가씨! 들으셨어요? 박 이사가 뭐라고 했는지?"

"어……."

"아가씨!"

제 일처럼 기뻐하던 해준이 그녀를 와락 껴안았다. 잘됐어요. 갑자기 무슨 바람이 불어서 저러는지 모르겠지만 잘됐어요! 보세요. 박 이사도 느끼는 게 있을 거라고 했죠? 저놈이 이제 정신을 차렸네! 아, 정말 잘됐어요! 등을 토닥이는 해준의 손길에 지은도 얼떨결에 같이 껴안아 주었다.

해준의 목소리가 울려 퍼지고 재윤이 건넸던 말들을 되새기니 그녀의 눈동자가 조금씩 빛을 찾기 시작했다. 아픈 것도 모르고 두 손을 꼭 쥐어 꿈이 아니란 걸 실감했다. 한동안 어수선한 분위기는 벌컥 열리는 문소리에 깨어졌다.

떨리는 숨소리, 그리웠던 향기, 보고 싶었던 얼굴. 지은은 제 눈을 믿을 수가 없었다.

"지은아……."

둘은 서로에게서 눈을 떼지 못했다. 메말랐던 그녀의 눈은 현태를 반기듯 쏟아져 내렸다. 그가 사라지기라도 할 것 같았던 건지 서둘러 침대에서 내려온 그녀는 그에게 몸을 맡기듯 안겼다.

"이현태……."

제가 찾던 향기였다. 제가 찾던 목소리, 제가 찾던 체온. 바람을 머금은 그의 품도 한없이 따뜻했다. 울먹이는 목소리는 누구의 것인지 모르겠지만 슬프진 않았다.

드디어 만났다, 우리⋯⋯.

17

얼마나 야위었는지 현태의 입에선 한숨이 마르지 않았다. 작고 예쁘던 손도 여기저기 상처투성이가 됐고 보드랍던 입술도 트고 갈라져 이렇게 사람 마음을 아프게 했다.

"왜 이래……. 다쳤어?"

"괜찮아."

고개를 저으며 그녀는 미소 지었다. 이런 널 어떻게 보낼 생각을 했을까. 이렇게 좋은데. 보고만 있어도 이렇게, 눈물이 나는데.

"자꾸 울지 마."

"안 울어……."

"그래. 울지 마."

말이라도 해 주지. 이렇게 아팠으면 말이라도 해 주지. 난 정말 네가 잘 지내는 줄 알고 조금 섭섭했는데, 말 좀 해 주지. 그녀의 눈물을 닦아 내며 현태는 눈썹을 잔뜩 늘어뜨렸다. 그녀는 괜찮다는 말만 되풀이했고 그도 속아 주는 척 고개를 끄덕였다.

"사고라도 난 거야?"

"베었어. 그릇, 을 깨뜨려서 치우다가……. 멍청하게 그 위로 넘어질 뻔했거든."

"조심 좀 하지. 다른 사람한테 치워 달라고 하든가……. 입원은 왜 한 거야? 정말 괜찮아? 얼굴이……."

"괜찮아, 정말. 스트레스를 많이 받았대. 곧 퇴원도 할 거고, 정말 괜찮아."

"……전화라도 하지."

"미안해……."

손을 감싸던 붕대는 풀었지만 아직도 군데군데 거즈가 붙은 손을 현태가 조심히 쓰다듬었다. 아팠겠다. 그렇게 말하는 현태의 걱정은 사라질 줄 몰랐다.

사실을 알게 된다면 거품이라도 물고 쓰러질 것 같아서 지은은 해준에게도 입단속을 시켰다. 만났으니 된 거다. 몸이 어떠했든 마음이 어떠했든, 지금 서로 마주 보고 있으면 그걸로 된 거다.

"그런데 나 병원에 있는 거 어떻게 알았어……?"

"……."

"해준이가 말했어?"

"……아니. 그 사람이, 왔었어."

"오늘?"

"그 사람은…… 오늘 여기 안 왔어?"

"……왔어. 조금 전에."

아주 잠시 침묵이 흘렀다. 왜 그랬을까. 두 사람 다 재윤을 향한 의문을 지울 수 없었다. 하지만 그 의문에 대해 제일 먼저 답을 내린 건 현태였다.

"그런 거 아닐까."

"……"

"그 사람이 그럴 거라고 생각하니까 화도 나고, 괘씸하고 이해가 안 되지만."

"뭔데?"

진지한 얼굴로 물어 오는 지은의 얼굴에 따스한 손이 닿았다.

"행복하길 바라는 마음."

"……아냐. 그럴 리 없어. 그 사람이 얼마나, 아무튼 아냐."

"같은 남자라서 그런가……. 그게 아니라면 나도 왜 갑자기 그런 소리를 했는지 모르겠다."

그런데 아마 그럴 거 같아. 그게 아니라면 다른 이유는 없을 것 같아. 웃기지만 말이야.

"잊고 살래. 나보고 모두 잊고, 어디든 가 버리래."

"……잘된 일인데, 되게 불편하네."

지은의 말로 현태는 자신이 내린 답에 조금은 확신을 실었다. 재윤은 그녀를 어떤 식으로든 분명 사랑했을 거라고. 비록 방법은 틀렸지만 말이다.

지은도 현태도 아무렴 좋았다. 손을 잡고 있으면 어떤 것도 두렵지 않았다. 눈을 마주하고 있으면 온 세상이 제 편인 것 같았다.

"잘할게."

손가락을 만지작거리며 현태가 부족했던 그녀를 채우는데 지은이 말했다.

"짜증도 안 부리고, 화도 안 내고. 내가 정말 잘할게."

갑작스런 고백에 현태는 웃고 말았다. 당당히 고백을 하는 그녀의 얼굴은 비장하기까지 했다. 그런데 왠지······.

"그렇게 하면, 내가 미울 때도 예쁘지 않을 때도 넌 나만 사랑해 줄래?"

"······."

"그래 줘, 현태야. 너만은······ 날 내몰지 마."

그렁그렁한 눈물을 붙잡고 지은은 기다렸다.

기다림은 아주 짧았다. 그의 손이 거치는 눈은 금세 눈물을 떨어뜨렸고 뒤이어 흐르는 눈물은 없었다. 현태는 그녀의 이마부터 천천히 입을 맞추었다.

이마를 지나 눈, 눈을 지나 뺨, 뺨을 지나 입술.

부서질 듯한 그녀의 모든 것에 숨을 불어넣는 입맞춤과 함께 그는 말했다.

"사랑해."

내게 와 줘서 고마워.

✱

현태는 그녀에게 다른 어떤 약보다 좋은 효과를 가져왔다.

불면에 시달리던 밤은 조금씩 사라지더니 어느 날부턴가 눈을 뜨면 아침을 맞이하고 있었다. 상담과 치료 모두 하루가 다르게 호전을 보였고, 그건 결코 현태 자체만의 효과는 아니었다.

그녀는 현태를 생각하며 열심히 상담에 임했다. 어서 이 답답한 병실을 나가 그와 함께이고 싶었다.

"아가씨, 이현태 씨보고 밑에서 기다리시라고 했어요."

해준이 챙겨 놓은 짐을 들고 상담을 마치고 온 그녀를 향해 말했다. 병실에 비치되어 있던 욕실에서 씻고 나온 그녀는 옷걸이에 걸린 하얀 코트를 집어 입었다. 한층 밝아진 지은의 얼굴이 제 색을 되찾고 있었다.

"그리고 의사도 그랬지만, 힘들면 참지 마세요. 뭐든지요."

"힘들 일이 뭐 있어."

현태와 함께라면 힘들어도 분명 견딜 수 있었다. 해준은 보기 좋게 웃으며 고개를 끄덕였다.

해준과 지은은 현태가 운전하는 차를 타고 병원을 나섰다. 뒷좌석에 홀로 앉은 해준이 굉장히 불편한 얼굴로 몸을 운전석으로 뺐다.

"이현태 씨. 그게 운전은 제가 한다니까요."

"편안히 계세요."

"그게 안 되니까 하는 말이에요. 태생이 기사를 하려고 태어난 건지 이렇게 두 손 놓고 차를 타면 불안해 죽겠다고요."

현태와 지은이 생각해도 누군가가 운전해 주는 차를 타고 가는 해준은 어딘가 어색해 보였다. 그렇지만 금방 신경을 끊고 둘은 무슨 얘기가 그리도 끊이지 않는지 소곤거렸다.

이야기에 끼어들지도 못한 채 방치된 해준도 끼어들 생각은 없는지 창밖으로 고개를 돌렸다. 눈이 내리고 있었다. 지겹도록 본 눈이었지만 오늘따라 유독 예뻐 보이는 건, 두 사람의 미소를 보고 있자면 당연한 것도 같았다.

그들이 향한 곳은 다름 아닌 지은의 집이었다. 그녀의 짐들은 이미 퇴원하기 며칠 전 해준의 집에 모두 도착해 있었다.

챙길 것도 없는 이 집에서 그녀는 부모님을 만나기로 결심했다. 외국으로 나가기 전 마지막 인사를 핑계 삼았더니 두 사람은 별말 없이 알았다고 말해 왔다. 지은은 가만히 생각을 정리했다.

현태는 생각에 잠긴 그녀를 힐끗거리다 말이라도 걸어 볼까 싶었지만 포기했다. 오는 내내 대화를 나누었지만 잠깐씩 멍하게 다른 생각을 하는 지은이 밉기보다는 측은했다. 저 작은 머리로 얼마나 많은 생각을 담고 사는 걸까. 지금은 또 무슨 생각을 하고.

"지은아."

"응? 왜?"

하지만 생각에 빠졌다가도 현태가 부르면 곧장 대답을 해 오는 그녀였다. 말간 눈이 반짝반짝하는 소리를 내는 것 같다.

"네가 모두 떠나 오면, 우리 여행이나 가자."

"여행?"

"가서 너 맛있는 것도 사 주고, 예쁜 것도 사 주고, 좋은 곳도 보여 주고. 생각해 보니까 우리가 그런 사소한 것도 많이 못 했더라. 전부터 그러고 싶었는데…… 이제라도 할 수 있어서 다행이다."

그의 입가엔 포근한 미소가 떠올랐다. 그녀는 찌르르 울리는 가슴이 온몸에 파도치는 것 같았다. 발끝부터 간질거리는 느낌이 싫지 않았다.

운전에 방해가 되지 않도록 살포시 그의 팔짱을 끼고 어깨에 머리를 기대었다. 내리는 눈처럼 서로가 가슴에 쌓여 간다.

지은은 한사코 따라나서겠다던 해준을 뒤로하고 혼자 집으로 들어갔다. 남겨진 해준은 불안한 눈빛으로 그녀를 좇다가 그녀가 사라진 후엔 떨어지지 않는 시선을 돌렸다.

"……부모님이 좀, 그러신가 봐요?"

"네? 아, 뭐……. 사실 좀이 아니라 좀 많이."

"힘들었겠네요, 지은이……."

핸들에 팔을 걸치고 커다란 대문 너머 사라진 그녀를 찾는 현태였다. 보이지 않는 곳에서 잠시 후 어떤 일이 있을지 조금 걱정되기 시작했다.

"제일 무서운 게 무관심이죠. 제 자식이라면 그럴 수가 없을 텐데……. 그러니까 아가씨는 그냥 전화나 한 통 드리라니까 굳이 오셔 가지고. 제 말은 안 들어요, 안 들어. 가서 무슨 좋은 꼴 보시려고."

"그래도 이 기사님 덕분에 지은이가 지금까지 버틸 수 있었던 것 같아요. 감사합니다."

"가, 감사는 무슨……. 저야말로……."

솔직한 현태를 해준은 부끄러워하며 말끝을 흐렸다.

"굳이 만나러 온 건, 새로 시작하고 싶다는 거겠죠."

현태의 말에 해준도 조용히 수긍했다. 두 사람은 바랐다. 오늘을 마지막으로 더 이상 그녀가 상처받는 일이 없기를.

"아, 지은이가 이 기사님 댁에서 지내기로 했다던데."

뒤로 홱 돌아보며 묻는 투에 제법 가시가 있었다. 해준은 눈을 동그랗게 뜨고 손을 펴 열심히 저었다.

"오해하지 마세요! 저와 아가씨는 아주 가까운 사이고, 아니, 가깝지만 그건 가족 같은 거고, 전 아가씨를 동생처럼 생각하고……."

"이 기사님은 애인 없으세요? 결혼할 나이 아니신가?"

아예 몸을 틀어 앉은 현태가 이것저것 캐묻기 시작했다. 나이가 몇이냐부터 시작해서 언제쯤 여자 친구를 사귈 것이냐, 결혼은 언제 할 것이냐, 까지. 해준은 당황해서 꼬박꼬박 대답까지 성실하게 해 버렸다.

"그럼 이 기사님 댁엔 지은이랑 둘이서 지내게 되는 거네요. 이 기사님 혼자 사시는 집이니까."

"당장 아가씨를 혼자 어디 내보내서 살게 하기에도 걱정되고…… 저, 정말 걱정 같은 건 마십시오! 아가씨가 요리라곤 라면 물도 못 맞추시는 분이라 혼자 살면 아무래도 걱정이, 되겠죠……?"

"흐음."

틀었던 몸을 다시 돌리며 현태는 나지막한 한숨을 내쉬었다. 해준을 믿지 못하는 게 아니었다. 당연했다. 하지만 왠지 그녀에게 서운한 건 어쩔 수가 없었다. 부탁하기 어려웠던 건가? 아니면 처음부터 나에게 부탁할 생각조차 하지 않은 건가. 아무리 그래도, 아무리 이 기사님이라고 해도…….

"미, 미안합니다……. 아가씨랑 다시 상의를 해 보고……."

"……."

"이현태 씨? 제, 제가 아가씨랑 다시 상의해 본 후에 말씀을 드리겠습니다. 이현태 씨?"

해준의 부름에도 현태는 대답할 정신도 없이 생각에 빠져 있었다. 덕분에 해준은 한동안 가시방석에 앉아 있는 기분을 느껴야했다.

같은 시간 지은은 막 현관을 열고 집에 들어섰다. 가정부가 인사를 건네며 신 회장 내외가 앉아 있는 거실 소파를 가리켰다. 긴장된 기분은 평소의 불쾌와 다른 것이었다.

"할 말이 있으면 전화로 하면 되지 바쁜 사람 꼭 잡아 놔야 겠니?"

오 여사는 얼굴을 마주하자마자 잔소리를 해댔지만 지은은 곱게 무시하고 소파에 앉았다. 거실을 훑어보니 예전과 달라진 건 크게 없었다.

아버지도 항상 저기 앉아 계셨고, 엄마도 저렇게 차를 마셨고, 나도 이렇게 앉아 두 사람과 얘기하고. 조금 더 늙고 조금 더 커 버린 것밖엔 변한 게 없어. 이렇게 모두 모여 있으면 매일 나 혼자 떠들었지. 대충 해 주는 대답에도 나는 좋아서 목소리가 높아지곤 했는데.

"외국으로 가면 저 안 돌아와요."

여기에 앉아 늦으시는 두 분을 기다리기도 했고, 그러다 까무룩 잠이 들어 깨어난 후에도 혼자였을 때가 많았지. 지은아, 하고 불러 주던 목소리가 언제였을까. 언제부터 난 사랑하던 두 사람을 이렇게 원망하게 됐는지. 두 분은 여전히 그대로인 것 같은데 말이야.

"무슨 일이 있어도 안 돌아와요."

"네 마음대로 해."

신 회장은 대수롭지 않게 말했다. 지은도 그런 신 회장에게 새삼 서운함을 느끼지 못했다. 내려놓으니 받아들이기 쉬웠다.

"저 찾지 마세요. 두 분에게 저는 없는 사람이라 생각하고 사세요."

"외국 한번 나가면서 요란하게도 가는구나."

"아버지. 엄마."

또 울어 버리면 어떡하지 했던 그녀의 걱정은 쓸데없었다. 그간의 설움에 눈물이라도 날 줄 알았건만 천천히 입을 떼는 그녀의 얼굴은 처음과 그대로였다.

"두 분께 큰 걸 바란 게 아니었어요. 좋은 옷, 비싼 장난감, 맛있는 음식…… 이런 건 저한테 별로 중요하지 않았어요. 뭐든 시간이 지나면 다 낡고 해지는 그런 것들을 원한 게 아니었어요. 말 한마디, 따뜻한 시선이 더 중요했어요. 제가 외롭거나 힘들거나 슬플 땐 두 분이 말없이 안아 주었으면 좋았을 거예요."

외로웠던 날들의 그녀는 항상 울고 있었다. 길을 잃은 것처럼 헤매다 자리에 몇 번이고 주저앉았다. 일으켜 줄 그 손을 기다리며.

"내가 아프면 늦은 시간 제 방에 오셔서 말라가는 물수건을 갈아 줬으면 했고, 제 말에 웃어 주길 바랐어요. 내가 알아듣지 못하는 말들 말고, 내가 학교에서 어땠는지, 친구들은 잘 사귀고 있는지, 오늘 하루는 별일 없었는지…… 그런 걸로 시간을 보내고 싶었는데."

대단하지 않은 그런 소소한 것들로 말이다. 지금도 이렇게 눈 하나 맞추어 주기 힘든 사람들에게 할 얘기는 아닌 것 같지만 지은은 멈추지 않았다.

"한 번만 제 말에 귀를 기울여 주셨다면, 여기까지 오지 않았을 거예요. 가장 가까이서 제 편이 되어 주셔야 했을 두 분이 먼저 그렇게 절 떼어 놓으면 안 되는 거였어요. 저는 두 분 딸이잖아요."

"사람 앉혀 놓고 무슨 얘기야, 도대체."

"그냥 혼자 하는 헛소리니까 두 분은 귀담아듣지 않으셔도 돼요. 확인하러 온 거니까."

마지막으로……. 지은은 옷에 밴 냉기가 가시기도 전에 자리에서 일어났다.

"전 돌아오지 않을 거예요. 절대로. 무슨 일이 있어도. 아시겠죠? 오늘이 마지막이에요. 두 분, 제게 하실 말씀 없으세요?"

"박 이사나 잘 챙겨라. 우리는 신경 쓰지 말고. 그냥 여기서 내조나 하면서 지내면 될 것을, 쯧쯧."

오 여사가 고개를 절레절레 흔들었다. 얘기 다 끝났지? 조심히 가렴. 오 여사도 자리를 털고 일어나 먼저 그녀에게 등을 돌렸다. 지은은 마지막으로 건네진 인사에 대답하지 않았다.

"아버지는요? 아버지도 하실 말씀 없으세요?"

"무슨 대답을 원하는 게냐?"

"아무것도요. 하실 말씀이 없으시냐고 물었을 뿐이에요."

"……잘 가라."

"네."

잘 계세요. 지은은 고개를 숙이고 얼른 집을 나섰다. 신발을 신으면서도 왠지 웃음이 나왔다. 저렇게 한결같은 것도 쉽지 않은 일인데. 이제 평생 못 볼지도 모르는 딸에게 잘 가라니. 문을 열고 나가는 그녀의 모습은 미련도 찾아볼 수 없었다.

밖은 소복하게 눈이 쌓여 있었다. 제가 걸어왔던 발자국 위로 눈이 쌓여 사라졌다. 한순간 길을 잃은 기분이었다. 하얀 설원에 홀로 서 있는 기분은 홀가분했다. 발을 내디뎠다. 뽀드득거리며 첫 발자국이 생겼다. 너에게까지 몇 걸음이나 걸릴까. 천천히 걸으며 지은은 수를 세기 시작했다.

너를 만나기까지 굉장히 오랜 시간이 걸렸는데 지금 너에게 닿기까지는 얼마나 걸릴까. 걸음이 빨라진다. 지금 내리는 눈보다 더 차가운 이 집에서 어서 멀어지고 싶었다. 그녀는 달렸다.

대문을 열자 보이는 건 언제부터 기다린 건지 어깨와 머리에 조금 눈이 쌓인 현태였다. 멈칫했던 발은 반가움에 다시 뛰쳐나갔다. 그리고 현태가 멀찍이서 그녀에게 소리쳤다.

"지은아!"

뭐든 좋았다. 무슨 말을 하든, 어떤 표정을 짓든. 이렇게 기다려 주고 저를 향해 두 팔을 벌려 주는 그에게 지은은 폭 안겨 들었다.

"안 울었어?"

도리도리 고개를 저으며 확인시켜 주듯 지은은 그를 올려다보았다. 바람에 흐트러진 머리칼은 현태가 정리해 주었다.

잘했어. 수고했어. 눈을 타고 내려오는 목소리에 지은은 이상하게 눈물이 날 것 같았지만 흐르진 않았다. 괜찮을 것 같았다.

앞으로 그 어떤 일이 있어도 이렇게 안아 주는 그가 있다면.

너만, 내 곁에 머물러 준다면.

에필로그

성하가 출근하자마자 혀를 차고 만 것은 현태의 목소리를 들었기 때문이었다.

"힘들지 않겠어? 어딘데? 마치면 데리러 갈까? 아, 그래? 밥은? 밥 꼭 챙겨 먹어. 다른 사람들이 쓴소리해도 조금만 참고. 하루 종일 서 있으려면 다리 아플 텐데. 아. 알았어. 나중에 전화해. 응. 수고해."

누가 팔불출 아니랄까 봐. 성하가 투덜거리며 지나치자 현태는 반갑게 인사를 건넸다.

"아주 깨가 쏟아지시는데 방앗간이나 하세요. 우리 꽃들 질식하겠네."

"내가 가만히 생각해 봤는데, 네가 그렇게 신경질적인 건 연애를 안 해서가 아닐까?"

"상처 난 곳에 소금 뿌리지 마시고 형님이나 잘하세요!"

"잘하고 있거든?"

"아, 예예!"

그렇지 않아도 봄바람이 불어오면서 마음이 싱숭생숭한데, 성하는 자기 맘을 알아주는 이 하나 없다는 게 서러울 뿐이었다. 너도 나도 꽃구경 간다고 설쳐 대도 저와 같이 가 줄 사람은 아무도 없을 거라고 그는 가끔 자학을 하기도 했다.

"그런데 누님 어디 일하러 다니세요?"

"커피숍."

대답을 하면서 현태는 한숨을 푹 내쉬었다. 같이 살게 된 것까진 좋았다. 조금 억지를 부렸다고 생각되지만 해준의 집보단 자신의 집이 나았다. 같이 살게 되면 걱정할 일은 없을 줄 알았다. 하지만 다짜고짜 일을 하겠다며 구한 일이 커피숍이었다. 온 국민들이 그녀의 약혼을 알리는 케이블 뉴스를 봤을 리 없었지만 현태는 걱정되었다. 그렇지만 지은은 막무가내였다.

'버스 타면 40분 정도 걸려. 대형 체인점이 아니라 오가는 사람도 별로 없고, 가게도 작은 편이고. 사실 사람들이 알아본다고 해도 누가 그런 데서 일한다고 믿겠어. 괜찮아.'

그렇게 말하던 지은은 왠지 들떠 보였었다. 처음으로 무언가 스스로 하게 되었다며 좋아했었다. 그 도도하고 새침하던 아가씨가 겨우 월급도 얼마 안 되는 일을 하게 됐다고 기뻐하던 걸 생각하면 현태는 왠지 기특하면서도 씁쓸했다.

"하긴, 내 친구들도 누님 아무도 모르던데. 제가 막 그 약혼식에 플라워 디자인 하러 간다고 했을 때도 애들 아무도 관심 없었어요. 걱정 마세요. 알아보면 어때. 아니라고 잡아떼면 되지."

"일 못한다고 혼나진 않겠지? 길을 못 찾거나. 버스도 타 본 적 없는데."

"걱정도 팔자야, 정말. 따라나서지 그러셨어요?"

"가게 좀 보고 있을래?"

뭐래, 이 양반이. 싸한 시선을 외면하며 현태는 지은의 걱정에 푹 잠겨 버렸다.

그녀는 익숙지 않은 일들을 하느라 녹초가 되어 있었다. 작은 가게에 뭐 그리 신경 쓸 것이 많은 건지, 직원은 저와 늙은 여사장밖에 없어서 허드렛일은 자연스레 지은의 몫이었다. 바닥을 전부 쓸고 닦고, 몇 없는 테이블을 닦고 컵들을 씻고. 남들보다 두 배나 시간이 걸렸지만 여사장은 사람 좋게 웃으며 손님도 없는데 쉬엄쉬엄하라며 격려했다. 새로운 인생을 시작하는 그녀의 첫 직장으로썬 꽤 괜찮았다.

커피를 내리는 일은 아직 엄두도 못 내지만 기회가 된다면 꼭 배워 보고 싶었다. 손님이 올 때마다 우아하게 커피를 내려 건네는 여사장의 모습이 그녀의 눈에 퍽이나 멋있어 보였다.

"그런데 지은 씨, 아무리 봐도 낯이 익은데."

"네?"

"예뻐서 그런가? 남자 친구는 있지?"

"남자 친구요?"

"있지?"

여사장의 질문에 자연스레 현태가 떠오르는 건 전혀 이상하지 않았다. 생각만 해도 기분이 좋은 그를 떠올리며 지은은 고개를 끄덕였다.

보면 볼수록 아까워. 내 아들도 빠지는 인물은 아닌데. 여사장은 아쉬운 얼굴로 우스갯소리를 했다. 농담은 웃어넘겨야 된다고 해준이 그랬다. 지은이 웃어 보이자 여사장은 다시 아쉬운 투로 '아까워' 하며 농담 아닌 농담을 건넸다.

버스에서 내리자마자 지은은 높은 구두를 신고 온 것을 또 한 번 후회했다. 현태의 집으로 들어가면서 정리한 짐에서 운동화를 한 켤레 본 기억을 떠올린 지은이 피곤한 몸을 이끌었다. 현태의 가게로 걸어가며 그녀가 해준에게 전화를 걸었다. 일주일 만의 통화였다.

— 아가씨, 무슨 일이세요?

"일은 무슨. 잘 지내?"

— 그럼요. 덕분에 회사에 들락날락거리면서 잡일이 더 는 것 같아요.

배배 꼬인 그의 말투에 지은이 콧방귀를 뀌며 웃었다. 저렇게 얄밉게 말해도 저를 제일 많이 도와준 건 누가 뭐라 해도 해준이었다.

— 일은 할 만하세요?

"응. 오늘 청소했어. 바닥도 쓸고. 설거지도 하고. 배달 온 커피 자루 옮겨 봤는데 엄청 무겁더라? 그걸 또 다른 통에 옮겨 담아야 하거든. 그래도 꽤 재밌었어. 사장님도 좋으신 것 같고."

— 그걸 혼자 다 하셨어요?

"직원이 나밖에 없어. 가게가 작아서."

— 그래서 월급은 얼만데요?

"그것까지 알아서 뭐하게?"

— 그럼 몇 시간 일하세요? 평일만 하시는 거죠?

"평일 9시부터 6시."

— 9시간요? 무슨 일을 그렇게……. 잠시만요. 평일 9시간이면, 일주일에 총 45시간이네요? 어림잡아 한 달에 180시간이고요. 월급제예요? 시급? 보통 아르바이트는 시급제니까 대충 5,200원 곱하기 180시간……. 월급이 93만6천 원 정도 되네요.

"……월급으로 80만 원 받아."

— 그 가게 어디예요?

알려 주면 당장에라도 쫓아가 임금 협상을 펼칠 것 같은 해준에게 대충 얼버무리며 대답을 피했다.

요새 최저임금 따져서 주는 아르바이트가 잘 없다더니 정말인가 보다. 업주가 유리한 조건을 내밀면 반드시 거절해라, 식사는 제때 챙겨 주느냐, 월급날은 제때 챙겨라 등등 해준의 잔

소리는 끝이 없었다.

"너랑 통화하니까 더 피곤한 거 같아. 끊자."

— 아, 피곤하시죠? 얼른 가서 쉬세요. 또 전화하시고요! 아가씨, 열심히 지내시려고 하는 것 같아서 기뻐요. 열심히 하세요. 응원할게요.

"고마워……."

누군가의 안부를 묻지도 말하지도 않고 둘은 통화를 끝마쳤다. 지은은 해가 저물어 가는 하늘을 바라보았다. 봄이 왔지만 아직은 꽃샘추위가 기승을 부리는 터라 아직은 겨울 같았다. 앙상했던 가지들은 새순이 돋더니 금세 이파리를 머금었고, 짧았던 해는 길어졌다. 간간이 날려 오는 봄의 향기가 지은의 발걸음을 부추겼다.

지은이 가게에 들어서자 현태는 두 팔을 뻗어 맞이했다. 수고했어. 하루의 끝에서 건네받은 인사는 그 어떤 피로도 물리쳤다.

"안 힘들었어?"

"힘든 게 뭐가 있어……. 괜찮아. 재밌어."

남들 다 하는 일 좀 한다고 걱정이 이만저만이 아니던 현태였다. 하지만 이렇게 웃는 그녀를 보니 괜한 걱정이었나 싶다. 그런데 지은이가 커피숍에서 일을 한다니. 그는 잠깐 상상해 보았지만 쉽게 그 모습이 떠오르진 않았다.

현태는 오늘 성하에게 문단속을 부탁했기 때문에 지은과 일찍 퇴근하기로 했다. 잠시만 기다려. 현태가 일을 마무리하려는

지 저장고로 쏙 들어가 버렸다. 그리고 성하가 화장실을 다녀와 지은을 발견하곤 반갑게 알은체했다.

"아, 누님. 오셨어요?"

"……안녕."

지은은 성하를 어색해했다. 넉살 좋은 그를 이렇게 어색하게 대하기 시작한 때는, 지은이 그에게 말을 놓고 난 후부터였다.

"또 어색해하신다. 그냥 동생 대하듯 하세요. 일하러 다니신 다면서요? 어때요? 할 만해요? 사장은? 사장 불편하면 일하기 정말 힘들거든요. 여자, 남자? 아무래도 누님은 예쁘시니까 사장이 남자인 편이……."

"또 무슨 헛소리 중이냐, 고성하."

현태가 저장고에서 갈색 종이에 꽃을 한아름 싸 들고 나왔다. 집에 있는 꽃병의 꽃들을 갈아 주려고 말이다.

"우리 먼저 간다. 수고해."

"네에. 가세요."

인사를 꾸벅하는 성하에게 손을 흔드는 현태를 보며 지은도 망설이다 작게 손을 흔들고는 현태의 곁에 서서 가게를 나섰다.

뒷좌석에 두면 꽃잎이 상할까 봐 지은의 품에 꽃다발을 안겨 주었다. 운전을 하면서도 힐끗거리면 꽃과 함께인 지은이 어찌 나 예쁜지 현태의 입가엔 미소가 지워지질 않았다.

"갑자기 꿈같다."

"응?"

"그냥, 너랑 있는 게."

모든 순간이 아름다웠다. 어려운 시간을 건너 함께 있게 된 시간이 그에게 너무 소중했다. 뜬금없는 현태의 말에 지은은 꽃에 얼굴을 파묻듯 고개를 숙였다.

"꽃에서 네 향기가 나."

코끝을 간질이는 향기에 그녀는 눈을 감았다. 현태는 엉뚱한 지은의 말에 부스스 웃어 버렸다. 오른손을 뻗어 그녀의 머리를 쓰다듬고 꽃을 안고 있는 손을 꼭 잡았다.

"많은 걸 못 줘서 미안해. 좋은 밥, 좋은 옷, 좋은 구두, 그런 건 자주 못 사 줄 거야."

"다 필요 없어. 그런 건 다 필요 없어."

"……다음에 우리 시골 가자. 가서 우리가 놀았던 곳, 살았던 곳, 학교, 아무튼 함께 있었던 곳 모두 가 보자. 그리고…… 준비가 되면, 우리 집에도 가고. 부담 주는 게 아니라, 난 이제 너밖에 없어. 다른 여자 만날 생각은 추호도 없고. 앞으로 누군가와 같이 살게 된다면 지금처럼 그게 너일 거고. 굳이 사정을 알리고 싶진 않지만, 사랑하는 사람이라고 가족에게 소개시키고 싶어서."

만지작거리는 그의 손이 긴장한 듯 분주했다. 그녀는 숙였던 고개를 들고 그를 바라보았다.

"응. 그러자. ……미안해. 나는 널 누군가에게 소개시킬 사람도 없고, 이제 그럴 가족도 내게 없는 거나 마찬가지야. 나도 현태 널 다른 사람한테 소개하고 싶다. 내가 가장 사랑하는 사람이라고……."

"……."

"부모님이랑 그렇게 된 걸 후회하는 게 아냐. 없는 게 낫지. 널 자랑하고 싶어. 날 이만큼 사랑해 주고 아껴 준다고. 해준이한테 자랑할까?"

"성하한테도 해."

"걔는 이렇게 이죽거리면서 '아, 좋으시겠네요.' 할 거 같아."

성하의 표정을 제법 잘 따라 하는 지은이 덕분에 차 안은 금세 웃음소리가 번졌다. 웃음이 삭아 들 무렵 현태는 그녀의 손을 다시 꽉 잡아 왔다.

"행복하자. 행복하게 해 줄게. 많이 사랑하고, 사랑할 거야."

"……그 약속 어기면 안 돼."

"넌 또 울려고 하면 안 돼."

"안 울어. 꽃 때문에 눈이 간지러워서 그래."

"알았어. 울지 마."

"안 운다고! 안 울어. 정말이야."

"알았어. 뚝."

상처가 있는 그녀는 툭하면 울곤 하지만 현태는 누구도 탓하지 않았다. 울고 싶으면 울고, 웃고 싶으면 웃어. 이젠 누구도 눈치 보지 말고, 네가 행복했으면 좋겠다. 다른 사람이 아니라 내 곁에서.

하늘엔 노을이 지고 있었다. 지나가는 풍경은 노을에 물들어

어딘가 포근해 보였다. 지은은 촉촉한 눈을 몇 번 깜빡이고 밖을 바라보았다. 하루가 끝나 간다. 바쁜 차들은 모두 제가 가야 할 곳을 향해 열심히 달리고 있었다.

해가 지면 밤이 온다. 이젠 밤이 외롭지 않고, 다음 날 찾아올 아침이 두렵지 않았다.

너로 인해, 네가 있어서 앞으로 나아가는 게 무섭지 않다. 그 앞에 무엇이 있든, 나는 멈추지 않을 것이다. 너와 계속해 나아갈 것이다.

—Fin

작가 후기

안녕하세요. 강율입니다.

벌써 세 번째 책으로 뵙다니 믿기지가 않네요. 세 번째 책까지 읽어 주신 독자님, 감사드립니다. 눈부셔, 는 여러모로 사람 고생시킨 책이라…….^^ 저뿐만 아니라 편집자님도 그렇고, 따지고 보면 제가 문제지만 애초 원인 제공은 눈부셔입니다. ㅋㅋㅋ

추석과 교정기간이 겹치는 바람에 잠을 제대로 못 잤어요. 8시간 꼬박꼬박 챙겨 자는 사람인데 하루 3시간 자고 하루 종일 애증의 눈부셔를 썼습니다. 아, 물론 교정기간에요.

아무튼 이렇게 무사히(?) 책으로 나오게 돼서 얼마나 기쁜지 모릅니다. 저 때문에 고생하신 정 팀장님 감사 또 감사드려요.

은영 언니, 김 선배, 수지, 나혜, 유나, 여니, 슬구, 그린나래

식구들 모두 감사드립니다. 저 글 쓴다고 애들 자주 봐 주신 신랑 감사드리고요.

다음 책이 언제 나올지는 모르겠지만 언젠가, 나오겠죠?ㅋㅋ 하지만 잠시 쉬어야겠습니다. 이러고 곧 다시 새 글로 올지도 모르겠지만요.

항상 응원해 주시고 힘 주시는 독자님들 감사드립니다. 아! 우리 그린나래 회원님~ 우리 님들~ 사랑해요!!!!!!! 여러분 덕분에 여기까지 왔습니다. 앞으로도 열심히 하겠습니다! 지켜봐 주세요!

항상 열심히 하는 사람이 되겠습니다. 말만 이렇지 언제 그런 사람이 될지는 몰라요. 바람입니다, 바람.ㅋㅋㅋ 그럼 전 여기서 그만 줄일게요! 읽으시느라 수고 많으셨어요! 다시 오게 되는 날까지 잊지 말고 기억해 주세요! 감사합니다. 안녕히 계시고, 건강하세요!

— 강율 드림

초판 1쇄 찍음 2014년 9월 11일
초판 1쇄 펴냄 2014년 9월 17일

지은이 | 강 율
펴낸이 | 정 필
펴낸곳 | 도서출판 **뿔미디어**

편집장 | 이재권
기획 · 편집 | 정시연

출판등록 | 2002년 9월 11일 (제1081-1-132호)
주소 | 경기도 부천시 원미구 상동로 117번길 49(상동) 503호
전화 | 032)651-6513 / 팩스 | 032)651-6094
E-mail | dahyangs@naver.com
블로그 | http://blog.naver.com/dahyangs
홈페이지 | http://bbulmedia.com

값 9,000원

ISBN 979-11-315-3625-4 03810

※파본은 구입하신 서점에서 교환하여 드립니다.
※이 책은 (도)뿔미디어를 통해 독점 계약되었습니다.
저작권법에 의해 보호를 받는 저작물이므로 무단 전재와 무단 복제를 엄금합니다.

www.bbulmedia.com

www.bbulmedia.com